SOLO

SOLO

Álvaro Vizcaíno

Primera edición: octubre de 2018

© 2018, Álvaro Vizcaíno
© 2018, Penguin Random House Grupo Editorial, S. A. U.
Travessera de Gràcia, 47-49. 08021 Barcelona

Printed in Spain – Impreso en España

ISBN: 978-84-666-6477-6
Depósito legal: B-16.722-2018

Compuesto en Lozano Faisano, S. L.

Impreso en Liberdúplex
Sant Llorenç d'Hortons (Barcelona)

BS 6 4 7 7 6

Penguin
Random House
Grupo Editorial

Nota del autor

Querido lector, ahora que tienes este libro entre las manos aprovecho para adelantarte que todo lo que vas a leer está basado en mis experiencias. O sea, que estoy contándote mi propia vida. Los personajes son de carne y hueso, y un día incluso nacieron y llevaron pañales. Alguno ya no está vivo, pero el resto siguen por ahí haciendo de las suyas. No es que todo lo escrito en este libro sucediese tal cual está contado literalmente y que esto sea una autobiografía pura, no, es una historia basada en hechos reales.

Me di cuenta, al contar la vivencia principal sobre la que gira este libro, de que causaba una fuerte impresión en quien la escuchaba. Mis amigos me decían que iban a dejar su trabajo, o que lo habían pensado mejor y se iban a quedar con su novia y cosas así. Un día apareció alguien que me animó a escribir y, acto seguido, me vi envuelto en el rodaje de una película que también se llama *Solo*.

Si me lo permites, te dejo con el protagonismo de leer y espero que de disfrutar de la historia. Al final del libro te he dedicado unas palabras más que expresan lo que significó para mí esta experiencia de vida.

¡Buen viaje!

A la RoKa y sus habitantes

No tengo ni puta idea de lo que pasa más allá del tiempo, y el mío pende de un hilo. Si no fuese porque me reconozco en medio del pánico, juraría que esto no está pasando y, sin embargo, se me hace imposible negar la evidencia. Ahora se me hace incomprensible entender cómo he llegado hasta aquí, quizá guiado por el inconsciente que ansiaba rememorar el mejor día que pasé con ella y en el que descubrí este impresionante lugar. Pensar en esto ahora es tan irreal que parece restar importancia a la situación.

—Joder, esto va a doler, va a doler mucho, o peor... ¡Quiero salir de aquí!

Ahora soy consciente de lo que han gritado millones de hombres agonizantes en la guerra, en situaciones extremas, cuando sus ojos anticipaban una muerte certera... ¡Mamá! No me atrevo ni a respirar. Si pudiese me desintegraría. Soy más consciente de mi cuerpo y de la posición que ocupa ahora mismo de lo que lo he sido en mi vida. Estoy paralizado. Maldita gravedad.

Estoy colgando de un acantilado, mi único apoyo son los brazos extendidos y las manos aferradas al último tramo de arena que me separa de caer al precipicio, al vacío y al lecho de rocas acechantes que como agujas sobresalen del mar. Trato de fundir mi cuerpo contra la pared porque mis pies han perdido los apoyos. Me sostengo con la barriga, el pecho y las manos a modo de ventosas. Mi cara apretada contra el muro. El miedo, dictador brutal, se apodera del momento y en una reacción mental extraña me hace negar estar allí.

—Esto no está pasando —me oigo decir en voz alta.

Al instante, una avalancha de emociones me devuelve el control de mis pensamientos. Estoy furioso.

—Pero ¡qué cojones haces aquí, gilipollas!

Grito con tal rabia que entro en pánico al considerar mi muerte. Siento cómo las fuerzas me abandonan. Traumatizado por el *shock*, mi cuerpo pierde tensión, se vuelve mantequilla y una fuerza casi fantasmal tira de mí hacia el vacío. La desesperación vence a mi débil aplomo. O reacciono o la caída es segura. Sin otra salida, hago un esfuerzo para contener mi estampida mental y reconducir la situación. Ordeno a mis músculos que recuperen la tensión, repaso cada parte de mi cuerpo buscando las que me puedan ayudar a mantenerme agarrado a la roca arenosa: «Brazo, aprieta fuerte; manos, agarraos; cuerpo, presiona. ¡Álvaro, aguanta!»

Aun así, el escenario es el mismo, sigo colgando del borde de un acantilado y voy a caer desde demasiada altura. Calculo las posibilidades de recuperar la pendiente por la que me he deslizado, pero la vertical y el terreno resbaladizo lo hacen imposible. No encuentro sujeciones, con cada movimiento solo consigo resbalar más. Parecía la misma arena de las dunas que había dejado atrás, pero en esta última pendiente de bajada hacia el acantilado, la superficie se reduce a una fina capa de arena y piedras sueltas sobre una base inclinada de roca dura, lo que la convierte en una trampa mortal. Es como si espolvoreases arena sobre mármol y luego lo inclinases cuarenta y cinco grados, un tobogán de piedra imposible de trepar. «Podría esperar a ver si se asoma alguien, digo yo que alguien tendrá que llegar tarde o temprano. Quizá pueda aguantar hasta que algo pase...» Todo imposibles, lo sé. El tiempo de las dudas se acabó y solo hay un hecho cierto: soy el único aquí, nadie va a venir a ayudarme y tengo segundos, con suerte minutos, antes de caer. Mi situación es insostenible, de esta no me puedo escapar. La posición de mi cabeza me impide mirar hacia abajo, así que trato de hacerme una idea de la situación. Calculo que habrá unos diez metros de caída. Abajo me esperan las rocas volcánicas de formas irregulares y cortantes. Intuyo que las probabilidades de sobrevivir al impacto son del cincuenta por ciento, y sobrevivir a la caída significa lesionarme gravemente. Así están las cosas. Puedo sentir el hambre de las rocas, sé que están allí esperándome. Capta mi atención el sonido allá abajo del batir de las olas contra el acantilado. Entonces, una idea comienza a tomar forma en mi mente: «Si cuento el intervalo de tiempo entre olas quizá pueda caer justo cuando una rompa y el agua suba por las rocas.» Mi cara llena de arena se aprieta con fuerza contra la tierra como si quisiera sentir sus latidos, pero esta me devuelve el eco de los míos, que golpean con la violencia de tambores de guerra. Mi corazón late tan fuerte que siento que me va a empujar hacia atrás de una sacudida. Mi cuerpo busca adherirse al terreno como un lagarto que permanece inmóvil en una vertical imposible. Mis posibilidades de sobrevivir podrían aumentar a un setenta por ciento si elijo el momento de la caída y consigo caer lateralmente sobre el agua justo cuando la ola rompe sobre las rocas. Tengo que impulsarme lo más lejos posible de la pared de piedra, lanzarme hacia el mar. Comienzo a contar después de escuchar el ruido del agua golpeando allá abajo.

—Uno, dos, tres, cuatro, cinco, seis, siete, ocho, nueve, diez, once...

Comienzo de nuevo, aunque sé que las olas vienen en grupos de tres, cuatro... imposible de determinar, seguidas de un momento de calma, así que el cálculo va a ser solo orientativo. Pero como no puedo gestionar tantas variables, tengo que seguir adelante con mi plan. Mi situación es cada vez más inestable, voy a caer de todas formas. Saltar lo más lejos posible de la pared, protegerme la cabeza y caer de lado me puede conceder una oportunidad de sobrevivir al impacto. Tengo que aterrizar en una ola, esa es mi esperanza.

—Uno, dos, tres, cuatro, cinco, seis, siete, ocho, nueve, diez...

Me impulso con toda la fuerza que me queda en los brazos y salto al vacío retorciéndome en el aire como un gato que quisiera conservar todas sus vidas. Un segundo suspendido ante la expectativa de saber si seguiré vivo después de este vuelo...

PRIMERA PARTE

SUEÑOS

No sirve de nada pensar en los sueños y olvidarte
de vivir.

J. K. ROWLING

1

«Somos hombres de papel de la abundante clase media, nuestro destino ya está escrito en algún aburrido manual del ministerio del tiempo.» Yo mismo pinté con espray esa frase en la pared de mi antiguo instituto. Desde entonces tengo la sensación de que esa frase define mi vida y lo que veo a mi alrededor. Siempre he sentido como si una burocracia vital asfixiase todo a su paso. Caminando hacia el trabajo con los dientes apretados, me enfadaba cada vez que una luz roja detenía mis pasos, mientras mascullaba: «A mí no me pillarán, yo tengo el remedio, ¡fuego!» Cuando ardes por dentro corres tan rápido que acabas estrellándote con tu propio destino. Necesitaba huir y no mirar atrás. Siempre supe que esa insatisfacción vital me guiaría hasta un final fatal, pero ya no podía parar o me alcanzaría.

Aquella mañana invernal la resaca no dejaba lugar en mi cabeza para pensar en otra cosa que no fuera un café. Me levanté de la silla a los diez minutos de haber llegado a mi oficina para dirigirme al santuario cafetero de la esquina. Al entrar, me recibió la voz de Benito, el camarero. No podía apartar la mirada de su camisa abierta dos botones y la selva negra que trepaba por el pecho hasta juntarse con la barba mal afeitada.

Gastaba una sonrisa amplia de dientes separados, manos enormes y tanta materia adiposa en el estómago que semejaba un gran escudo, lo que parecía conferirle una autoridad especial tras la barra. Parapetado detrás de su barricada, servía bombas de alcohol, cafeína y grasa saturada sin piedad y ametrallaba con ocurrencias a cualquiera que se ponía a tiro. Mientras, en aquella estrechez, esquivaba a su parienta de similares proporciones, como en una coreografía de un documental de naturaleza salvaje.

—Vaya cara que traes, ¿tienes el tique? Porque si no, no la podrás devolver. —Los parroquianos se reían con una energía despreciable para un lunes.

—Menos coñas —acerté a responder.

Esa mañana incómoda, la leche me sabía pastosa y el café era un desafío para cualquier paladar decente. El ruido de fondo era insoportable. ¿Qué llevaba a alguien a tener la televisión tan alta en un bar tan pequeño? Ya puestos, si quería ambientarlo mejor, ¿por qué no poner un cartelito de esos que dicen: «Hoy es un buen día, verás como viene alguien y lo jode.»? En las noticias se repetían las mismas mentiras como mantras, todo parecía hacerse siempre por nuestra seguridad. «Hemos dado el dinero público a los bancos, tenemos que recortar vuestras libertades, todo, por vuestra seguridad, y sí, os robamos, pero lo hacemos porque podemos y los que estaban antes os robaban más», etcétera.

Me negaba a pagar para intoxicarme, escuchar noticias deprimentes y aguantar frases vacías. Regresar al oasis carcelario de mi oficina se convirtió irónicamente en la mejor alternativa. Tres minutos después, volvía a estar sentado a mi mesa —que compartía con el resto del equipo—, mientras la enorme pantalla del ordenador iluminaba mi rostro con expresión ausente.

Tres años antes me había asociado con unos amigos argentinos para montar una especie de agencia de viajes online. A través de diferentes plataformas web, captábamos reservas que enviábamos a nuestros clientes, en su mayoría hoteles, a cambio de comisiones. Mi socio principal, Mateo, operaba desde Canarias. Él era el corazón del proyecto, el motor, el punto de unión entre nosotros. El resto de los socios se encargaba de la parte técnica desde Buenos Aires. Yo era el responsable de la parte comercial, trabajaba de forma autónoma y podía crear nuevos equipos de trabajo. Mientras Mateo poseía un instinto desbocado para encontrar oportunidades de negocio, yo aportaba la lógica para tomar las decisiones estratégicas. Hacíamos un buen equipo. La agencia funcionaba excepcionalmente bien y en los últimos dos años habíamos ganado bastante dinero.

Antes de volver a Madrid, vivía en el sur a la orilla del mar, con mi novia y mi perro cuando recibí la llamada de Mateo. Por aquel entonces, Helena y yo nos dedicábamos a organizar todo tipo de proyectos culturales, eventos, exposiciones e incluso rodamos un documental. Ella era gestora cultural, licenciada en Historia del Arte y una enamorada de la expresión artística. Yo, un amante de todo lo nuevo, un entusiasta de todo lo que significase autoorganizarse para sacar un proyecto adelante. Un emprendedor empedernido. Creamos, junto con otros amigos interesados en la libre difusión de ideas más allá del folclore local, una plataforma cultural que promovía todo tipo de expresión artística contemporánea. «Piensa global, actúa local», ese era mi lema. También estaba comprometido con un grupo ecologista que luego dio el salto a la política local, lo que me permitió empaparme de la psicología social y política de una ciudad de provincias y husmear en sus instituciones. Lo cierto era que mis compañeros y yo difícilmente conseguiríamos ser aceptados en ese ambiente. Nos dedicábamos a molestar y a dejar en evidencia las mentiras e intereses del alcalde de turno. Enseguida me di cuenta de que el principal obstáculo para el cambio es el miedo irracional al cambio en sí mismo. Incluso logramos implicar a Greenpeace en la denuncia de un problema medioambiental de contaminación por vertidos tóxicos a los ríos que delimitaban la ciudad. El escándalo se formó cuando a través de Los Verdes llegó hasta Bruselas, que acabó imponiendo sanciones al consistorio local por negligencia grave. Aun así, para la población conservadora de aquella ciudad de provincias, siempre fuimos como extraterrestres *pleyadianos* con un mensaje indescifrable.

Hacía tiempo que sentía la necesidad de más libertad de acción. Pero pretender alcanzar el horizonte puede ser un objetivo escurridizo. Meditaba, paseaba por la playa, navegaba en mi pequeño barco, me escapaba a Portugal a hacer surf en la zona del Algarve atlántico, subía a la sierra de Aracena a visitar a mis maestros y hablábamos de energía universal, de la conciencia, de la biodescodificación, de la alquimia interior. Helena y yo teníamos una vida ideal con vistas al mar. Pero mientras yo hacía planes de boda en la playa, algo se apagó entre nosotros. «No me das seguridad», sentenció ella un día. Todo se terminó la mañana en que cargué mis cosas en el coche. Nunca había permanecido mucho en un mismo lugar, así que encontré la solución a mis problemas en aquella propuesta de Mateo para formar una agencia de comercio electrónico.

Sentado frente a la pantalla de mi ordenador, mi ánimo ya marchito palidecía aún más bajo la luz de los fluorescentes. Busqué una excusa barata para largarme, una de esas que tus ojos delatan al contársela a tus compañeros: «Me acaba de llamar mi vecino porque le está cayendo agua de mi casa.» Y me fui. Al salir comencé a caminar cabizbajo y absorto en la perfecta telaraña de adoquines simétricos de aceras ilimitadas que atrapaban pasos acelerados o demasiado lentos. La ciudad a ciertas horas es una mezcla de veloces repartidores de bebidas, ancianos persiguiendo su mirada cansada y vecinos sin ocupación aparente. Andaba sin rumbo por los entresijos de esa urbe, acechante, sólida, dura, estructurada, controladora. Un devenir ausente en el que recuerdo haber reparado en una escuela con altas rejas en un silencio sepulcral. Un quiosco con prensa amarilla, rosa y pornográfica. «Después de doblegarlos memorizando sin sentido, a la salida del colegio sus padres paran a comprar revistas frívolas aquí», pensé. Un poco más adelante, un hospital que se parecía a la escuela. Un amasijo informe de plumas aplastado contra el asfalto pasó por mi línea de visión. En una pared, un cartel del circo captó mi atención: un elefante se sostenía erguido sobre sus patas traseras mientras el domador saludaba triunfante alzando un sombrero de copa en la mano. Alguien me contó una vez que, a esos elefantes, que crían en cautividad desde pequeños, los ataban a un árbol con una cadena, de tal forma que cuando eran mayores ya no era necesario usar la cadena porque el elefante se había acostumbrado a un radio de acción limitado y nunca salía de él. Después de estos años, volvía a sentir que no estaba desarrollando todo mi potencial a pesar de haber cambiado de escenario. La ciudad me atrapaba con sus rutinas, dificultades, precios y obstáculos arquitectónicos constantes. De camino a casa, deambulaba rumiando mis continuas contradicciones: «Quiero cambiar, no demasiado; pero, por favor, que cambie todo.»

2

Pertenezco a una familia de clase media acomodada que tiene la suerte de haber crecido con los valores de otro tiempo. El esfuerzo y el trabajo han sido los pilares de una vida feliz con sus dificultades y alegrías. La casa familiar es un fiel reflejo del espíritu de mi madre: bonita, agradable, práctica, sin salidas de tono, todo en ella es como debe ser. El jardín es el feudo creativo de mi inteligente y activo padre. Siempre les agradeceré que tuvieran el valor de arriesgarse a no imponerme dogmas y de que me animaran a descubrir mis propios ideales. Lo que no imaginaban es que al hacerlo les saldría el tiro por la culata. Fui un adolescente rebelde, incapaz de aceptar imposiciones de ningún tipo. Era travieso, me echaban de los colegios, la policía me llevó a casa en alguna ocasión. Lo cierto es que sentía un profundo rechazo por el cinismo de la sociedad, y cuanto mayor era mi conciencia de la realidad, mayor era mi sensación de insatisfacción. No sabía por dónde tirar. Con el tiempo descubrí el que se convertiría en mi objetivo vital: ser libre. Pero el camino que conduce a la libertad tiene muchos senderos que no están bien señalizados, quizá por eso el de la obediencia es el más transitado. Ahora me doy cuenta de que en ambos casos no siempre te conducen adonde tú te imaginabas.

Mis padres viven en una zona residencial a las afueras de Madrid. Hacía tiempo que no nos veíamos y decidí hacerles una visita. A pesar de haber dejado atrás aquella época, aún conservaba contacto con mis amigos de la infancia. Crecimos todos allí, eran fantásticos y, como yo, habían viajado y hecho su vida. Nunca hubo nada que no pudiera confesarles. Al menos, hasta donde yo sabía reconocer.

Mi llamada fue celebrada y, para la ocasión, ese domingo se comería el tradicional cocido madrileño. Después de abrazar a mi madre atravesé la casa hasta el jardín, donde estaba mi hacendoso padre.

—Dicen que un hombre que tiene un jardín y una biblioteca lo tiene todo —le comenté mientras me sentaba debajo de su pino preferido. Sonriendo me miró y añadió:

—Trabajar con las manos es fundamental para no andar todo el día dándole al coco.

—Sí, supongo que internet no se puede tocar, pero también es libertad.

—Mucha gente se muere esperando eso. —Yo me quedé aguardando a que terminara la frase, pero no lo hizo.

—Otros muchos tienen la manía desesperante de existir.

—Hijo, al final, la vida se abre paso.

—Pues yo pienso llegar a la tumba derrapando y con *jet lag*.

Mientras comíamos noté la vibración del móvil en mi bolsillo y, al ver que se trataba de Mateo, me decidí a contestar.

—Che, Álvaro, ¿cómo andás? Tengo una nueva proposición que hacerte. Necesito a alguien acá que me ayude a llevar un tema que recién me surgió. ¿Podés hablar ahora?

—Sí, está bien —respondí por inercia disculpándome para salir y poder hablar.

—La cosa es que conocí a un promotor inmobiliario. Hace unos años terminó de construir un residencial de villas de alto *standing*, con piscina, jardín, etcétera. Al tipo le pilló la crisis y ahora ya no puede vender porque el préstamo que tiene sobre el complejo es más alto que su valor de mercado. Le propuse convertirlo en un hotel hasta que el banco se lo saque. Necesito a alguien que no sea de acá y pensé en vos, ¿qué me decís?

—Suena bien, pero ¿por qué necesitas a alguien que no sea de allí? Te refieres a Fuerteventura, ¿verdad?

—Sí, es acá, en la isla. Además, vos ya la conocés, viviste aquí por dos años. ¿Sabés que Sara y yo nos separamos? ¿No te dije? Es una loca controladora, perdoná que te lo diga, sé que sos amigo de ella, pero está reloca. Tenemos un hijo a medias, nunca mejor dicho, siempre que no le da la neura y me denuncia por nada, ya sería la tercera. El caso es que necesito un socio de fuera para contar lo que yo quiera de él, ¿entendés?

—Pues la verdad es que no.

—Boludo, ¿pues qué creés que hacemos los argentinos en el vuelo a España? ¡Sacamos dos carreras y un máster! Dale, pensalo y me llamás mañana. Pero no tenés nada que pensar, vaya, te ofrezco un chollo. ¡Llamame!

—Bueno, vale, *ciao*.

—¿Quién era? —susurró mi madre, incómoda por la interrupción.

—Mateo, dice que se ha separado de Sara, vaya par, tienen demasiado carácter. Me ofrece un trabajo en las islas Canarias, en Fuerteventura, para llevar un hotel, bueno, un conjunto residencial que tiene problemas con los bancos, no sé...

—Ya puedes tener cuidado con esos chanchullos inmobiliarios de las islas, que hay mucho pirata... Yo creo que con treinta y tres años ya deberías centrarte aquí, en Madrid, que es donde están las oportunidades serias.

Me daba cuenta del cliché que representaba para ellos escaparse a una isla desértica y llevar una vida diferente. Había vivido esa experiencia hacía ocho años y me había quedado prendado de la isla. Desde entonces, siempre la había considerado mi lugar en el mundo, un refugio donde ser libre, donde preservar una época de efervescencia juvenil sagrada para mí. Sabía que tanto mis padres como mis amigos entenderían mi decisión, aunque en el fondo seguirían pensando que no terminaba de sentar cabeza y, en cierto modo, no se equivocaban.

En aquel momento me imaginé los cuchicheos de mis compañeros de trabajo al decirles que me iba a vivir a las islas, pero al mismo tiempo me daba cuenta de que quizás esa era la solución. Me daba igual lo que pensasen, despreciaba su ensimismamiento tecnológico y su exhibicionismo en las redes sociales. Yo quería una experiencia real. Llevaba en la ciudad tres años. Me fui del sur cargando un corazón roto y mil planes hechos pedazos. Puede que en mi caso la razón y el corazón no compartieran la misma morada, por eso la primera siempre llegaba después de la acción. Lo cierto es que me sentía a la deriva en medio del agua estancada que era mi vida, en el pozo insípido en el que me hundía cada mañana al afeitarme y lavarme los dientes frente al espejo pensando que tenía que salir a la calle con la careta puesta. Mi resistencia estaba llegando al final, mi corazón gritaba lo que la razón callaba.

3

Era un caballero quijotesco de los de piel pegada al hueso y porro colgando del pico. A sus cuarenta y dos años mi amigo Fede seguía soltero, aunque había estado casado con una actriz egipcia y estuvo viviendo en El Cairo durante unos años. Toda una experiencia que le sirvió para aprender árabe y lo difícil que es integrarse en una cultura tan diferente. Había heredado un piso enorme, lo que le permitía vivir, muy modestamente, de alquilar algunas de las habitaciones a estudiantes. De este modo podía dedicarse de lleno a su gran pasión: el periodismo de investigación de lo que se podría denominar «temas imposibles». El piso era un oasis hedonista lleno de polvo, libros y trastos viejos, con las paredes pintadas de cualquier color y donde se respiraba un ambiente relajado. Fede siempre ha sido una referencia para mí, un espíritu libre que confiaba en el propósito vital de cada persona por encima de todo.

Al salir de casa de mis padres, ya de vuelta en el centro, decidí hacer una visita a mi amigo en su piso de Malasaña. Me recibió con un largo abrazo y una amplia sonrisa.

—¡Alvarismo, cuéntame tu «-ismo» de hoy! ¿Perfeccionismo, escapismo, ilusionismo o *aburridismo*? —No pude evitar reírme, el muy cabrón me conocía bien.

—Tío, estoy en una encrucijada, me han ofrecido un proyecto en las islas y no sé si debería aceptar o sentar cabeza aquí y continuar con lo que hago ahora. La agencia funciona muy bien, todo online, ganamos bastante pasta, quizá debería aprovechar para aprender a gestionar, ser constante, acostumbrarme, vamos, no sé... —le solté sin pensar mucho.

—Camarada, el tiempo se seduce a sí mismo, es un canto de sirena para marineros incautos, ¿comprendes?

—Ni una palabra —respondí mirando fijamente su carilla resabiada de ratón.

—Pues que es una puta, te engaña con promesas de futuro para que te gastes más con ella. El tiempo vive del tiempo y cuanto más preocupado estés por su valor, más vivo está él y más muerto estás tú.

—O sea, ¿que el tiempo es una puta?

—Joder, macho, no te enteras. ¿Tú eres feliz aquí?

—No

—¡Pues eso!

—Ah...

Me explicó que estaba trabajando en un reportaje sobre el abandono forzoso de las zonas rurales por parte de sus habitantes. Según decía, en las ciudades «la máquina» controla mejor a la gente porque abandonamos el contacto con la naturaleza y con nosotros mismos. «En la naturaleza no hay ángulos rectos —me dijo una vez—. Los hemos creado para contener nuestros deseos. Los ángulos rectos limitan la expansión de la energía y recluyen la proyección de nuestros pensamientos. Nuestras vidas contenidas en cajas.»

—Hace un tiempo me detuvieron por tirar piedras en una manifestación por la libertad de expresión, y en el calabozo conocí a un yonqui desdentado muy empático que me tranquilizó: «Pero, tronco, si en la cárcel se vive de puta madre: tres comidas, cama caliente y haces muchos colegas.» Le pregunté por qué le habían detenido y me contestó que se le había caído su propio DNI al entrar en un coche para robar la radio. Pobre infeliz. Pero piensa en esto, Álvaro: ¿qué pasaría si construyesen las cárceles con forma de ciudad? Si no te prohibiesen salir de ellas, quizá no lo desearías nunca.

Siempre que visitaba a Fede salía con más preguntas que respuestas. Recuerdo que se despidió con esta frase: «Camarada, si no te ladran, es que no cabalgas.» Me fui de su casa dándole vueltas a lo de que me ladraran, ¿quién me ladraba? ¿O es que nadie lo hacía ahora y ese era el problema? ¿Cuando me ladraban era porque que iba por buen camino?

A la mañana siguiente, mientras me cepillaba los dientes, languideciendo con mi reflejo, algo en la mirada que me devolvía el espejo se me clavó. Sentí su ímpetu resonando en el centro del pecho, como un rey que reclamara su trono perdido. Resulta que seguía allí dentro, nunca me había abandonado. Entonces mi corazón tomó el mando y abrazó mi alma agotada. Durante un segundo todo se detuvo. El tiempo de las dudas tocó a su fin en el mismo momento en el que había dejado de buscar respuestas. Entonces lo supe: «Pagaría cualquier precio por vivir algo real.»

Sabía que momentos como ese se repetían en mi vida y en la de todo el mundo hasta el infinito, que desechamos llamadas de atención similares cada día y que a menudo solía considerarme un iluso por concederles más de un segundo de atención. Había oído que algunos lo llamaban «intuición»; otros, «el camino del corazón»; otros, «gilipolleces varias», y así es como la rueda vuelve a girar, el cepillo de dientes no se detiene, ni tampoco la mirada.

Había tomado una decisión.

4

El avión salió con retraso, como si tratara de tentarme una última vez. Me dejé caer en el claustrofóbico cubículo junto a la ventanilla para atestiguar mi paseo por las nubes hacia un destino incierto. El extenso mar azul empequeñecía mi ego de aventurero, nervioso por volver a encontrarme bajo sus reglas. Después de unas horas de ilusión meditativa, divisé las últimas estribaciones del desierto del Sahara al este y, siguiendo el meridiano, pude ver la isla: una mancha arenosa en medio del océano. A medida que nos acercábamos comencé a distinguir grandes agujeros, cráteres negros por donde el fuego se convirtió en tierra a medida que el corazón profundo del planeta lo bombeaba furioso desde sus entrañas. Es un lugar elegido por algún plan para expresar la vida o para vomitarla, pero ¿por qué precisamente aquí?, ¿cuál es el criterio por el que la fuente decide enfocar su energía en un punto? Por azar o siguiendo un impulso, lo cierto es que dirigía mi vuelo de alas cansadas hacia esa balsa de roca y vida incierta.

Siempre que viajo en avión y comienzan las turbulencias me cago de miedo. Experimento la angustia de estar ahí encerrado, empiezo a calcular las probabilidades de sobrevivir al impacto y lo que voy a hacer cuando el avión empiece a llenarse de agua. Por si eso fuera poco, mis vecinos de asiento iban transmitiendo cada minuto del vuelo con una determinación y un tono exasperante. Para rematar la faena, la mujer sentada a mi lado comenzó a pintarse las uñas. El intenso olor a esmalte logró aturdirme aún más que su conversación continua. Movía las manos arriba y abajo para secárselas, lo que hacía que el olor aún se extendiera más, y con cada movimiento me iba dando pequeños toques con el codo. «Como siga le voy a echar la pota encima», pensé cada vez más agobiado. Para entonces ya lo tenía decidido: cuando el avión se estrellase, como era buen nadador, ayudaría a quien fuera menos a esos molestos compañeros de viaje. Aunque pudiera parecer un pensamiento un poco nazi, este mundo superpoblado lo agradecería. Para compensar, ya había localizado a una madre y su hijo como beneficiarios de mi ayuda. Así funcionaba mi cabeza, siempre preparado para una catástrofe.

Debido al fuerte viento, el aterrizaje también fue movido. Abandoné el avión con el estómago de corbata. Nada más atravesar las puertas de la salida pude ver a Mateo esperándome con las gafas de sol de aviador puestas y la camisa desabrochada hasta medio pecho.

—¡Bienvenido a La Roca! —me dijo abrazándome con una amplia sonrisa dibujada en su rostro. Era un tipo fuerte, de mi edad, con cara de espabilado y de palabra fácil. Montamos en su descapotable negro y no creo que bajásemos de los ciento veinte kilómetros por hora en ningún momento mientras circulábamos por la angosta carretera de camino a Corralejo, en el norte de la isla. Llegar a Fuerteventura es como aterrizar en Marte: ni un árbol, horizontes montañosos, paisajes amarillentos, arena, rocas, tonalidades a ratos rojizas o negras por la lava de los cientos de volcanes que formaron la isla, un enorme volcán emergido de las profundidades en medio del Atlántico. Mateo me explicó que el manto de lava erosionado por siglos de viento a la intemperie había dejado millones de piedras esparcidas por todo el terreno, que los nativos llamaron el Mal País. Hacía años que no volvía a la isla y fue como un redescubrimiento. Solo las espinas y las lagartijas son amigas de estos páramos salvajes y desolados, donde la cabra es la reina.

Me había planteado un cambio radical de vida. En pocas semanas había cerrado la oficina de Madrid —aunque continuaríamos con el proyecto, parte del equipo trabajaría desde casa— y cargado únicamente con una maleta decidí probar suerte en Fuerteventura.

Aquel paisaje inhóspito desanimó a mi alma aventurera en un primer momento y, aunque barajaba la opción de huir, a ciento veinte por hora, la única escapatoria posible era hacia delante. Mateo no paraba de hablar a gritos debido al viento que se arremolinaba en el descapotable.

—Vas a alucinar cuando pasemos por Montaña Roja y lleguemos a la zona de las dunas.

Estaba alucinando, pero del mareo, los gritos y las curvas a toda velocidad por ese camino que bordeaba la costa rocosa. Efectivamente, no mentía, el espectáculo era increíble cuando pasabas junto a ese volcán rojizo y encontrabas, al otro lado, un mar de dunas interminable, tan grandes como las olas en alta mar en un día de tormenta. Arena, arena y más arena, repartida y ordenada en dunas interminables. Un paisaje de fuego amarillo, ambientado por una misteriosa penumbra sobre el desierto al atardecer. El sol, mientras se escondía detrás de los volcanes, proyectaba su luz casi horizontal sobre las dunas creando una atmósfera primitiva. ¡Un espectáculo! En ese momento recordé cómo, hacía años, en ese mismo momento memorable, la isla me había robado el corazón para siempre, una honda sensación trascendente se apoderó de mí, un hechizo que me atraparía de por vida.

Era imposible que ese ambiente de neblina cálida sobre aquel paisaje salvaje no dejara a cualquiera una huella de profundo regocijo visual y sensorial. Las dunas morían en playas interminables de arena fina que se fundían con el azul turquesa del agua agitada y vibrante siempre. Los fondos de azul intenso alternaban manchas negras de arrecifes de roca volcánica y zonas de claridad extrema que convertían el agua en cristalino testigo de la pureza del océano. A medida que avanzábamos por la angosta carretera desfilando entre las dunas, más me daba cuenta de las maravillas que produce la naturaleza en los sitios más recónditos de la Tierra.

Llegar a Corralejo en la punta norte de la isla fue como llegar a un pueblo del *Far West* americano, una mezcla de apartoteles cutres y la esencia de un pueblo marinero creado desde la total anarquía arquitectónica. Desde la bahía de Corralejo se divisaba el impresionante islote volcánico de Lobos, llamado así por los lobos marinos que habían vivido allí hasta hacía algunas décadas. Corralejo tenía calles lineales flanqueadas por palmeras y angostas callejuelas en la parte antigua del pueblo, cerca del puerto. El ambiente era de lo más relajado, las cosas parecían moverse despacio, pero estaban llenas de vitalidad. Las calles eran un ir y venir de personajes de todo pelaje con tablas de surf, vehículos impensables para recorrer el desierto, rastas hasta la cadera, chicas en biquini, ingleses borrachos las veinticuatro horas, y vikingos descamisados buscando recibir hasta el último rayo de sol que sus rojos y requemados cuerpos pudieran aguantar, como si les fuese la vida en mostrar, a su vuelta, las quemaduras de primer grado como una especie de símbolo de su felicidad vacacional. En aquel peculiar rincón del mundo, uno nunca se imaginaría que gentes tan variopintas pudieran confluir con un solo propósito: vivir en una burbuja de tranquilidad en medio del mar lo más lejos posible de su antigua vida; lejos de ciudades, convencionalismos, muchedumbres, precios altos, policía, centros comerciales, seguros, noticias, delincuentes y de todo lo que habitualmente era motivo de preocupación de la vida urbana. No era de extrañar que la isla hubiera sido un lugar de destierro para los enemigos del dictador Franco y un clásico refugio de piratas, huidos de la justicia y demás personajes que necesitaban no ser molestados o encontrados por una temporada.

Lo que más me impresionó de lo que me contó Mateo fue que allí había conocido a todo tipo de «ex» —exejecutivo, exmarido, exagente del Mosad israelí, exproductor de Hollywood o exoficinista—, que, un día en un atasco cualquiera, se habían preguntado qué hacían malgastando lo más precioso que tenían tragando humo y burocracia.

Aparcamos junto a su casa de dos plantas en una zona residencial con palmeras cerca de la playa del pueblo. Entramos sin llaves, como se hacía antes, lo que me impactó. La casa era amplia y el salón estaba abierto al jardín. Subimos por una escalera y me dijo señalándome una puerta abierta:

—Ese es tu cuarto; si oyes a una mujer pidiendo auxilio a gritos no llames a la policía que soy yo torturando a Bea... ¡Eh, cariño! Mira, este es Álvaro. Te he hablado de él. Se queda con nosotros unas semanas. —Bea apareció en ropa interior y con una blusa suelta desde el dormitorio del fondo—. Es guapo, ¿eh? Pero no te acuestes con él todavía, por lo menos hasta el mes que viene, que ya nos habremos peleado tú y yo.

Ella, con una mueca de desagrado, respondió:

—Eres un gilipollas, Mateo, no hace falta que me digas esas cosas. Encantada, Álvaro. —Sus besos de cortesía me parecieron necesitados de afecto y seguridad. Bea sería unos diez años menor que él. Era una de esas niñas encantadoras, pero demasiado jóvenes, que se impresionan con los coches y la aparente estabilidad de ciertos tipos. Aun así, me incomodó el trato que le dio Mateo.

—Vamos, Álvaro, vas a probar un buen pescado —me dijo mi socio arrastrándome escaleras abajo y saltando en el descapotable que había dejado aparcado frente a la puerta con el motor en marcha.

Parecía que el ambiente húmedo y cálido aplicaba un bálsamo calmante en la vida de aquel pueblo costero. Me sentía bien observando el desenfado de la gente por la calle, que no pasea, arrastra las sandalias por el suelo con una parsimonia africana. Una amalgama de turistas requemados se mezclaba con jóvenes de todas las nacionalidades, vendedores ambulantes negros, árabes de mirada huidiza, paisanos de grandes barrigas y chicas ligeras de ropa.

—El pescado está buenísimo, Mateo.

—Sí, claro, Canarias está lleno de peces que emigran de norte a sur del Atlántico y, al pasar por las islas, tienen que subir hasta aguas poco profundas, unos veinte o treinta metros entre Lanzarote y Fuerteventura, por eso está lleno de tiburones por acá, pero tranquilo, que no comen hombres, tienen mucho pescado. Seguro que te vas a volver a flipar con el surf, como hacen todos. Yo paso del agua, lo mío es la tierra firme y los negocios fáciles. Y hablando de negocios, mañana vas a conocer al tipo con el que vamos a trabajar. Tú, tranqui, aquí con poco que hagás ya hacés el doble de lo que sabe hacer él. Parece un poco impasible, aunque simpático; te recomiendo que tengas la misma actitud, eso sí, recordá que queremos beneficios, así que mové el culo, ¿eh? Venga, hoy invito yo, vamos a tomar una copa.

Al día siguiente conocí al propietario del complejo residencial que se suponía que tenía que transformar en un hotel con la ayuda de mi socio argentino y mucha confianza en la suerte. Eso de que te recibieran con copa y puro parecía un poco pasado de moda; pero, claro, el tipo era un dinosaurio de otra época. Allí todavía no se habían extinguido; personajes como él campaban a sus anchas entre el nuevo desarrollo urbanístico totalmente corrupto y los paisanos de los pueblos que hacía décadas que habían aceptado el caciquismo como forma natural de organización social.

—Este complejo va a facturar un millón de euros en un año, Antonio, haceme caso, que con Álvaro acá eso está hecho, es un gran profesional de la Península, trabajó en las principales cadenas hoteleras —soltó Mateo a los cinco minutos de reunión.

Yo callaba mientras me iba dando cuenta del lío en que me estaba metiendo; pero, claro, aguanté el tipo y la sonrisa. La isla vivía casi por completo del turismo europeo desde hacía años. El complejo estaba formado por ciento veinte chalets nuevos, con piscina privada y jardín. Aunque en mi vida había trabajado para una cadena hotelera, suponía que convertir en hotel un lugar tan maravilloso como ese sería más o menos fácil. Solo teníamos que montar departamentos y una estructura de funcionamiento apropiada.

Un poco más de charla, unos cuantos planes y un apretón de manos sentenciaron el acuerdo. Los formalismos los dejamos para más adelante, aunque en este país los contratos siempre han servido para acallar los temores de los incautos y saturar los juzgados de tragicomedias cotidianas, o sea, para nada. «Ya me dirá Mateo lo que tengo que hacer», pensé demasiado mansamente en aquel momento.

Paseando por el complejo me di cuenta de que había sido construido en una zona privilegiada, sobre un antiguo cráter de un volcán. Las casas coronaban la parte superior del perímetro de un enorme agujero excavado en la tierra, en cuyo interior habían creado un bonito campo de golf de ocho hoyos muy original, con su lago, rocas negras y palmeras que otorgaban al lugar un encanto paradisiaco. Desde las casas se podía disfrutar también de unas increíbles vistas panorámicas de todo el norte de la isla. Eran villas de alto *standing* que, debido a los problemas con el banco, llevaban un par de años cerradas. No era más que una urbanización fantasma.

Mateo era la contradicción hecha carne, llevaba el cuerpo tatuado con frases del Che Guevara y un reloj Rolex de cinco mil euros en la muñeca. Unas semanas más tarde se marchó a Cuba a contratar informáticos universitarios, meterlos en una casa clandestina y desarrollar un nuevo sistema de reservas hoteleras que iba a automatizar los procesos de venta online y que sería «superrentable», según su pronóstico.

Durante el siguiente mes y en ausencia de Mateo, mi misión sería convencer al del puro de que estaba todo bajo control. Hasta que mi socio me soltó la bomba por Skype desde Cuba, con una conexión a cámara lenta similar a la de un discurso de Fidel de los años cincuenta, me dijo que no iba a trabajar más para enriquecer a un capitalista de mierda. A partir de ahí, tuve que ponerme a pensar de verdad en cómo diseñar toda la estructura del hotel desde la nada.

5

Volver al agua me cargaba de energía cada día. Las olas en la isla no eran fáciles. Se surfeaba casi siempre sobre el arrecife creado por lava volcánica negra de contornos irregulares, a veces lisos y cubiertos por una capa de algas y a veces con afiladas puntas. Las olas provenían de tormentas creadas por fuertes vientos en el Atlántico Norte que llegaban agrupadas en series, como las ondas que se forman cuando tiras una piedra en un estanque, pero a lo bestia. Las olas se precipitan al encontrar determinados contornos regulares que se forman en el fondo de la isla y que los surfistas llaman «picos». El peligro se hacía evidente en cuanto te asomabas a la costa y veías la potencia con la que rompían las olas.

«¡Esto es lo mío!», pensaba cada vez que salía a flote después de haber recorrido una ola de pared larga y vertical como el muro de mi antiguo colegio. Vivir en contacto constante con los cuatro elementos formaba parte de mi día a día. El mar y el viento definen los ritmos de nuestra vida. El siroco es una de las variantes del viento potente del este que arrastra nubes de arena desde el desierto del Sahara, creando lo que allí llamaban «calima». Un ambiente de misteriosa neblina amarilla, turbia y desconcertante. El mar está increíblemente vivo, tanto, que habla con la isla y entre los dos acuerdan quién se quedará y quién huirá impresionado por la aspereza y brutalidad de su combinación. La sequedad del entorno contrasta con la humedad del ambiente marino. El viento, siempre el viento.

Después de unas semanas me sentía libre, un ser afortunado que por fin había encontrado su lugar en el mundo. Me compré un todoterreno negro que un militar había traído de Venezuela en los años noventa; estaba viejo, pero era una máquina potente. Conducir por aquel paisaje lunar entre amarillento y pardo, atormentado por la aridez del viento, era un desafío sensorial constante. Extensiones de tierra que morían en lo que una vez fueron alargadas lenguas de lava incandescente acercándose a lamer el mar. Antes de mudarme al complejo, me instalé durante unos meses en una casa en un pequeño pueblo llamado Lajares, en la zona norte de la isla. Era un lugar con encanto rústico, de casas dispersas a los pies del volcán. Allí los cielos solían teñirse al atardecer del mismo rojo que el del fuego que creó esta isla y cargarse de misterio en las tardes de nebulosa calima. Al final del camino del norte había un bar donde se reunía la gente después de hacer surf. Llegué al atardecer y me senté junto a un tipo de pelo gris de unos cincuenta y pico años que contemplaba el desierto ensimismado.

—Es una pasada, ¿no? —me preguntó sin dejar de mirar el horizonte.

—La verdad es que sí.

—¿Y cuál es tu excusa?

—¿Excusa de qué? —respondí confundido.

—Para acabar exiliado aquí en La Roca, ¿voluntaria o forzosa?

—Ah, pues un poco de las dos, no lo tengo muy claro... Supongo que el ruido de mi mente, de mi entorno, la rutina...

—Yo decidí lo mismo, salir del círculo de exmujer, trabajo y bares.

—Sí, aquí el ritmo es diferente.

—El tiempo se detiene y a la vez es un regalo, aunque los días sean iguales. Me di cuenta de la importancia del tiempo cuando me encontré a mi hermano muerto hace un par de años. «Muerte súbita», dijeron los médicos, eso me dolió casi más que su pérdida. Sencillamente un día se acabó, sin campanas, sin dramas ni nada...

—Joder, no sé qué decir...

—No hay nada que decir, amigo, ya estamos aquí y eso es suficiente.

—Sí, para cambiar, algo tiene que cambiar.

—¡Eso es! Solo hay que estar atento a las incoherencias entre lo que decimos y lo que realmente llevamos dentro. Verdad o muerte, esa es la única relación posible con uno mismo. Después de un tiempo te darás cuenta de que esta isla es el mejor espejo en el que te vas a mirar nunca.

—Vaya, así que aquí también hay espejos...

—¿A qué te refieres?

—Nada, que son unos jodidos cotillas.

—Sí, demasiado sinceros los muy cabrones. Son una puerta al alma y al miedo que nos agarra.

—Creo que prefiero meterme en el mar y olvidarme de todo.

—Lo malo es que también sabe nadar el muy jodido.

—¿Quién?

—¿Quién qué?

—¿Que quién sabe nadar?

—¡Las pollas submarinas, tronco! ¿No lo sabías? No son un mito, existen, así que aprieta bien el culo cuando te bañes en el mar... ¡No, joder! El miedo, el miedo sabe nadar, como es el puto señor miedo también sabe nadar el muy cabrón.

—Macho, vaya mundo de peligros.

—¡Tranquilo! Nada está controlado, esa es la magia, no hay que concederse demasiada importancia para poder ser valientes. Bueno, eso o es que no había un sitio menos serio donde acabar.

—Joder, tío, ¿siempre hablas así?

—Solo cuando llevo todo el día bebiendo. También intento acordarme de subirme la bragueta después de mear. La edad, ya sabes.

Nelo era un tipo profundo y sincero, o bien era un genio o

un bufón genial. Hablamos un par de horas, compartimos unas cuantas cervezas y nos hicimos amigos. Llevaba unos años trabajando como cámara de televisión española en la isla. Su mayor preocupación era que le llamase su redactor para grabar planos del tiempo o de turistas en el aeropuerto. Había recorrido medio mundo como cámara rodando documentales y reportajes de todo tipo sin hablar una palabra de inglés. Eso me devolvía la fe en la humanidad, la gente todavía se preocupa por comunicarse. Sus hijos estaban en edad escolar así que, para poder continuar con su estilo de vida y no limitar sus visitas a los niños a fines de semana alternos, llegó a un acuerdo con su exmujer: pasaría los periodos de vacaciones con ellos en la isla y los visitaría en su casa siempre que pudiera. La gente de la isla solía ser desenfadada y sencilla, pero Nelo era un oasis de vitalidad y charla existencial, se podía hablar de todo con él y terminar sumido en una parodia surrealista.

6

Había pasado apenas una semana desde mi última conversación con Mateo. Cuando de nuevo me llamó por Skype desde Cuba.

—Álvaro, soy Mateo, chamo, necesito tu ayuda, tenés que traerme dinero a La Habana. Ya sabés que acá no se pueden hacer transferencias y tengo que dejar pagos hechos para los próximos meses. ¡Camarada, la revolución tiene gastos! —Gracias a su personalidad camaleónica ya se había adaptado al ecosistema y las expresiones de allá.

—Pero ¿cuándo?

—Esta semana, te venís con cinco mil euros, ya te lo devolveré, incluido el billete de avión. Andate, es importante. Además, tenés que conocer al equipo, son seis programadores informáticos de lo mejorcito. Podríamos pasar de los argentinos para seguir con la agencia. Aquí un sueldo medio está entre los cincuenta y los noventa dólares, yo les pago doscientos para sacarlos de su trabajo actual, imaginate si están contentos. En Argentina ya salen tan caros como en España.

Tenía razón. La agencia era muy rentable y necesitábamos desarrollar nuestro software para actualizarlo o quedaríamos fuera de mercado, pero ¿en Cuba? Lo cierto era que mi socio necesitaba ayuda y que siempre nos habíamos apoyado, aunque una vez más el asunto parecía una intriga de telenovela.

Tres días más tarde hacía escala en Madrid con dirección a La Habana. Al llegar, me recibió un conductor simpático con órdenes de llevarme al hotel donde me esperaba Mateo. Me había contado que su nueva novia, Almudena, una madrileña hija del arquitecto que construyó el hotel de Fuerteventura, estaba también de camino.

El conductor de la camisa guayabera blanca se llamaba Lucas.

—¿Primera vez en Cuba, amigo?

—Sí.

—Lo van a disfrutar. ¿Ustedes son de una empresa?

—No, hacemos la revolución por nuestra cuenta...

—Bueno, allá lo pueden hacer, las cosas van bien.

—Sí... estamos convencidísimos, pero sin entender nada creo yo... alimentando a la máquina.

—¿Cómo dices?

—¿Tú tienes Facebook?

—¿Qué es eso?

—Un circo lleno de trampas, alegre y terrorífico a la vez, ¿comprendes?

—Mi hermano, aquí arroz con habichuelas, ¿me comprendes tú?

—Pues sí, que nos va de puta madre, como aquí, pero diferente...

—Ya lo dice Fidel, que aquí se está seguro...

Cuando llegamos a un hotel cerca de la ciudad aparcamos, entramos atravesando el *lobby* y fuimos directos a la piscina. Mateo surgió de debajo de una sombrilla de paja.

—Chamo, ¡qué bueno que viniste! —exclamó abrazándome—. Gracias por traerlo, Lucas, quedate a tomar unos mojitos con nosotros. Mirá, socio, esta es Almu —me dijo mientras me presentaba a la chica de la cara bonita contenida entre dos grandes perlas.

—Ah, tú debes de ser el surfero —me soltó con cierta indiferencia mientras me daba dos besos.

—Bueno, yo soy el que se mete a curarse en el agua en cuanto se mueve —respondí riéndome solo mientras me quitaba la camiseta.

—¿Qué te ha pasado ahí?, ¿te ha mordido un tiburón? —me preguntó señalando mi vientre.

—Esta cicatriz es de un accidente de montaña, me rompí el bazo y me operaron de urgencia.

—¡Vaya siete! ¿Y todavía tienes ganas de jugártela con las olas? —señaló condescendiente. Yo tenía ganas de decirle que hacerse llamar «Almu» y ser tan repija sí que era un deporte de riesgo, pero le contesté de forma impulsiva:

—¿Te crees que tengo tan poca personalidad como para dejar de hacer lo que más me gusta del mundo solo porque sea peligroso?

—En eso consiste ser adulto, en dejar de jugársela... —respondió haciendo un gesto de superioridad con la cabeza.

—Buscar seguridad en esta vida es la única garantía de morirse arrepentido —contesté sin mirar mientras dejaba mis cosas en una tumbona. Mateo, que notó que se mascaba la tensión en el ambiente, utilizó su infinita diplomacia para calmar las aguas.

—Almu, mirá lo felices que son acá. No tienen de nada y si protestan Fidel los tira al mar. Tú solo tenés que preocuparte de que te traigamos otro mojito más. Álvaro, acompañame a pillar unas copas. —Y mientras caminábamos por la piscina dándome una palmada en la espalda me dijo—: Tú, tranquilo, es medio insegura la niña de papá, pero follamos como leones. ¿Trajiste el dinero?

—Sí, aquí lo tengo —dije señalando mi mochila, que aparte de la pasta guardaba unas camisetas, un bañador y un libro de Henry Miller.

—Vale, necesitamos pagar a los muchachos, mañana los conocerás. También a los policías del barrio donde trabajan, para que no molesten. Tranquilo, los tengo acojonados. El otro día llevaba la camisa abierta y cuando vieron la hoz y el martillo que llevo tatuado en el pecho me tomaron por un hombre del partido o un espía o algo así. Mi acento los descoloca. Mañana salimos de este hotel y nos metemos en el *fregao* de verdad, ¡a vivir como cubanos! —gritó, entusiasmado agarrándome del cuello.

Al día siguiente conocimos al equipo y nos fuimos de fiesta a Santa Clara con ellos. Gente tranquila, auténtica y llena de vida, sobre todo después de recibir varios meses de paga por adelantado. Lo pasábamos genial en la Casa de la Música, un edificio medio derruido lleno de patios sin techo y un ambiente bohemio salsero. Como éramos los «yumas», que era como llamaban a los forasteros, nos tenían fichados. Bebimos, bailamos y bebimos y bailamos. Me quedé prendado de una chica preciosa, menudita, blanca de piel con alegres mejillas, la única rubia, que me evitaba continuamente. No quería ni hablarme, ni bailar, y aquello me desconcertó porque ese era un lugar en el que ellas bailaban con todos. Cuando amaneció, todavía sin dormir y mientras tomaba la última en un parque con Carlos, el músico, y con José, el poeta manco, ella pasó con una amiga que conocía el primero. Esta vez, a pesar de mi estado, sí me miró. Olía mal y estábamos bastante borrachos. José, el improvisado poeta que ya solo podía ser zurdo, minutos antes había recitado emocionado lo siguiente:

A hurtadillas, así vivo
en esta tibia verdad
melosa de tanto callar
espíritu imparable cubano
camarada, por favor, toma mi mano
y bailemos, porque si no,
¡te voy a estrangular!

Surtió un efecto demoledor en mí, sobre todo después de oír el relato de cómo un camión arrolló a José cuando iba en moto con su mujer y su hija, dejándolo solo, deambulando de por vida. Compramos otra botella de ron. En Cuba siempre se consigue lo que sea en el lugar más inverosímil. Así nos encontró Claudia, que era como se llamaba la muchacha, entre abrazos y confesiones. Debió de notar cómo mi cara se iluminaba al volver a verla. Conseguí que más o menos quedásemos en la Casa de la Música esa misma noche. La amiga tenía pinta de ser veterana de mil guerras, descolocada de la vida o demasiado intensa para su edad, no sabría decir, se despidió por las dos: «Daos una ducha, luego nos vemos.»

Aquella noche, Claudia y yo bailamos y charlamos y me pareció una diosa con su vestido color claro y desgastado. Parecía una muñeca. Calculé que sería unos diez años más joven que yo y eso me provocaba una mezcla de deseo, contención y ternura...

—Si quieres ir mañana al festival de Cien Fuegos ven a la estación de tren mañana a las cinco —me dijo al despedirse.

Después de tres días con Almu y Mateo, acabé tan harto de sus continuas discusiones que, una vez que los chicos de la nueva oficina se habían marchado, decidí seguir el resto de la semana por mi cuenta. Al llegar a la estación de tren a la hora convenida la encontré con el manco y con unas «amigas», que en realidad eran unos tíos vestidos con ropa de mujer. Nos subimos al vagón de pasajeros, que no era más que un contenedor de hierro con bancos también de metal, las ventanillas abiertas y una puerta que daba a un espacio donde al entrar solo encontrabas un agujero en el que mear directamente a la vía del tren, que hacía las veces de baño.

—*Yuma*, estos son los colegas —dijo riéndose el manco mientras me presentaba a un grupo de chicos evidentemente gais y travestis—. A ver, mariconas, este *yuma* es Álvaro, no le sobéis mucho, ¿eh?

Pensé, ingenuamente, que tardaríamos una o dos horas en recorrer los setenta kilómetros que nos separaban de nuestro destino. Así que cuando ya llevábamos seis horas hacía tiempo que había empezado a beber ron a morro de una botella que iba de mano en mano, aunque no menos que mis caderas, que tuvieron que salsear aprisionadas por todos los lados. Mi virilidad estaba a salvo solo a medias entre tanto descontrol, ojalá no hubiese hablado el idioma para poder hacerme el loco. Yo no soltaba la botella buscando anestesiar rápido mis escrúpulos. Con el único que no bailaba Claudia era conmigo, ni siquiera me defendió. Eso me perturbó aún más. Parecía más delicada en mitad de aquel mundo de impostura alegre que se entrevé en los entresijos de Cuba. A los «arrima-cebolleta» los iba esquivando haciendo contorsionismo entre los asientos y el pasillo. Ni siquiera después de asistir al famoso festival, que, por supuesto, era de *drag queens* en una antigua casa colonial frente al mar, ella quiso dormir conmigo. No fue hasta el día siguiente cuando se presentó en la casa de huéspedes donde amanecí enfermo y achicharrado a treinta y tantos hiperhúmedos grados sin aire acondicionado y delirando debido a la fiebre. Llevaba demasiados días de fiesta y empezaba a notar las consecuencias. Fue entonces cuando, en mi delirio, pude ver cómo se desnudaba ante mí. Una linda y etérea visión se coló en mi obnubilada mente. Con todo el cuidado la toqué como temiendo que se rompiera. Luego el deseo y la fiebre guiaron mis impulsos. Me deslicé por ella como en un tobogán sudoroso y probé su sexo, que se diluía entre mis blancos y febriles labios. Al instante noté un sabor amargo, que yo achaqué a la fiebre, pero que resultó ser su menstruación. O no lo había mencionado o, en mi estado, no lo capté. Fue como en una dulce tortura que tenía lugar en la sauna en la que se había convertido mi cuerpo. Al terminar nuestro sudoroso y extraño encuentro, cuando reposábamos uno junto al otro, en un ataque de moralidad le pregunté confuso:

—¿Por qué... te vas con un hombre... así?

—¿A qué te refieres? —respondió Claudia.

—No nos conocemos. Yo no soy de esos, quiero decir que yo no pagaría... Desde que te vi el otro día... ¿Cuántos años tienes?

—Dieciocho.

—¿Cuántos? No puede ser, pero ¿seguro? Yo creí que eras mayor... pero tienes dieciocho, ¿seguro? Joder, ¿me puedes enseñar tu carné?

—Sí, tengo dieciocho, seguro, pero aparento más, ya me lo dicen.

—¿Y en qué estabas pensando? Soy mucho mayor que tú.

—A mí eso me da igual. En Cuba la edad no importa; me gustas, eres muy guapo y yo me voy de fiesta con quien quiero. ¿Tú en qué pensabas cuando tenías dieciocho? —Y así se zanjó el tema, mi respuesta era obvia.

Al día siguiente, aún entre delirios, me obsesioné con Claudia. Quería llevármela a España y meterla a estudiar y formar una... y... locuras varias. Me contó que a veces vivía en una casa abandonada con unos amigos un poco punkis porque la casa de sus padres quedaba a las afueras. Estuve en cama dos días más. No supe nada más de ella. Después de salir de Santa Clara viajé en coche compartido, en la caja de un camión, en un bus que se averió, en un motocarro y, por último, en el avión de vuelta a España. Unos días después de llegar recibía una llamada de mi socio.

—Chamo, ¿lo pasaste bien por acá?

—Sí, tío, bueno, ha sido raro todo. ¿Desde dónde me llamas?

—Sigo en Cuba. Entretené a Antonio hasta que vuelva, ¿vale?

—Mateo, se me ha ocurrido una idea para hacer viable esta explotación hotelera. Crear una cooperativa para captar fondos privados de gente que quiera invertir en una casa y que pueda disfrutarla de vacaciones un mes al año y que a la vez sea el propio hotel el que pague la hipoteca que ellos soliciten al banco. Nosotros conseguimos que el negocio sea viable y salvamos a Antonio.

—Salvar a Antonio no es tu misión, ¡tu misión es que ganemos plata!

—Bueno, lo importante es crear algo distinto aquí, crear una comunidad, pasar del golf y hacer huertos comunales, todo eco y con autosuficiencia energética, tío, autogestión total. Ya lo hablamos cuando vuelvas. ¿Sigues con la princesa?

—No, tío, ya se fue, pero tengo que cambiarla por otra. Ya sabes que hay detrás de un gran hombre...

—Un gran miedo que tapar.

—¿Ya estás con tus gilipolleces?

—Lo que tengo claro es qué hay detrás de una gran mujer, y no son solo unas perlas... generalmente es el doble de trabajo, su autoexigencia y nuestra indecisión.

—Sí, ya, que si el dominio egoísta del patriarcado es el problema y que una mujer más un hombre no son dos, son uno... ya me lo has contado mil veces, y que la Virgen María era una reina y bla, bla, bla...

—A ver, tío, que hemos hablado mil veces de esto y estamos de acuerdo, no van a dejarse cabos sueltos, la unión hace la fuerza. Nos quieren separar a hombres y mujeres y nosotros estamos entrando al trapo. Divide y vencerás.

—Pero es que no decidimos nada, es la máquina la que nos educa, nos entretiene, nos enfrenta, nos fiscaliza... todo. ¿Te acuerdas cuando pusieron a un actor de presidente de Estados Unidos?, pues eso es lo que piensan de la democracia.

—Por eso intentamos salir de todo ese circo para ir a nuestra bola, ¿no? Aquí tenemos la oportunidad de crear algo distinto, ¡Fuerteventura huele a libertad!

—Vale, papi, ya hablamos a la vuelta. ¡Cuídate, Karl Marx!

7

Una mañana, sin previo aviso, apareció Mateo como un tor-
bellino de vuelta de Cuba. Venía revolucionado, como si hubiese conocido a Fidel en persona.

—Chamo, qué bien se vive en Cuba, allá sí que saben disfrutar de la vida. Madre mía, qué mujeres tan hospitalarias y
sensuales. Esto está mal montado, yo me marcho a trabajar a
casa, no voy a enriquecer a un jodido capitalista. —Y sin darme tiempo a responder, tomando su ordenador y los pocos archivos que teníamos en la oficina temporal, subió a su descapotable de un salto y me dijo—: Che, no te olvides de que esta
noche hacemos un asadero en mi casa. —Y tal cual salió que-
mando rueda.

El dueño del complejo, que vivía en una de las casas cercanas, había oído el coche de Mateo y salió corriendo para pedir-
le explicaciones después de más de un mes de ausencia, pero
solo tuvo tiempo de ver el descapotable alejándose a toda velocidad.

—¿Adónde va Mateo? —me dijo con cara de desconcierto total—. Tendremos que hablar sobre cómo seguir con el
proyecto.

Como yo ya me había preparado para esa posibilidad, rápidamente le tranquilicé.

—Tranquilo, Antonio, yo me encargaré de todo a partir de

ahora. Mateo es el iniciador, yo soy el técnico, estoy especializado en aperturas de hoteles, ¿no se acuerda de que se lo comentó cuando nos presentó? Claro, hombre, por eso me trajo de la Península. —Desde ese momento no me quedó más remedio que tomar las riendas del proyecto y ponerme a improvisar de lo lindo.

Me estuve aplicando con intensidad a mis tareas para que se olvidase de mi socio, pero la cosa era más delicada de lo que cabía imaginar. El propietario tenía una hija a la cual Mateo había estado cortejando, según me explicó su padre, que se lamentaba viendo cómo la sosa de su hija perdía una de las pocas oportunidades a las que un ser tan insulso podía aspirar. El drama estaba servido. La chica lloraba cada vez que se le mencionaba porque, bajo la influencia de Mateo y sus ideas pseudocomunistas, incluso se había hecho un tatuaje con una pequeña hoz y un martillo en la barriga cerca del pubis. Cuando el capitalista se enteró, no pudo más que retorcerse en una mueca. La chica vivía junto a sus papás en una de las muchas casas que tenían. No tenía amigos conocidos, ni emitía ninguna opinión, ni trabajaba, ni era simpática, porque todo eso, simplemente, no se podía comprar. Ella y su viejo eran un lastre con el que me vería obligado a convivir. Tenía que informarles de todos mis movimientos. El servicio turístico es un tema que hay que tratar desde lo cuantitativo y también desde lo cualitativo y esas sutilezas son difíciles de transmitir a gente acostumbrada a tratar con constructores.

Tenía que formar un equipo de trabajo que fuera autosuficiente y como no conocía mucha gente todavía, me dejé aconsejar por Mateo, que me recomendó a una chica argentina «retrabajadora», según sus palabras, que en realidad resultó ser otra desilusionada ex que había simultaneado con la hija del propietario del complejo. De ojos sinceros y espíritu vivo, así apareció Verónica, dispuesta a sobrellevar el mal trago con decoro y una férrea determinación. Siguiendo una escrupulosa política de recursos humanos y usando los más modernos métodos de contratación del nuevo personal, le dije que contratase a quien le diese la gana pero que tuviese cuidado porque respondería por el trabajo de su nuevo compañero o compañera, tanto daba. Fue así como llegó al hotel Carolina, otra desdichada amiga «víctima» de un surfero italiano guaperas que decidió emigrar en busca de olas más perfectas. Aquello parecía un consultorio sentimental. La ayudé a hacer la mudanza desde la casa de su antiguo novio e instalarse en un pequeño piso del pueblo. Hablaba cuatro idiomas y era evidente que su saber estar e inteligencia eran innatos. Nos llevamos bien desde el principio, me gustaba su distancia prudente pero cordial que a veces otorga una educación refinada. Al final, éramos cuatro personas. Creamos un equipo fantástico y cohesionado bajo la premisa de que todos éramos responsables de la toma de decisiones y del resultado de estas.

Mi trabajo consistía en dos tareas fundamentales: apaciguar al propietario y captar a los representantes de las agencias de viajes para que comercializasen nuestro hotel en sus países. Los invitaba a venir al complejo con sus familias si eran padres. Los sacaba de fiesta si eran solteros o a cenar si eran solteras, y si además eran jovencitas nórdicas destinadas en las islas como primer trabajo, en un alarde de hospitalidad hacía todo lo que estuviese en mi mano para que se sintiesen en mi cama como en su casa. Así podría resumir aquella primera etapa de puesta en marcha del nuevo hotel.

Como teníamos muchas casas preciosas vacías y solo usábamos ochenta para el hotel, convencí al propietario para que dejase alojarse gratis a mis nuevas compañeras, cada una en una casa, y a mí en otra, claro. Argumenté que todos necesitábamos un hogar donde sentirnos cómodos, y si lo sentíamos como nuestro lo defenderíamos y mimaríamos con todas nuestras fuerzas, una estrategia muy importante para este nuevo proyecto. Fue una excelente decisión ya que sin proponérnoslo tratábamos a los clientes del hotel como verdaderos huéspedes que venían a nuestra casa.

8

Recuerdo un atardecer de fantasía, claro y soleado, sentado en mi tabla meciéndome en el agua. Podía ver el arrecife multicolor bajo mis pies sumergidos. El sol a mi espalda proyectaba ante mí una espectacular escena que representaba Fuerteventura en estado puro. Desde el mar, a unos trescientos metros de la costa, tenía una perspectiva única de la isla salpicada de grandes montañas rojizas coronadas por profundos cráteres en lo alto. Era como contemplar desde un satélite la superficie de Marte toda cubierta de rocas de colores cobrizos, como si todo fuese una gran fundición de hierro y azufre que unos gigantes usaran para moldear sus grandes espadas. La sensación de contemplar la tierra desde el mar es curiosa. Te sientes un huérfano lejos de la única madre que has conocido, tienes querencia hacia ella, pero a la vez la llamada intensa y cambiante del mar te seduce y te atrapa. Permaneces en un estado de alerta, como la vida cuando estás despierto.

Estaba en un pico que se llama La Caleta, allí se forma una ola bastante rápida, vertical y amplia de recorrido. La bajada es rápida y tus movimientos tienen que ser seguros, tienes que colocarte cerca de la pared de agua deprisa para poder correrla. El problema es que cuanto más vertical, más rápido tienen que ser los movimientos para mantener el equilibrio sobre la tabla, jugando con la gravedad y el empuje de la ola. A más tamaño, más dificultad y más violencia en la caída. Ese día las olas eran más grandes de lo habitual, había que estar muy seguro de tu decisión al bajarlas. Mi nivel de surf había ido mejorando a lo largo de los años en escapadas ocasionales a la costa huyendo de la metrópolis. Aquel día era más de lo que había intentado antes. Las series de olas tardaban en llegar. Se las distingue porque rompen el plano del horizonte creando rayas que avanzan y crecen al acercarse. A nivel del agua siempre es más difícil hacerse una idea de lo que hay detrás de tu ondulante campo de visión. En los intervalos muertos de espera, contemplar el panorama de la isla desde el mar me tenía embelesado. Sin duda, debía de ser cierto lo que dijeron los primeros hombres que volaron en una nave espacial cuando les preguntaron qué era lo que más les había impresionado allá arriba y respondieron que ver la Tierra. Qué curioso que te envíen a explorar el espacio y vuelvas la mirada a tu planeta. Así me sentía yo, un explorador flotando en un mundo de fantasía acuática, volcánica, marciana.

Cuando por fin llegaban las olas había que concentrarse a conciencia. Una ola perfecta se formó frente a mí. Me di la vuelta y comencé a remar con fuerza mientras, implacable, la gran mole chupaba agua vaciando todo a mi alrededor. La sensación de ser tragado por esa gran boca es extraña, te empequeñece, pero a continuación ocurre justo lo contrario, que comienzas a subir mientras la ola te empuja desde atrás. Solo puedes remar con fuerza para tomar impulso y velocidad, tanta como la que lleva la misma ola, si no pasará de largo o te lanzará por los aires, dependiendo de si estás muy atrasado o adelantado del punto exacto donde comienza a romper. Sentía mucho empuje detrás de mí y una gran bajada se perfiló delante como un gran tobogán en movimiento. Oí gritos de ánimo. «¡¡¡Vamos, rema!!!» Los gritos me insuflaron un último ímpetu y confianza para saltar encima de la tabla cuando ya notaba la sensación de ingravidez. Ese momento es crucial, un fallo y vuelas por los aires y quién sabe si la ola te arrojará demasiado profundo contra las rocas del fondo o si solo te estampará contra la superficie y darás vueltas como un trapo en una lavadora. A cierta velocidad, el agua puede ser dura como la nieve, así que hay que andarse con cuidado. La bajada fue rápida y conservé el equilibrio. En esos momentos la cara que pones es de foto, los ojos extremadamente abiertos llenos de asombro de ir a tanta velocidad. Semiagachado, con la mano delantera señalando el camino dibujando un semicírculo perfecto, la trayectoria me colocó junto a la pared de la ola mientras sentía cómo rompía con estruendo detrás de mí, persiguiéndome como un perro de presa. Son segundos llenos de sensaciones, un tiempo detenido en el que cada ligero movimiento de tu cuerpo cuenta y varía la trayectoria de tu tabla. Avanzas a lo alto, a lo largo y en el espacio; es una combinación de dimensiones en medio de una excitación total. Iba a toda velocidad y no podía hacer nada más que correr, subir y bajar por la pared perfecta y rápida para tomar velocidad.

—¡Yiihaaa! —grité de placer saltando por encima de la ola antes de que me cayese encima la última sección. Cuando volví remando a la posición inicial, allí estaba el rubio enorme que me había animado a remar.

—Buena ola, ¿eh? —me dijo con una sonrisa al llegar a su lado.

—¡Ya ves! ¡Qué impresión cuando vi la bajada! —contesté lleno de entusiasmo.

—Una vez te decides hay que darlo todo. Luego ya se verá qué pasa —dijo guiñándome un ojo.

—Ya ves, si dudas la cagas.

—No se puede surfear a medias, colega. ¡Sin plan B! Ahahaha. —Rio como soltando una metralleta de aes salidas desde lo profundo.

—Sin miedo y a por todas.

—Bueno, miedo siempre hay, solo que no debes dividir tu energía una vez que te decides. ¡Te acabo de revelar el secreto de la felicidad!

—Entendido, sin plan B —respondí también guiñándole el ojo.

Así fue como conocí a Pieter y su teoría de que no hay que tener un plan B para ser feliz. Me gustaron al instante tanto él como su teoría. Un belga que se escapó con dieciocho años de su pequeño y perfecto pueblo europeo para venir a la meca del surf con su inseparable amigo Mikael. Me contó que habían vivido en la playa, en una ruina, durante cuatro años, con un depósito de agua, un camping gas y unos colchones. Todo lo que ganaban trabajando de cualquier cosa lo dedicaban a comprar material de surf y a hacer surfaris por todo el mundo. En una ocasión compraron un coche destartalado por mil dólares en Sudáfrica y recorrieron toda la costa subiendo por Mozambique y Tanzania surfeando todas las olas a su paso y en ocasiones durmiendo en el coche en reservas naturales entre leones. Era el tío más consecuente que había conocido, surfista valiente y entregado a su pasión. Desde ese momento nos hicimos amigos y me llevó a los sitios más inaccesibles para encontrar olas escondidas y motivarme a buscar siempre un reto mayor.

El mar también se emociona, ruge cuando está molesto, se inquieta con los gritos lejanos, es generoso y traicionero al mismo tiempo. Conoce la tierra y el infinito. Da color al cielo. Está vivo, por eso me atraía y me inquietaba tanto, porque me reconocía, porque hacía que me reconociera en él. El surf es la mejor escuela de vida, auténtica, natural, fuerte y desafiante. Siempre hay una ola más grande que la anterior, más masiva, más potente y rápida. Sin embargo, tu particular línea roja se dibuja rápida y violentamente en cuanto con tu insolencia cabreas a los dioses marinos. Una ola grande es capaz de lanzar por los aires un camión que pese toneladas, no somos más que juguetes para el Gran Azul. Lo único que puede salvarte es que no tengas mucha superficie de contacto en el momento del impacto y que mantengas la calma sin luchar para no ahogarte mientras la ola te revuelca por el fondo como si fueses una marioneta destartalada.

Fuerteventura y sus salvajes contrastes aparecían en cada vistazo para colmar mi asombro. Cada día hacía un descubrimiento. Mi imaginación volaba con facilidad al contemplar las increíbles vistas desde el cráter del volcán Calderón Hondo en Lajares. Es un enorme cono invertido de unos cien metros de profundidad y un diámetro de unos trescientos metros. Todo ese hueco se ha formado tras una última y gran explosión. Si la lava hubiese rebosado no habría cráter, solo el pico de una montaña, pero este sufrió una violenta implosión que arrojó todas sus tripas incandescentes a kilómetros a la redonda, formando gran parte de esa zona de la isla. Una honda impresión de vitalidad prehistórica parecía rodear este impasible decorado. Es como un enorme capricho en medio del océano, esculpido por gigantes de almas inmortales que se han empeñado en legarlo a la eternidad. Para describir este rincón del mundo me pregunto qué tipo de agonía persigue a la gente que busca refugio en esta desolación asediada por tremendos oleajes que configuran a base de golpes e insistencia la costa oeste de la isla, que se defiende interponiendo grandes acantilados. Qué aplomo o locura permite quedarse plantado aguantando este viento insistente que barre la superficie de la tierra desplazando las infinitas dunas, porque las dunas se mueven, y mueren en playas inmensas de azul turquesa en el este. Qué tipo de movimiento mental produce el viento en los humanos a los que atornilla los oídos día a día. El viento, siempre el viento. Encrespa sin piedad el agua, erizando su superficie sin dejarla descansar. Qué pasará en la biología humana hecha de agua que también aguanta el viento y las mareas que mueven océanos cada seis horas.

9

Estaba una noche con Nelo entre cervezas y con la mirada desenfocada, sentados en la terraza de un bar frente a la bahía de Corralejo, cuando vimos a un tipo que acosaba a unas chicas que estaban sentadas a la mesa de al lado de la nuestra. Les hablaba demasiado cerca, tanto que las chicas comenzaron a molestarse. El tipo estaba borracho, y Nelo y yo lo observábamos preocupados. Entre la gente apareció un joven moreno y ágil, de cara cuadrada y nariz griega, que le susurró algo al oído. Se marchó enfurecido, pero no tardó en volver con otros tres compañeros gritando y buscando pelea. El defensor de las chicas, que charlaba tranquilamente con ellas, al ver a los otros acercarse se apartó y, quitándose las chanclas para anclarse al suelo con seguridad, comenzó a repartir puñetazos a diestro y siniestro hasta que no quedó ni uno con la cara intacta. Aunque se defendía bien, nos pareció muy injusto que cuatro tipos peleasen contra uno, así que Nelo y yo comenzamos a separarlos a empujones y gritos. Después de un rato de nervios y de sacar pecho como pavos reales, se alejaron mascullando maldiciones en árabe y pasando la mano por su propio cuello amenazando con la revancha. Después del lío y cuando los nervios se pasaron, invitamos a unas cervezas al héroe de la noche.

—Gracias por la ayuda, esos tíos son unos pesados, antes

trabajaba en un bar y siempre andaban buscando problemas, ya les tenía ganas. Me llamo Redo.

—Pues encantado, Redo, nosotros somos el séptimo de caballería. ¿Hace una birra? —respondió Nelo.

—Sí, claro.

—Tío, te la has jugado con esos tipos —le dije con cierta admiración.

—No es para tanto, hay que saber dar un par de hostias a tiempo y también saber encajarlas como un hombre, es terapéutico.

Brindamos y la cerveza corrió con entusiasmo mientras nos intercambiábamos batallitas. Redo era un guaperas medio italiano amante de la vida nocturna y el surf. Era un *crack* con las mujeres, tenía un cuerpo fuerte, como esculpido en piedra, y un piquito de oro.

—¿Conocías a esas chicas?

—No, pero ahora ya me conocen, je, je. Para una mujer sentirse protegida es una especie de afrodisiaco. Ahora en el mundo está todo al revés, los hombres actúan como mujeres porque entienden su espacio de acción y ellas se sienten inseguras al verlos, es una contradicción... así muchos frustrados que no entienden nada acaban golpeando a las mujeres. El mundo está loco.

—Se supone que ya no les ponen los machos duros —le dije yo.

—Sí, claro, pero tenemos un lío mental todos en estos tiempos. Una cosa es lo que decimos; otra, lo que llevamos dentro, y otra, lo que somos capaces de ver. Si eso nos pasa a todos, imagínate a ellas. Os apuesto lo que queráis a que puedo demostrarlo. Yo voy a ir ahora a hablar con las chicas de antes y a la morena alta, que parece la más segura, después de diez minutos de charla, le voy a decir al oído que me gustaría irme con ella a solas y atarla. ¿Qué creéis que va a contestar?

—¡Joder, tío, ni de coña! Pero ¿qué dices? —contestamos al unísono los dos.

—¿No me creéis? Pues esto es lo que va a pasar: se lo diré al oído para que sus amigas no lo oigan, después me retiraré un poco y pondré una expresión neutra. Ella sonreirá como tomándose a risa mi propuesta, encogerá el cuello, echará la cara arriba un poco y después soltará el aire antes de borrar la sonrisa y mirarme intensamente a los ojos; entonces, yo aguantaré su mirada y me daré la vuelta para ir a hablar con algún grupo donde también haya mujeres, una charla informal, pero dentro de su campo de visión. Si me mira, al principio fingiré no darme cuenta, pero después interceptaré su mirada, iré a buscarla y suavemente la tomaré de la mano y nos iremos juntos.

Lo dijo con tanta confianza y tranquilidad que comenzamos a pensar que o estaba chalado, o podía surtir efecto. Antes de que pudiéramos hacer nuestras apuestas, ya avanzaba directo hacia el grupo de chicas. El ritual se sucedió como en una coreografía ensayada. Asistimos a una muestra guiada de la cartografía de la psique humana, ancestros encarnando sus arquetipos de género más misteriosos.

Unos días más tarde quedamos para ir a hacer surf y le pregunté a Redo si la chica se había dejado atar. Con una sonrisa de medio lado me relató con todo lujo de detalles lo que pasó después de que nos fuéramos. Me contó que él vivía en una casa con una pequeña azotea y que fueron allí, se desnudaron y se echaron todos los líquidos que pillaron a mano sobre el cuerpo. Se explayó en detalles solo limitado por su español con acento indescifrable, y esto es lo que entendí: él apretó fuerte un bote de crema contra su pubis, ella reaccionó con un leve movimiento de retroceso que se convirtió en una mirada retadora. A continuación, tomó la botella de vino que habían abierto y la derramó por su clavícula para que se deslizase entre sus pechos, bajase por su vientre y terminara fluyendo por su rajita rasurada. Luego le agarró las muñecas con fuerza y le pidió que abriese la boca para meterle la lengua y saborearla. Acto seguido, él se dio la vuelta y le pidió a ella que le atase con su camiseta las muñecas a la espalda, que le obligase a sentarse y que le diese a probar su coño.

No sabía si creerme la historia de mi nuevo colega, sobre todo imaginando el sabor que podía tener la mezcla de fluidos vaginales, crema solar y vino. Además, en su relato era a él a quien ataban, lo que me hizo pensar que me estaba vacilando. Sin cerrar el pico, como llevado por esa fuerza misteriosa que a veces arrastra a la gente a describir su biografía en diez minutos, me contó que se había criado entre Nápoles y Bruselas, que su madre, belga, era profesora de biología, y su padre, siciliano, era árbitro de fútbol; que le volvía loco el chocolate; que de pequeño quería tener un perro y que ante la negativa de sus padres argumentando que suponía mucha responsabilidad, él, que era el mediano de tres hermanos, se dedicó a cuidar a su hermana pequeña y le enseñó a andar, a hablar y a hacer todo lo que le pidiera a cambio de premios. Y así fue como dejó de interesarle el perro.

10

Los días transcurrían soleados y apacibles entre el hotel, el surf y las charlas con la gente de la isla. Hasta el cajero del supermercado sabía dónde había olas, dónde había una fiesta o te informaba sobre algún cotilleo local. Era muy fácil entablar conversación, todos los residentes eran de fuera y estaban dispuestos al intercambio. Un día estaba comprando unas postales impresionantes de la isla y la camarera holandesa de la cafetería de la salida de Lajares me habló de un tal Wolfgang, otro hippy que apareció en La Roca en los ochenta en busca de su quimera personal. Se ganaba la vida haciendo fotos de paisajes de la isla con las que hacía postales que se vendían muy bien. Lo que más me atrajo de la historia de Wolfgang fue que era una especie de antropólogo aficionado muy peculiar. Sus teorías sobre los antiguos nativos de la isla desafiaban los límites de la versión oficial e incluso sostenía que Fuerteventura era una parte sin sumergir de la antigua Atlántida. Los atlantes habrían desarrollado complejos sistemas de culto y de creencias espirituales. Al parecer tenía algunos restos arqueológicos que mostraba encantado a cualquiera que le preguntase. Pero según me comentó la holandesa, por su fama de excéntrico, casi nadie le tomaba en serio. Me daba cuenta de que en esta isla lo extravagante no levanta revuelo, solo curiosidad. Este mágico rincón del Atlántico daba cobijo a multitud de personajes.

Reconozco que me pudo la curiosidad y una vez que conseguí su teléfono no tardé en llamarle.

Me cité con Wolfgang esa misma tarde al borde del acantilado que hay en el pueblo de El Cotillo. Desde esa posición se puede contemplar todo el antiguo pueblo de pescadores, el puerto, las desperdigadas casas blancas con ventanas azules y el muelle chico, con los restaurantes que sirven pescado de la zona. También es un lugar perfecto para contemplar el atardecer en primera línea. Vi a un tipo que se acercaba hacia mí dando grandes zancadas. No tardé en darme cuenta de que era un personaje digno de conocer. Media metro noventa por lo menos, y su piel curtida y su media melena blanca delataban los sesenta y tantos años. Lo saludé y al acercarse a mí no me tendió la mano, su actitud me pareció amable, aunque algo distante. Su mirada no era frontal, parecía como si hablara a alguien situado a mi derecha, con una especie de timidez que contrastaba con su convicción al hablar. Antes de que pudiera decir una palabra, sacó unas piedras de la mochila y me las mostró como si estuviera ante un preciado tesoro. Sostenía una roca en una de sus manos y situó la otra detrás a modo de pantalla.

—¿Ves este relieve en la roca? —me dijo posicionando la piedra entre los rayos de sol que se proyectaban casi horizontales desde poniente sobre la mano—. ¿Ves la sombra en mi mano? —Y frente a mí apareció la forma de una cara rudimentaria de líneas rectas, frente plana, nariz triangular y mentón recto, algo parecido a las figuras de las estatuas de la isla de Pascua—. Labraban estas piezas para recordar a sus muertos, era una forma de mantenerlos presentes y evocar su presencia. También las hay mucho más grandes en rocas próximas a enterramientos, generalmente solo se pueden ver al atardecer.

Me quedé un instante alucinado mirando a aquel hippy con acento alemán de camisa abierta y colgantes estrafalarios y le pregunté tratando de resumir:

—¿O sea que son sombras ceremoniales para recordar el espíritu de los que ya no están?

Wolfgang comenzó a relajarse y un brillo de excitación apareció en aquellos profundos ojos azules.

—Tengo más de cien restos arqueológicos como estos en mi casa y los expertos me tachan de loco. Dicen que es solo una coincidencia. Pero tómala en tu mano, ¿no crees que esta roca ha sido labrada por el hombre? —Puso la piedra en mi mano, luego sacó cuatro más y me las fue pasando para que las examinase una a una—. Si observas la isla desde el aire, se pueden ver grandes circunferencias de terreno despejadas formando grandes soles con sus rayos. En esta zona al noroeste de la isla, en la montaña sagrada de Tindaya, hay cientos de grabados en las rocas. Se trata de culturas bastante ritualizadas, pero como no se han encontrado restos de grandes construcciones, los muy necios creen que eran unos nativos incultos.

—¿A quiénes te refieres?

—A las autoridades locales y, en general, a la población. No les interesa este tema. Es sabido que los antiguos nativos utilizaban símbolos complejos como las espirales. Probablemente querían representar el eterno retorno, ¿entiendes? No hay muerte, solo hay ciclos. ¿Y qué me dices de los petroglifos labrados en la piedra como los podomorfos? Son inscripciones con forma de dos pies que tallaban en la roca junto a sus muertos. Los momificaban y los depositaban en lo alto de la montaña sagrada que hacían servir a modo de enterramiento. Esos pies muestran el camino a sus grandes hombres, los dedos de los pies siempre apuntan al cielo, es como una alegoría del camino al más allá. También se encuentran en los lugares donde se impartía justicia, marcando el camino de la redención. ¿No indica esto que eran gentes con una amplia creencia en otras dimensiones de existencia? —No pude más que asentir con la cabeza y preguntarme a quién carajo estaba mirando cuando me hablaba. Me tenía mosqueado hasta tal punto que, en un momento dado, también yo miraba de reojo a mi derecha como con miedo de encontrar algo o a alguien junto a mí.

—¿Y cómo es que no te toman en serio?

—A la sabiduría antigua la consideran superstición, tienen

miedo de cambiar sus creencias, pero ¿acaso no es eso superstición? —dijo con una risa de ardilla germana satisfecho de sus propias ocurrencias incomprensibles para los demás.

—Nos solemos resistir a los cambios —dije yo—, nos cuesta aceptar todo aquello que cuestione nuestras creencias.

—Eso es, revisar lo que crees es un acto de valentía no de rendición.

—Dejamos poco espacio a la intuición.

—¿Por qué no dejarse llevar por la fantasía por un tiempo? ¿Qué daño puede hacernos? La fantasía es una niña a la que nadie toma en serio, la precaución es el veneno que mata el corazón. De todas formas, esto es arqueología y aquí están las pruebas que no quieren ver. —Al asentir con la cabeza me di cuenta de que me había convertido en su cómplice y su discípulo. Me sentí atraído por su personalidad excéntrica tan fuera de lo común. Charlamos un rato más y, pasados unos minutos, tal y como apareció se esfumó. La próxima vez que nos viéramos sería para hacer juntos el ascenso a la montaña sagrada.

Conducir de vuelta a casa por la carretera sin curvas que atravesaba el páramo entre las montañas que se extendían hacia el sur alzándose como pirámides amarillentas en medio de la isla de los sueños ancestrales fue toda una experiencia aquella tarde. Ya nada me parecía igual, culturas complejas viviendo en poblados rudimentarios o quizás en ciudades sumergidas en esa isla perdida, Atlantura, como la llamaba Wolfgang, alejada de cualquier comprobación histórica posible. La idea de que civilizaciones precolombinas como los celtas, los mayas, los hindúes y los guanches usaran los mismos símbolos místicos, como la espiral, y que para todos ellos significara una conexión entre mundos diferentes, entre planos de existencia o de realidades, me tenía maravillado. Si no tenían contacto entre ellos antes de Colón, ¿hasta dónde se remontaba ese conocimiento compartido por todos ellos? ¿O es que alguna cultura superior y más desarrollada otorgó este conocimiento a todos?

11

Cuando llegas a Fuerteventura entras en una burbuja. Aquí el resto del mundo es ajeno. Las prisas no son buenas consejeras. Pronto descubrí que, si quería integrarme, debía tomármelo con calma. Las puestas de sol, la playa, meterse en el desierto y encontrarse uno solo en medio de la nada. Pasear por las dunas y detenerse en lo alto de una gran montaña arenosa para contemplar el paisaje ondulante. Ver todo. Sentir todo. La arena moviéndose debajo de ti, la tierra emergiendo. Cada vez que me sentaba en el gran manto de nuestra madre tierra notaba esa energía. Estaba en medio de un vórtice energético que ascendía hacia el cielo y volvía a descender al epicentro, al núcleo, y en medio, mi corazón, los nuestros. Era un canal. Cuando no ofrecía resistencia lo sentía fluir. Era parte de todo. Insignificante. Hipervalioso. Era «yo» en ese momento. Y tenía la certeza de que cuando ya no estuviera, no pasaría nada.

En aquel lugar todo el mundo parecía tener una historia a sus espaldas. Nadie era «virgen». Todo el mundo llegaba huyendo de algo y buscando lo contrario. El espíritu de la gente y el ambiente eran alegres y desenfadados. La isla y el océano facilitaban esa pureza existencial. Los cuadros de escenas marinas, atardeceres y olas colgaban de las paredes de las casas y de los bares. También las conchas, las rocas, las hamacas, los restos que traía el mar, las tablas de surf, las pegatinas, las banderas que marcaban la dirección del viento, las furgonetas, los perros sueltos, la gente descalza con el pelo quemado por el sol, peinado con rastas, las camisas abiertas, las sonrisas limpias, los cuerpos bronceados, las chicas alegres, las barbacoas, los planes de viaje... Estaba en Babel. El ideal que perseguía este tipo de gente era viajar a otros lugares, como Indonesia, Bali, Filipinas, Sudáfrica, Australia, y surfear todo tipo de olas, ver todo tipo de playas, de arrecifes, de peces, de selvas; probar todo tipo de cervezas, idiomas, motos, cocos; conocer a otros viajeros; encontrar a lugareños con los que reír, curiosidades que observar, peligros que afrontar, tomar fotos, encontrar olas que recordar. Porque cada ola es única, como las personas, con una forma diferente, una altura, un grosor, una energía, un ímpetu, una actitud, una forma de moverse, de avanzar, de desmoronarse, de proyectarse, de morir, de crecer, de romperse, de avisar; una ola a la que temer, recordar, evitar, una forma de improvisar, ¡una forma de ser!

El surf es un ritual de inmersión en lo mejor que tenemos. Autenticidad con tus emociones, entusiasmo al descubrirte en la naturaleza, contacto con tus temores y anarquía vital. Las olas son seres únicos e irrepetibles, no hay dos iguales, como las percepciones del mundo, todo depende del ojo del observador. Las emociones, al afrontar el reto de meterse en el todo poderoso océano, son tan intensas como el respeto que infunde. Un guiño desde las profundidades, un sueño que afrontar con todas sus consecuencias. El mayor riesgo en el surf es acabar perdiendo el interés por todo lo demás, que no haya nada más importante, que el mundo que lo rodea se reduzca a un decorado que enmarca ese acto divino. Surfear para experimentarte. Experimentarte para descubrir que la vida es una playa, un trozo de incertidumbre líquida.

Yo no era consciente entonces de que todos los acontecimientos y personajes que iba encontrando en la isla formarían parte directa o indirectamente del camino que me abocaría hacia la mayor encrucijada de mi vida.

12

Una tarde en la playa Grande de El Cotillo encontré a unos amigos descansando después del baño. Las tablas esparcidas por la arena, los trajes de neopreno puestos a secar y cada uno de ellos sentado o tumbado tomando el sol relajadamente. Decidí unirme al grupo, clavé la punta de mi tabla en la arena y fui saludando uno por uno.

—¿Qué tal, Pieter, cómo ha ido el baño?

—Las olas cerraban demasiado, tienen poco recorrido. Al final de semana la previsión dice que entrará un buen *swell* del noroeste y sin viento. ¡Épico! Tenemos que ir a Mejillones —dijo Pieter ladeando la cabeza y asintiendo. A mí eso me parecía demasiado. Seguí saludando.

—¿Qué tal, Tania? —Al agacharme para darle dos besos no pude evitar fijarme en sus pechos, que se insinuaban a través de la blusa medio abierta. Ella respondió a la propuesta de Pieter lanzándome una mirada desafiante.

—¿Sabes que es la más grande y potente de la isla? Y eso es mucho en esta zona del Atlántico.

No sabía si se refería a la ola o a ella misma. Tania poseía una belleza terrenal y sugerente, curvas perfectas y bien definidas coronadas por una mirada atrevida. Ya había estado en el agua con ella antes, era imposible quitarle la vista de encima cuando remaba asomando su perfecto trasero redondo. Poca gente se atrevía a bajar olas con la misma valentía que ella, dejaba en ridículo a muchos hombres que se echaban atrás en el pico. Cuando había que decidir si bajar o arrepentirse, ella siempre se lanzaba.

—Sí, la he visto al pasar con el coche por el camino del norte —respondí saludando a otros dos chicos italianos que no había visto antes.

—Si bajas Mejillones un día grande, puedes decir que has llegado al límite —continuó Pieter—. Es una ola oceánica, rompe mar adentro, hay que remar bastante para llegar a ella. Rompe con mucha fuerza y lleva mucha agua, así que el empujón es bestial..., lo malo es que, si fallas, bueno, mejor no fallar —terminó riéndose y buscando la aprobación de los demás, que también reían.

—¿Tú ya la has bajado? —le pregunté esperando una respuesta negativa.

—Sí, yo ya he bajado Mejillones —respondió orgullosa.

—Eh, ¡pero no te fíes! —exclamó Pieter—. Lo de Tania no es normal, puede que sea la única mujer que la ha bajado, ella y algún que otro tipo de la isla —terminó apuntándome con el dedo para que quedase todo claro. Observé a Tania mientras sonreía orgullosa, estaba hecha de una pasta especial. Había algo en su mirada que transmitía una mezcla de confianza y temeridad. Ella siguió bromeando con los demás, como quitando importancia al asunto.

—No te creas, que yo he pagado un precio muy alto por ser tan inconsciente. —Y acto seguido se quitó la blusa dejando al descubierto sus pequeños pero turgentes pechos y, tomando el izquierdo con la mano, se volvió de medio lado para mostrar una cicatriz en el costado—. ¿Ves este trozo de músculo que me falta aquí en el pecho? Me lo arranqué con una roca al caer de una ola con marea baja en Acid Drop. —Y se tomó su tiempo para que lo pudiésemos observar. Se dio la vuelta—. ¿Ves esta otra? —dijo señalando la parte lumbar donde un gran siete estropeaba su piel perfecta—. Este es otro recuerdo. —Y sin prisa se cubrió de nuevo—. ¿Estás dispuesto a pagar el precio? Porque la vida deja huella.

Acepté el reto y respondí:

—El tiempo lo dirá.

Ella, burlona, me contestó:

—Pero ¿qué dices, tío? ¡Eso no es nada! Yo estoy preparándome para parir, que dicen que eso sí es la hostia de doloroso. —Y rio con ganas. Todos la seguimos con devoción.

«Menuda mujer —pensé para mis adentros—, vaya valor y qué peligro de sirena.»

—Oye, ¿y en qué países has surfeado? —le preguntó uno de los italianos que sabía que era una gran viajera.

—Llevo desde los diecinueve años viajando por el mundo y volviendo a *Fuerte* para descansar y hacer un poco de dinero para el siguiente viaje. He estado en Australia, Indonesia, Sudáfrica, Nicaragua, las islas Cook, Costa Rica, Filipinas, Nueva Zelanda y unos cuantos sitios más. Tengo miles de fotos de esos lugares increíbles. Mi pasión es la fotografía y el surf...

—¡Y coleccionar amantes! —gritó Pieter dando un salto de donde estaba sentado y salió corriendo hacia el agua mientras Tania protestando se levantó.

—¡Eh, pero qué dices!

—¡No lo niegues, mentirosa! —gritó Pieter a lo lejos.

Todos la miramos mientras corría tras él con una especie de devoción, como si poseer a aquella especie de diosa fuese sinónimo de bajar la mejor ola del mundo, o sea nuestro mayor deseo encarnado en una mujer. Pero ella, que tenía tablas para desenvolverse en aquel ambiente cargado de testosterona, sentenció mientras trotaba hacia el agua:

—Cómo sois. ¡Siempre pensando en lo único! —Se volvió para guiñarnos un ojo, pícara, lo que nos hizo reír con ganas y seguirla en dirección al agua para bajarnos la temperatura.

13

Las noches en las terrazas de los bares de la bahía de Corralejo eran como un invernadero juvenil donde los sueños marineros se mecen cálidos en un verano casi eterno. Estaba charlando de la última sesión de surf con mi amigo Salvatore apoyados en la barra abarrotada, pero en el mismo instante en que pasó por mi lado me di cuenta de que me odiaría si no le decía algo.

—Por favor, disculpa a toda esta gente por no darse cuenta de la belleza que tienen delante. —Deseaba tanto una respuesta positiva que no medí la dosis y sonó bastante meloso, ni lo pensé—. Son unos maleducados, deja que te ayude a pedir, me llamo Álvaro, ¿y tú?

En ese momento me cautivó, deseaba que no se marchara. Ella se quedó mirándome fijamente. Su tranquila cara angelical, melena corta rubia, boca carnosa, ojos azules enormes eran un espectáculo digno de contemplar. Se notaba que estaba acostumbrada a ese tipo de situaciones.

—Me llamo Ona —respondió sosteniéndome la mirada. Acerté a sonreír y me devolvió una ligera sonrisa. «¡Un punto para mí!», pensé. Pedimos juntos en la barra.

—¿Quieres un chupito? —dijo estirando su mano mientras me ofrecía uno—. ¿De dónde eres?

—De un lugar al que no quiero volver, ¿y tú?

—Yo nací en la isla. —Una nativa preciosa dedicándome su tiempo y una breve charla transformaron la noche en pura magia. Su sonrisa sincera lo llenó todo de luz meciéndome en un deseo tranquilo—. ¿Por qué viniste aquí?

—¿Cómo iba si no a encontrarte? —Sin sonrisa por su parte esta vez, pero allí seguía.

—¿Dónde trabajas?

—En un hotel que se llama Villas Paradiso. ¿Y tú?

—De relaciones públicas en una agencia de viajes mayorista.

—Me imagino que das una imagen perfecta para eso.

La conversación siguió un rato más mientras poníamos en común nuestros detalles más mundanos. Me pareció muy educada y dueña de sus impulsos. No se dejaba halagar con facilidad, como si intuyera que eso la haría vulnerable.

—Nos volveremos a ver, Ona —dije cuando ya nos despedíamos. Aquellas palabras resonaron en el espacio que ya no nos separaba. Los dos lo supimos entonces, nos volveríamos a ver.

14

Había llegado en invierno a la isla y, casi sin darme cuenta, ya era verano. Para entonces, mis expectativas vitales se veían totalmente colmadas con el estilo de vida isleño. Disfrutaba del surf, de la playa, conociendo gente nueva y trabajando. Dedicaba muchas horas al hotel para conseguir una organización efectiva. Intentaba transmitir a los clientes y las agencias una imagen de calidad con un estándar de servicios alto. Configuré las redes de comercialización sobre todo en países europeos, aunque también teníamos clientes de las islas y de la península. Mentalizaba al personal para ofrecer un trato atento y personalizado que fuese cercano pero formal. Hice un trato muy ventajoso con el dueño para quedarme con un diez por ciento de la facturación neta, restando algunos costes de producción. Mi dedicación era total y durante los primeros seis meses trabajé sin recibir ni un solo euro a cambio. Había hecho una apuesta en toda regla.

Cuando le presenté las cuentas a Antonio fueron todo alegrías, aunque me costó bastante hacerle entender la importancia de concentrar la inversión en servicios para tener un retorno cualitativo y cuantitativo. Él se había dedicado a los productos. Encargar construcciones para luego venderlas. Un promotor inmobiliario básicamente suma los factores necesarios para que una construcción salga adelante. Localiza el terreno, habla con el banco, encarga un proyecto al arquitecto, lo presenta al Ayuntamiento para obtener permisos y contrata a una constructora para que materialice la obra. Un entorno muy ventajoso para hacer negocios provocó el *boom* inmobiliario en España durante años. Nadie ponía pegas a nada. El resultado fue un país entero, cuya economía giraba en torno a la construcción y a las ayudas de la Unión Europea. Pero la burbuja nos estalló en la cara y nos ató a todos la soga al cuello para hacer frente a esos lastres financieros, ecológicos, paisajísticos y sociales. La falta de previsión hizo que nadie se preocupara de crear otro tejido industrial. Habría jurado que en el colegio nos explicaron lo de las curvas de Gauss y los ciclos de la economía. Pero está claro que alguien debió de saltarse unas cuantas clases o quizá lo que ocurrió simplemente fue que para ser político solo hay que certificar haber pasado el instituto haciendo pellas. Y lo de la universidad ni lo hablamos, porque no es ni siquiera un requisito...

Antonio me contó que había construido más de quinientas casas en la isla y que había comprado la parcela donde se situaba el complejo por cuatro millones de euros. Yo le pregunté si había tenido en su cuenta bancaria esa cantidad y él me dijo que sí, que se había gastado todos sus ahorros en esa promoción inmobiliaria. Cuando le pregunté el porqué, me respondió que no sabía hacer otra cosa y que quería más. Aquella respuesta me dejó pensativo unos días. Puedes vivir en una isla preciosa donde lo único que hay que hacer es ir a la playa, que es gratis, o compartir un asadero con amigos y que, aun así, no creas tener nunca suficiente dinero en tu cuenta bancaria. Eso me hizo darme cuenta de que vivimos en un paraíso con fecha de caducidad, la propia insatisfacción humana hará que todo se termine.

«El hombre es lo que hace», leí en algún sitio. Pero el hombre que hace lo que hace porque no tiene otra cosa que hacer, ¿qué es? No tengo muy claro si esa frase está en lo cierto, pero tampoco si las cosas podrían ser de otra manera.

El propietario tenía enchufado en el hotel a su hermano. Tenía pinta de tener diez años más de los que aparentaba y diez primaveras menos de las que debería, malvividas bajo el achicharrante sol de Canarias. Su mente era un cúmulo de misterios, algo así como un agujero negro inaccesible para cualquier ciencia. No era tanto por la forma ovalada y extravagante de su cabeza, o su papada cimbreante, sino por imaginar el efecto del eco producido por extraños pensamientos rebotando en su interior que luego reproducía en forma de palabras. Su interacción con los clientes era pésima. Con una convicción demoniaca hablaba en una especie de inglés a los clientes, que no era más que español hablado muy lento, a voces, repetido varias veces y acompañado de numerosos gestos con las manos. Abroncaba a los blanquísimos europeos del norte por bañarse en la piscina habiéndose echado crema de protección solar. Como si pudiesen no achicharrarse sin crema en estas latitudes cercanas al Sahara y como si la piscina no tuviese depuradora. Astutus Maximus hacía mi labor de apaciguador de la clientela muy sencilla, cuando después de la bronca, la otra parte sentía simplemente «comunicación terrícola».

Como para entonces me había convertido en un yonqui del surf, programaba presuntas reuniones fuera del hotel para acabar en el agua alimentando al monstruo, ansioso de intensidad. Siempre había una ola más grande y perfecta en algún sitio, había que encontrarla, buscar, predecir, recorrer caminos, tragar polvo, romper coches, bajar rocas, helarse en el agua, arañarse los pies, golpearse con la tabla, rozar el fondo, pisar la arena, sentir el viento, absorber sol, inspirar atardeceres, cagarse de miedo, gritar de alegría, esforzarse hasta el límite, rendirse, cabrearse, maldecir, reír a carcajadas, llorar de alegría, gritar de gusto, llenarse el alma, buscar olas...

Aún recuerdo el día que volví a verla en la playa. Sus pasos eran diferentes, la arena no le pesaba, se tomaba su tiempo para llegar. Alada, sigilosa en la distancia, grácil, cada pisada era una oportunidad para que su cuerpo la siguiera, así como mi mirada. Me preguntaba qué veía en ese mapa de destellos, de brillos acuáticos sobre la fina cama de arena donde se acuestan el uno sobre el otro, el mar y la tierra, amantes esporádicos, eternos, entregados a su ir y venir, lamiéndose sin parar, a golpes violentos y también a suaves idas y venidas, como mi imaginación recorriendo su contorno ondulante, bello. Si su bronceado no fuera más que un espejismo lo sabrían pronto mis manos, aclarando hasta el último rincón de su cuerpo, de su intimidad solar.

Cuando se acercó a su toalla ya no me quedó duda, era ella, Ona, sabía que volvería a verla. Me acerqué despacio, ella se había quitado la parte de arriba del biquini y su precioso pecho quedaba al descubierto.

—Hola, Ona —dije con suavidad al acercarme. Ella, sin sorprenderse demasiado, me devolvió el saludo con toda naturalidad.

—Hola.

—¿Te importa que me siente? —Ella hizo un gesto invitándome a sentarme a su lado.

Tras un rato de charla relajada sobre la temperatura del agua, las olas, el calor, el trabajo y la gente que ambos conocíamos, nos decidimos a darnos un baño. Ella se puso el top del biquini para aliviar el único punto de tensión entre nosotros. Nos envolvimos en un baño de sonrisas aparentemente indiferentes mientras nos manteníamos a una distancia prudencial. Cuando salimos del agua, llevé mis cosas junto a ella y disfrutamos juntos del suave calor del atardecer. Con la puesta de sol, comenzó a refrescar. Ella se puso una camisa y se acurrucó hecha un ovillo muy cerca de mí hasta quedarse dormida. Me quedé observando con detenimiento su pelo rubio y fino caer sobre su cara relajada y pecosa y sentí cómo un deseo intenso me movía a abrazarla y protegerla. No lo hice, claro.

15

Los majoreros tradicionales son gente aparentemente sencilla. Cuidan cabras, llevan sombrero, son barrigones, conducen coches todoterreno y, sobre todo, adoran disfrutar de un buen asado entre amigos. Los jóvenes son amigables, orgullosos y de hablar directo. Todos son gente sabia de la vida, que cultivan con afecto y cariño sus relaciones. Mi trato con ellos era cordial, son gente amable y simpática. Mi relación con su territorio se movía entre el disfrute de un presente material y sensitivo y una curiosidad incesante por su pasado remoto. Ya no podía dejar de pensar en la sabiduría oculta en los símbolos de poder de los antiguos nativos majos.

Wolfgang me citó una tarde en la base de la montaña sagrada de Tindaya. Atravesando la nada, aquella pirámide con apariencia de montaña reina majestuosa sobre un pequeño pueblo del mismo nombre. Sin saber dónde lo encontraría, guiado por mi intuición llegué hasta él junto a la falda sur de la montaña. No había coches cerca, parecía un espejismo de cabellera blanca en medio del desierto humeante por el calor. Tras un breve saludo comenzamos aquella ascensión casi ceremonial. El ascenso es bastante vertical y cuando coronas la montaña te das cuenta de que estás en lo alto de una pirámide natural de una armonía asombrosa. En la cumbre hay una especie de repisa lisa donde puedes sentarte en las piedras que forman la punta de la pirámide. Wolfgang señaló una zona lisa y comenzó a hablar.

—Aquí en la cumbre depositaban a los muertos momificados y grababan en la roca los petroglifos. ¿Ves los podomorfos ahí? Suelen ser dos pies que miran al cielo. A una montaña se sube para morir. Muchas culturas nativas mandaban a los niños a la montaña para que volvieran convertidos en hombres. También representa el viaje alquímico de la transformación interior, hay que morir para encontrar el camino a la vida, el camino al corazón.

El fuerte viento y las palabras con acento alemán se esfumaban en ese momento eterno. Qué tiene que ver el pelo loco con la expresión larga cuando la mirada es dulce y la voz esquiva, no por esconder sino por aprender a callar ante la crítica y la desconfianza que un ser atípico como este desgarbado don Quijote embelesado por el cáñamo. Vivir inmerso y atrapado entre los sutiles mundos del hombre que cree y el hombre que sueña, la vida es sueño y cada vez que uno se despierta uno sueña con no interpretar nada en sus sueños más allá de los ronquidos, con sentidos o sin ellos.

Tenía la sensación de estar sentado sobre una enorme conciencia, un canal hacia un universo infinito. Wolfgang buscó algo en su mochila y me lo ofreció como un valioso tesoro. Eran dos colgantes, uno era una espiral, y otro, un podomorfo, los dos grabados en roca volcánica. Me quedé pasmado.

—¿Son para mí?

—Sí, hombre, son un regalo —respondió él sonriendo.

—¡Guau! No sé qué decir. Gracias, de verdad. —Él, todavía sonriendo, intentó quitarle importancia.

—No es nada, los hace Miguel *el Malaje*, el artesano de El Cotillo, los vende por cinco euros. —La aclaración no le restó simbolismo a la situación y me acerqué para abrazarle. Él reaccionó, como buen alemán, quedándose rígido y diciéndome que se marchaba—. Quédate un rato y observa. —Sus palabras resonaron casi como una orden y se despidió con esa sonrisa amable y cómplice que le caracterizaba.

Sentado allí, contemplando el paisaje desde la cumbre de la montaña sagrada, pensaba en lo que consideraba yo sagrado antes de llegar a ese lugar, si es que había algo... Abajo, en la isla eterna, petrificada, su movimiento es perceptible solo para el que sabe qué mirar, mostrando visiones, llena de pistas grabadas en lo sólido para trascender lo efímero. Observar el desierto desde una época pasada llena de vidas futuras ofrece un panorama anormalmente vivo dentro de un no tiempo. Todo es trascendente aquí, imperecedero, lo duro permanece inmutable, pero lo blando es permeable a esta energía, solo hay que sentir, solo hay que escuchar, solo permanecer. Aquellas rocas seguirán allí miles de años después de que yo me extinga, hirviendo de energía, conectando mundos. Pero, si todo es un eterno retorno como muestran las espirales grabadas en esas montañas, puede que mi antiguo vacío vuelva a visitarme otra vez... Entonces, sentí mi espíritu mutar en un segundo ante esta consideración, el silencio del desierto ya no me pareció tan apacible sino incómodo, quería volver al ruido del pueblo y los turistas. Me preguntaba qué verían al observar las fotos de sus vacaciones en la isla de vuelta en sus casas en Hamburgo o Birmingham. Quería rendir homenaje a aquella sabiduría ancestral y apareció una imagen en mi mente muy concreta, una puerta, el sol de fondo y sombras de caras.

Ona me comentó unos días después que sus padres vinieron a las islas destinados hace años y quedaron atrapados por la magia de la isla y su vida tranquila, aquí eran gente bien considerada. Una familia de gran corazón, amables y educados, fueron las referencias que me dieron de ellos. Ella y yo empezamos con buen pie, era muy fácil de trato, sincera y cariñosa, siempre con una sonrisa para todo el mundo. Trabajaba como relaciones públicas de una importante agencia de viajes. Su imagen era perfecta para ese trabajo. Era diferente de las otras chicas de por allí, a veces un poco secas, como la isla, otras veces, más hippies que el viento. Al mirarla no podía evitar preguntarme qué era antes, si la fisonomía o el carácter. ¿Su cara angelical hacía que se comportara como un ángel o nació ángel y por eso estaba predestinada a tener una cara así? Contemplar tanta belleza era una prueba más de lo injusto del mundo. Aquella gente a la que le ha tocado una cara de tristeza o de escepticismo o de seriedad no pueden evitar ser fieles a su reflejo. No podía pedir nada mejor para mi vida: una mujer preciosa que siempre sonreía, amigos de diferentes procedencias, barbacoas con gente de todo tipo, un negocio que ya comenzaba a dar buenos resultados y el surf como culmen de todas mis expectativas. Una sensación de bienestar solar invadía mi vida.

16

Un día que sabíamos que iban a llegar buenas olas en la playa de Esquinzo, organizamos una acampada entre varios amigos. La idea era despertar en la arena y saltar al agua al amanecer. Esquinzo era una hermosa cala rodeada de acantilados a la que había que bajar por un escarpado camino y deslizarse cuesta abajo por una gran duna. Era un lugar de postal, un rincón único. Cenamos alrededor del fuego lo que Jaime había pescado esa tarde, bebimos cerveza y ron miel. Había venido Tania, la valiente surfista y fotógrafa que ha recorrido el mundo buscando olas y retratando con sutileza la esencia marinera de paisajes y gentes; Jorge, el banquero arrepentido que había dejado atrás una vida de ejecutivo insatisfecho por una vida en contacto con la naturaleza que le permitiera descubrir su esencia; Salvatore, medio alemán medio italiano, un viajero amable y tranquilo. Ona y su amiga Ana, las dos princesas canarias. Y también Redo, Nelo, Vero y el buenazo de su perro labrador *Volcom* y la locaza de *Lola*, una perra bóxer hiperactiva. Desde la cala el cielo se veía asombrosamente claro aquella noche. Las olas rugían al fondo y el fuego iluminaba nuestros rostros relajados cada vez más alegres por efecto del ron miel.

—He estado buceando esta tarde detrás de aquellas rocas y he visto una manta raya enorme deslizándose tranquila bajo el mar. Ha sido como viajar a otro mundo. Con tantos peces tranquilos a tu lado parece que te hablan —dije emocionado.

—Los peces te hablan, pero tú no los puedes entender. Si saliesen fuera del agua harían el mismo ruido que nosotros dentro de ella —respondió Nelo, burlón, haciendo el sonido de burbujas bajo el agua.

—Me gusta eso de volar bajo el agua, eso lo podemos hacer los humanos —dijo Ana con alegría.

—Los hombres podemos volar, pero perdemos las alas al mismo tiempo que la inocencia —sentenció Nelo, que cada vez estaba más borracho.

—Si los peces hablaran tendrían labios, entonces los besaría —respondió Tania poniendo morritos—; yo quisiera ser una sirena y tener una aventura con un delfín. ¡Son tan sexis!

Todo el mundo reía. ¡Uuhh!

—Mira, nena, ¡yo tengo una anguila entre las piernas! —dijo Redo sacándosela del pantalón y arrimándose a todo el grupo, que huía entre empujones y gritos.

—¡Eres un cerdo! —gritaron las chicas.

Entonces, Nelo quiso saltar el fuego para alcanzar el cubo de las cervezas, pero calculó mal y aterrizó sobre las brasas, comenzó a gritar y a moverse en todas las direcciones hasta caerse encima de Salva y Jorge, que lo empujaron.

—¡Borracho!

—Pero ¿quién ha puesto el fuego ahí? —exclamó sorprendido revolcándose en la tierra para apagar las chispas que habían prendido en su bañador mientras trataba de reptar hacia las cervezas.

—¡Deja de beber! —le gritamos sin poder parar de reír.

Cuando por fin se estabilizó medio recostado encima de Ana, solo se le ocurrió decir:

—No encuentro ningún motivo para no beber una cerveza o tres más —lo que hizo que la locura de risas y empujones se desatase en el grupo mientras él, solemne, recitó mirando a los ojos a Ana—: Bajo como la marea y subo como la fiebre. ¡Dame otra cerveza, carajo!

—¡Eres un sabio, un poeta! —grité yo.

—Si crees que soy un sabio, solo dame un poco de tiempo para sacarte de tu error.

Contagiados de aquella locura, acabamos todos en el agua desnudos intentando pillar las olas de la orilla con las tablas, pero estábamos tan borrachos que se convirtió en un barullo de gritos y aspavientos provocados por la baja temperatura del agua. En medio de aquel jaleo, vi clara mi oportunidad. Me acerqué buceando hasta Ona, que estaba junto a Ana con el agua por la cadera. La agarré por los pies, del susto saltó y cayó de espaldas entre la espuma del agua. ¡Ya era mía! Rodé sobre ella y al sentir su cuerpo sobre mi piel recuerdo que comenzamos a besarnos y lamernos el agua de la cara, ya nada podía detener el movimiento de fusión que nuestros cuerpos habían iniciado. Encontré el camino hacia su interior y revolcándonos por la orilla ya no paramos hasta casi tragarnos el uno al otro.

Aquello fue algo mágico por lo espontáneo y también por lo inevitable. Los dos lo deseábamos y terminó pasando. En momentos así creo que solo gozas de los regalos sensitivos que te trae el presente. Nos apretamos como si temiésemos perdernos el uno al otro, como si intentásemos inmovilizar al otro, que hacía exactamente lo mismo. Desnudarse en la playa, revolcarse por la arena, volver a taparse con una manta junto a tus amigos que sonríen contentos al contemplar lo que se está iniciando. En esos momentos, sin duda, hay amor, sin más pretensiones que vivir lo que está pasando.

17

Radiante en mi paraíso, en un acto de comunión con la identidad de un lugar, que existe sin necesitarte, pero que solo brilla contigo. Así, no había nada mejor ni que me hiciese más feliz que sentir ese torrente de vitalidad con sus contrastes. Si no tienes ganas de salir de allí es que formas parte, que vibras con la energía del lugar como uno solo. En este lugar del que hablo, las cosas pasaban despacio, requerían paciencia, no servía de nada atormentar a la gente con plazos porque nunca se cumplían. Sin embargo, Mateo tenía una habilidad especial para conseguir que las cosas funcionaran. Entendía el mecanismo fundamental de la gente, su propio interés, y es por eso por lo que contaba con todo el mundo y todo el mundo hacía lo mismo con él. Por supuesto, yo también tenía interés en que todo el mundo estuviera contento a mi alrededor. Verónica y yo formamos un gran equipo de trabajo y nos llevábamos muy bien. Ella se encargaba de llevar los asuntos internos del hotel con dedicación, y yo me preocupaba de dar siempre la cara ante los problemas que nos salían al paso.

Recuerdo un día que me llamaron de recepción porque necesitaban mi ayuda. Unos clientes alemanes estaban enfadadísimos ya que la villa que habían reservado no estaba lista porque la estaban terminando de limpiar. Habían pasado diez minutos de la hora en la que deberían haber entrado y les ofrecí tomar un café y desayunar por cortesía de la casa. El padre, instigado por la mujer, se quejaba enérgicamente y rechazó la invitación. Se quedaron de pie frente a la recepción con sus dos hijos, todos con cara de haber sufrido la mayor decepción de su vida. Cada cliente solía responder en función de su nacionalidad. Cuando tenías un problema con clientes españoles o italianos, gritaban, montaban un *show* que tenías que aguantar. Luego, solo tenías que encontrar algún vínculo en común con ellos y se creaba una empatía inmediata «Ah, de Florencia, mis padres una vez fueron a Florencia», o algo similar para alargar un poco más de charla y listo. Si tenías un problema con clientes ingleses, la cosa era más complicada. Su palabra preferida era *compensation*, y si tú les ofrecías extras durante su estancia las aguas volvían a su cauce. Pero con los alemanes no había nada que hacer, no les cabía en la cabeza que el sistema fallase y se bloqueaban. Nos veían como bichejos indisciplinados y bobalicones. Pero hay que reconocerles un mérito: gracias a ellos hemos creado una nueva profesión en los hoteles, la de animador. Sin ellos serían capaces de dejarse morir de aburrimiento mirándose la cara mientras mastican en silencio.

Había logrado desarrollar una dinámica de trabajo transversal. Analizaba las necesidades del negocio, proponía y escuchaba siempre nuevas ideas, estaba abierto a cambios continuos en el sistema para el bien de todos y de los resultados. Me había empeñado en crear un negocio cuya piedra angular fuera la hospitalidad. Vivíamos de las recomendaciones, en la era de internet era un punto fundamental a tener en cuenta.

Mis compañeras y yo vivíamos en el complejo. Contábamos con ochenta villas perfectamente equipadas para el hotel. Como el propietario no quería invertir en más casas, había ido alquilando a mis amigos algunas de las restantes. Podían decorarlas a su gusto siempre y cuando mantuvieran unos estándares de calidad similares a los del resto del complejo. El lugar se convirtió para nosotros en un pequeño paraíso lleno de jardines, piscinas, barbacoas y unas casas preciosas donde vivíamos una vida de cuento.

Una noche invité a cenar a mis compañeras para celebrar el buen equipo que habíamos formado. Fuimos a uno de esos restaurantes de la bahía de dueños canarios, con demasiada luz, donde sirven un pescado fresco que te presentan antes de echarlo a la parrilla. Mateo se nos unió, todos los de mi equipo le conocían, al fin y al cabo gracias a él y a su ética cambiante yo había quedado como un santo y de paso estaba ganando un buen dinero con el hotel. Se nos acercó un camarero de los espabilados, de palabra fácil, nariz «empolvada» para la ocasión y, siguiendo sus recomendaciones, nos fue tomando la comanda con rapidez a todos hasta llegar a Mateo.

—Aquí dice que tenés chuletón, pero ¿cómo lo hacés? Porque allá, en Argentina, primero lo ponemos sobre el cuero alejado de las brasas durante un buen rato y luego le damos vuelta. Tardamos mínimo dos horas en hacerlo.

—¿Quieres esperar dos horas para traerte la carne? —contestó sin cortarse el camarero.

—No —sentenció Mateo.

—Pues, ale, entonces te traigo pescado. —Y se marchó sin más, lo que provocó la carcajada general.

Lo bueno de Mateo era que tenía la capacidad de reírse de sí mismo y olvidar los reveses, puede que ese fuera el gran secreto de su éxito. Cuando terminamos de cenar fuimos a tomar una copa a las terrazas de madera de la bahía. Entonces, Mateo volvió a la carga.

—Álvaro, sos demasiado bueno con las chicas y se van a enamorar de vos, la vas a cagar.

—Pero qué dices, tío, somos compañeros, trabajamos con muy buena sintonía y con buenos resultados. Tenemos tan buen rollo que me escapo cuando quiero a hacer surf y ellas se ocupan de todo, es perfecto. Además, yo no soy como tú, no necesito «metérsela» a todas las mujeres con las que hablo.

—Eso son chorradas, las mujeres están todas locas de atar y te van a acabar buscando las vueltas. Sos demasiado bueno con todo el mundo, le perdonás dinero a Antonio, les regalás casas y comisiones a tus empleados, querés hacer un proyecto para poner en valor la antigüedad canaria o yo que sé qué y lo que vas a conseguir es que te conozcan y que te machaquen. Así son las cosas acá.

—Eso que dices no tiene sentido, se trata de aportar algo al espíritu del lugar y las gentes con las que convives. Además, ¿tú no eras comunista, macho? Un comunista que se pasea en un descapotable.

—Eh, que el comunismo nunca se llegó a implementar en este mundo. Solo el estalinismo, el castrismo y otros «burrismos».

—Escucha, tío, para mí esto es perfecto. Mira a Christian ahí poniendo copas, le pido algo y me conoce, va a hacer que disfrute de la noche. Saber que la gente te conoce y poder bailar sin pensar en nada solo puede pasar en un sitio pequeño y libre como este. Que una mujer pueda salir a la calle y sentirse segura, porque así lo hemos decidido, por convicción, porque ese equilibrio es hermoso, tío.

—¡Exacto! Miralo de esa manera, esto es un lugar pequeño y yo quiero que todo el mundo gane, sí, pero que se lo trabajen y si después pueden ir en un descapotable, mejor. Mirá, hay dos tipos de persona, los que no hablan del espíritu, porque les da igual o no lo tienen ni lo necesitan y los que sí. Todo el mundo hace lo que hace por algo. Yo creo opciones y la gente se suma, toma lo justo y sigue sin preguntarse mucho más. Tú tenés todo a tu disposición porque sí, simplemente porque estás acá y todavía creés que tenés que devolver algo, eso es porque vos no creés que lo merecés.

—Es posible, no sé. Pero mira, vamos a pedir otra cerveza, que esta noche el espíritu está festivo —dije dándole un golpe en la espalda para zanjar nuestras típicas conversaciones en las que por lo general estábamos de acuerdo en el fondo, pero raramente en la forma.

Entre mis deseos ocultos —que solo me atrevía a confesarle a Mateo— y los suyos, el nexo en común eran nuestras ideas sobre la huida o la rebelión. Cada uno tenía su forma de plantearlas. Yo realmente soñaba con encontrar un nuevo mundo aquí, y si no podía ayudar a montarlo, por lo menos aislarme o hacer un corte de manga desde la lejanía. Lo deseaba con tanta intensidad que imaginaba estructuras más armoniosas de organización social y económica. Ese mismo año había leído *La economía del bien común*, de Christian Felber. Los principios en los que se sustentaba su teoría eran aplicables a un lugar como Fuerteventura. Las empresas obtendrían bonificaciones fiscales si consumían y contrataban recursos locales, si invertían en formación, investigación y producción acorde a su zona geográfica, y al contrario: más impuestos si no mantenían una política de respeto del entorno y desarrollo sostenible. De lógica sería pensar que en un lugar como esta isla se atrajesen empresas de i+D+i de energías limpias, naturaleza, bioconstrucción y que se penalizasen empresas que utilizasen embalajes, cementos, petróleo, etcétera. Ansiaba financiar nuestro pequeño mundo subversivo con fondos que lloverían como las langostas en la plaga bíblica. Algo que, en realidad, tuvo lugar en 2004. Una nube formada por millones de langostas llegó desde África impulsada por un fuerte viento del este. El hambre las impulsó a salir del Sahara y su fatídico final las hizo acabar en una isla carente de vegetación. Todo el tercio norte de la isla se convirtió en un mar de preciosos bichos de color salmón que volaban en andanadas cada vez más exhaustas. Aquello me llevó a pensar en los miles de seres humanos desesperados que hacían la misma ruta cada año en busca de la tierra prometida. Así es la vida dentro de la Máquina, invisibles filamentos pegajosos manejando las ondas de movimiento que arrastran millones de voluntades sumisas. Una plaga de automatismos en el exterior que no son más que el reflejo del vacío interior. Nuestra vida, o quizá solo la mía, concebida como un continuo movimiento pendular entre la emoción y el agotamiento, la rabia y la gratitud, un pasado condicionado por las expectativas y un futuro cuestionado por los susurros del pasado.

Para curarme me iba al mar; para relajarme, a tomar unas cervezas con amigos, y para soñar me imaginaba esa sociedad chiringuito playero perfecta que solo existía, por ahora, en mi imaginación. Lejos de la Máquina, esa que nosotros mismos hemos creado para someternos a la eterna duda del que podría haber sido; la construimos del mismo material etéreo de los susurros sin dueño que hemos hecho nuestros a base de herencia y tradición.

18

El día había amanecido gris y los vientos alisios soplaban sin piedad. El mar era un infierno de intranquilidad y todo el mundo hablaba en el pueblo de un extraño barco de madera que había fondeado en la bahía. Era enorme, de unos quince metros de eslora, como una especie de catamarán con una gran cubierta coronada por un mástil de madera con una vela en forma de uve. Corralejo no es un puerto de paso y eran pocos los barcos que navegaban por esa zona y muchos menos los que fondean en la bahía sin tener amarre en el puerto. Los forasteros eran recibidos con recelo por la Guardia Civil y los lugareños.

Unos días más tarde me llamó Salvatore para que bajara a conocer a Hans, el capitán del barco misterioso. Me uní a ellos en un bar del puerto. Hans era un tipo alto y delgado, de unos cincuenta y pocos años, con profundas arrugas de expresión, moreno de piel, rubio y lucía una gran sonrisa que dejaba ver su dentadura. Vestía de una forma muy peculiar: gorro de lana, chaqueta torera marrón con forro de borrego y unos pantalones que parecían los de un marinero del siglo XVIII, el conjunto le hacía parecer una especie de bufón solemne.

—Mañana nos vamos todos a hacer surf a la isla de Lobos en el barco de Hans —me dijo Salvatore después de las presentaciones.

—Me apunto. ¿Cuántos cabemos?

—Podemos ir todos los que queráis, unos diez —respondió Hans, siempre sonriente.

—¿De dónde eres, Hans?

—Nací en Suiza, pero he vivido la mayoría del tiempo en el mar. —Hablábamos en inglés entre nosotros y a ratos en alemán, el mío un poco rudimentario.

Nos tomamos unas cuantas copas de vino mientras lo interrogábamos. Nos contó que había tardado un año en construir ese barco en Senegal, todo artesanal, sin utilizar clavos, solo a base de unir las juntas con cuerda entrelazada al estilo polinesio para aportar flexibilidad a la embarcación. El mástil era un poste de teléfono antiguo, la cubierta de maderas lisas y los dos cascos los tomó de dos barcas de pesca senegalesas. Viajaba por el mundo parando donde le apetecía, no mostraba sus documentos a menos que fuera imprescindible y, como las autoridades solían tomarle por un loco, le dejaban en paz mientras no molestara. En alguno de los lugares donde fondeaba era solo cuestión de tiempo que algún marinero local le comprara el barco para llevar a turistas. Con el dinero que sacaba, volvía a construir otro barco y seguir viajando unos cuantos años más. Sus historias me dejaron con la boca abierta.

—¿Cuál es la peor situación en que te has encontrado en alta mar, Hans? —A él le encantaba contar batallas, me di cuenta rápido de que ninguna pregunta le parecía indiscreta.

—Una vez en el Atlántico en medio de una tormenta de olas gigantes. Llevaba tiempo sin dormir porque navegaba solo y temí por el barco, que crujía como si fuese a partirse por el medio. Localicé un pequeño atolón en la carta náutica frente a Brasil y conseguí llegar hasta allí y meter el barco entre tres rocas que formaban un triángulo. Cuando las olas rompían contra las piedras el agua llenaba el hueco, lo que hacía que el barco subiera y bajara como si estuviéramos en un ascensor. Así pasé varios días hasta que amainó la tormenta y pude continuar rumbo a Brasil. —Salva y yo nos mirábamos alucinados, como el que habla con un marciano.

—Pero ¿vas solo en el barco? ¿Dónde aprendiste a navegar?

—Mi familia eran armadores, todos nos embarcamos, siempre hemos navegado. Mi hermana dio la vuelta al mundo navegando sola cuando estaba embarazada. No recuerdo otra cosa que no sea el mar, aunque he pasado temporadas en tierra. Tengo un hijo de dieciséis años.

Se hizo tarde y Hans quería volver al barco a dormir. Quedamos a la mañana siguiente a las nueve junto al muelle chico para ir a Lobos. Llamamos a todos los amigos para que se presentaran pronto y les dimos instrucciones para que trajeran las tablas, algo de bebida y comida. Por la mañana fueron apareciendo uno a uno con las tablas bajo el brazo. Pieter, el enorme belga rubio con el pelo alborotado, trajo una tabla enorme y cara de saber lo que íbamos a vivir ese día en Lobos. Jorge y Salva se presentaron con provisiones y un bidón de gasolina que había pedido Hans. Ana y Ona, siempre sonrientes y de buen humor, trajeron más provisiones. Tania apareció preparada también con su *body board* y su cámara de fotos. Redo, como siempre, llegó tarde y con cara de haber dormido poco. Hans se acercó a la costa en un pequeño bote a remos en el que cargamos las provisiones, las mochilas, quedando un espacio mínimo para las dos chicas que no tenían tabla. El resto, con los trajes de neopreno puestos, remamos hasta el barco, que estaba fondeado a unos quinientos metros hacia el interior de la bahía. Cuando alcanzamos el barco fuimos subiendo uno a uno y ayudando a subir las tablas y las provisiones de la barca. Una vez colocado todo, nos dedicamos a curiosear la cubierta y camarotes de arriba abajo mientras Hans nos explicaba cada parte del enorme barco. La cámara principal donde estaba la cocina era toda de madera, los cajones cerraban con presillas del mismo material para que no se abriesen con el movimiento del barco. Todo estaba fijado o atado a algo que pudiese sostenerlo. Enormes contenedores de agua y otros más pequeños de cristal con legumbres secas de todo tipo atados con cuerdas para impedir que volcasen. Había un camarote donde podían dormir hasta cuatro personas. Todo era bastante rudimentario, se notaba el trabajo artesanal. Los tablones de la cubierta quedaban unidos con cuerda, no utilizaba clavos para dar flexibilidad a la estructura y evitar que se resquebrajasen con el movimiento. No sé si me pareció una maravilla o un milagro que un barco así pudiera surcar los océanos. Si no fuese porque Hans estaba allí, no me lo hubiera creído. Nos dejaba movernos con libertad, tirarnos al agua, bailar en la cubierta, curiosear y siempre tenía una sonrisa para cualquiera.

Comenzamos la navegación a motor para salir de la bahía y una vez en el canal desplegamos velas hacia Lobos. Había buenas olas, lo supimos al ver a lo lejos cómo rompían en diagonal contra la falda del volcán, formando perfectas líneas blancas rodeando la isla. En el canal comenzamos a oscilar con fuerza porque las olas laterales golpeaban por la amura de babor. Todos nos contagiamos de un sentimiento de euforia. Hans sonreía confiado mientras ascendíamos y descendíamos zarandeados por las olas. Nos aproximamos a la zona de rompiente donde ya había varios barcos anclados y nos situamos en el exterior para que el barco pudiese derivar lo suficiente al echar el ancla. Las olas tendrían unos dos metros en el pico y corrían por la derecha formando largas paredes verticales.

La rompiente de Lobos es todo un espectáculo para la vista. La montaña rojiza resiste los embates del mar que la asedian como grandes lenguas salidas de una gran boca azul celeste. Cada ola se forma por el contacto contra el fondo submarino del volcán y se proyecta hacia delante como un labio que deja tras de sí una cabellera blanca de gran elegancia. Parecía un ritual de cortejo entre el mar y la tierra, un acto amoroso y sexual que confrontaba el insistente fluido contra ese cuerpo sólido surgido del fuego que lo vio nacer. Multitud de adeptos acudían a celebrar solemnes tan digno encuentro. Los surfistas se lanzaban sobre cada lengua de agua haciendo todo tipo de piruetas, como si de un ballet se tratara. Era una fiesta en toda regla, una celebración del encuentro del espíritu humano con los dioses marinos empeñados en hacer suya la deseada y altiva montaña.

Fondeamos a unos quince metros de profundidad. Desde

el barco tuvimos que tirarnos al agua y remar unos trescientos metros hasta la rompiente. En esa zona había entre dos y diez metros de profundidad, dependiendo del lugar. Con marea baja había que tener cuidado en la última sección de la ola para no caer en la laja de rocas, pero con marea alta era mejor no surfear a no ser que esta tuviera el tamaño suficiente, porque solía romper encima de las rocas directamente. Así se lo explicamos a Hans, que era el recién llegado. A sus cincuenta y pico años estaba impaciente por intentarlo. Nos lanzamos desde popa y disfrutamos de una de las mejores sesiones de surf que recuerdo en esa época. La sensación de acercarte por mar a las olas que rompen contra el volcán era única ya que era justo lo contrario a lo que se solía hacer: ir de la tierra al mar. Cuando te posicionabas y conseguías bajar una ola, el mero hecho de avanzar por esa suerte de plasticidad líquida te hacía sentir que el resto de tu vida carecía de importancia. Era el instante perfecto. Jesucristo debió de ser un surfista. Alguien debió de descubrirle pillando olas y por eso creyeron que podía caminar sobre el agua. Lo dicho, un milagro, una experiencia alucinante y visualmente inigualable.

De vuelta al barco, después de dos horas de darlo todo y haber disfrutado del baño como niños, desplegamos la vela y rodeamos la isla para encontrar una ubicación donde el volumen de tierra del volcán se interpusiera entre el barco y el oleaje para que pudiéramos preparar la comida que habíamos llevado. Pusimos música, bailamos como indios, bebimos e incluso cocinamos en una barbacoa que tenía el barco a popa. Hans nos contó más anécdotas de sus increíbles viajes, sobre todo a Salva y a mí. Nos comentó que alguna vez no le había quedado más remedio que aceptar el encargo de llevar algún paquete de un puerto a otro y que, desde entonces, llevaba una escopeta a bordo como medida de precaución. Me imaginaba a Hans navegando solo y entrando en contacto con las patrullas marítimas en El Caribe y con todo tipo de embarcaciones de curiosos, pescadores y piratas. Nos contó que en el mar es normal acercarse a otros barcos y que la soledad hace que temas por tu vida en determinados sitios, sobre todo en África, aunque, como él decía, no hay que pensar en eso, solo afrontar lo que fuera que la suerte trajera consigo.

La tarde era tranquila, reposamos la comida y mientras todos estaban descansando me acerqué a Hans en la proa, que en ese momento miraba con unos prismáticos. Me los pasó señalando hacia un atolón de piedra a una milla al sur de la isla de Lobos.

—¿Qué ola es esa? —preguntó. Era una izquierda muy poderosa. Caía formando un tubo espectacular encajonada en una pequeña bahía.

—Creo que esa no tiene nombre, me han contado que los surfistas locales no se lo han puesto y que tampoco quieren que nadie de fuera se acerque a ella.

Todas las costas tienen rincones secretos como ese. No había visto antes una ola similar, pero al contemplarla supe que estaba fuera de mi alcance.

—Podríamos acercarnos a echar un vistazo, ¿no crees? —me soltó con cierta picardía en la mirada. No pude resistirme y asentí con la cabeza.

—Tú eres el capitán.

—Entonces, ¡leva el ancla, marinero!

A medida que nos acercábamos vimos cómo asomaba una pequeña lancha fondeada y, junto a ella, dos tipos bajando unas enormes y bien formadas olas, como si fuesen profesionales o estuviesen locos de atar. Cuando estuvimos a una distancia prudencial de la ola echamos el ancla y nos quedamos observando la escena, estupefactos. Era todo un desafío, demasiado rápida y cóncava, aquellos tipos la bajaban en el aire prácticamente para luego meterse en el tubo que rompía con violencia proyectando el labio como un misil. Si fallabas la bajada podías quedarte encajonado entre la rompiente y la bahía, demasiado pequeña para poder salir de ella. Pieter se me acercó y me advirtió:

—Está César, el policía del agua, sería mejor no meternos, es un pedazo de gilipollas, se cree el dueño de esta ola.

Cuando Hans se acercó y le traduje, me sugirió que nos acercáramos con las tablas, pero solo para observar. Pensé que sería un suicidio meterse ahí, pero la curiosidad me pudo y nos echamos al agua. Cuando estábamos a unos metros, uno de los dos surfistas bajó una izquierda espectacular consiguiendo salir del tubo a toda velocidad y llegando hasta casi unos veinte metros de donde flotábamos. Al vernos se acercó gritando y remando como un toro hacia nosotros. Era calvo y muy alto, con las cejas muy pobladas, de no haber sido por su expresión amenazante hubiera resultado cómico.

—¿Se puede saber qué coño hacéis aquí y por qué habéis traído a ese guiri? —Resultaba obvio que Hans era conocido ya de sobra en el pueblo. Entonces vino en mi dirección hasta alcanzar mi tabla y me preguntó en tono amenazante—: ¿Y tú de dónde eres?

—Yo vivo y trabajo aquí, en un hotel —respondí entre incómodo y asustado por la actitud del tipo.

—¿En qué hotel? —disparó otra vez.

—En el Paradiso —respondí cada vez más irritado.

—Ya sé quién eres, estás llevando el hotel de Antonio. Mira, te lo voy a decir solo una vez: no vuelvas a traer a nadie de fuera a esta ola, ¿entendido?

Como no me apetecía responderle, simplemente me di la vuelta haciendo un gesto a Hans para volver al barco. Remamos desganados de vuelta y le traduje lo que me había dicho. A Hans no parecía inquietarle, aunque se quedó pensativo.

—Ese y otros policías me abordaron el segundo día de haber fondeado en Corralejo. Ese tipo parece estar siempre enfadado. Siempre hay alguien así en todos los puertos, me ven como una amenaza, no me pueden clasificar y eso les molesta, aunque yo creo que a ese le molesta todo...

Cuando subimos al barco y les contamos lo que había pasado, ni a Redo ni a Pieter les extrañó. Navegando de vuelta a Corralejo ambos me contaron historias macabras de ese tal César, un policía nacional de Tenerife destinado en la isla desde hacía años y de otro grupo de cuatro guardias civiles que se habían hecho los reyes del lugar con métodos brutales. Esta es una zona de desembarco de lanchas venidas desde Marruecos y una fuente de comercio para quien controle el preciado oro marrón.

—¿Cómo es posible que me conozcan? —les pregunté.

—Esos conocen a todo el mundo aquí y más aún si trabajas para un promotor inmobiliario que debe dinero a todo el pueblo y tu socio es Mateo, el argentino fantasmón del descapotable.

«Genial», pensé para mis adentros.

19

Durante los meses de invierno nos encontrábamos de vez en cuando con Hans en los bares del puerto y charlábamos de todo un poco: de surf, de mujeres, de viajes, de su vida. Al parecer, su padre no era precisamente un armador sino un ingeniero químico que, cansado de su ordenada vida, un día dejó el trabajo, vendió todo lo que tenían en Suiza y se llevó a toda la familia a Tailandia, donde compraron un viejo carguero llamado *María José* en el que navegaron durante años por el océano Índico. Lo más alucinante de aquella historia era que su padre no tenía ninguna experiencia de navegación anterior. Hans, al igual que su hermano y su hermana, aprendió de forma autodidacta con tan solo ocho años. Durante uno de sus viajes por la costa de Australia rumbo hacia la ciudad de Perth, una fuerte tormenta dejó el barco inutilizado y estuvieron a la deriva durante semanas hasta llegar a la costa de Sumatra, en Indonesia. A mediados de los años setenta, decididos como estaban a llegar a Australia, la familia Klaar alcanzó la isla de Darwin. La mala suerte hizo que un huracán destruyera casi por completo el *María José* y los dejó otra vez a la deriva en dirección oeste hasta que llegaron a las islas Seychelles, donde consiguieron varar el barco y repararlo. Sin recursos, pusieron rumbo a Sudáfrica hasta llegar a Durban, donde el padre trabajó durante unos años como carpintero para hacer algo de dinero. Durante ese tiempo también se dedicó a investigar en los archivos históricos, donde supo del naufragio de un galeón portugués, el *Santiago*, hundido en el canal de Mozambique en 1485 camino hacia Goa. Guardaba un tesoro en su interior. La obsesión por encontrar el *Santiago* llevó una vez más a la familia Klaar al mar, donde, con equipo rudimentario y tras mucho tiempo de búsqueda, fue el propio Hans, a sus catorce años, el que buceando encontró un cañón cubierto de coral. Los Klaar volvieron a Europa navegando cargados de monedas de plata y diferentes artículos valiosos y pudieron vivir unos años sin preocupaciones. En 1983, la familia volvió a embarcarse para buscar nuevos tesoros en el mar Rojo. Pero, pasado un tiempo, volvieron al océano Índico a comerciar con cargas que transportaban de un puerto a otro. Con veintidós años y tras algunos éxitos mercantiles, Hans decidió independizarse y compró su propio barco en Sudáfrica. A partir de entonces la historia se repite: atraca en un puerto cualquiera y se queda el tiempo que sus planes, los vientos o su instinto le aconsejen. Entonces no podía imaginar la importancia que aquel encuentro tendría en mi futuro inmediato.

Aquella tarde, Salvatore y yo estábamos tomando un café en el puerto mientras esperábamos a Hans, que nos había pedido ir en coche por el oeste de la isla.

—¿Un café, Hans? —preguntó Salva.

—¿Café? No entiendo cómo puede gustarle a la gente algo tan amargo. Tú prueba a darle café a un niño, a ver qué te dice. Los niños no mienten porque no han adulterado sus sentidos todavía, en eso consiste hacerse adulto, en tomar mierda cada día y aprender a pedir más con una sonrisa... Y que conste que no lo digo yo, la palabra «adulto», que viene del griego, significa «adulterar la esencia»... Tomaré uno con leche, por favor —zanjó muy digno levantando las cejas y el dedo meñique. No pudimos contener la risa.

Una vez en el coche, nos confesó que quería cazar una cabra y luego invitarnos a cenar un buen asado. Las cabras estaban sueltas en la isla, eran semisalvajes, aunque, en teoría, pertenecían a algún pastor. Cada primavera se reúnen todos los pastores de la isla y hacen una batida por los montes en lo que llaman «la apañada» o «apañá». Conducen el ganado hacia los muros de piedra que hay por algunas partes del campo. Resulta que estos muros están distribuidos, de modo que van metiendo en un embudo a los rebaños hasta conducirlos a un gran cercado donde seleccionan a los *baifos* que permanecen siempre cerca de sus madres y los marcan con el mismo hierro que luce la madre en sus cuartos traseros.

Desde el principio no me pareció una buena idea, pero ni yo conducía, ni podía impedírselo. Hans sacó un rifle de la bolsa y apoyado en la ventanilla del coche apuntó a una cabra lejana. Hizo fuego con un gran estruendo. La escena nos dejó conmocionados ya que ni Salva ni yo mismo estábamos acostumbrados a cazar y la idea en sí no nos atraía demasiado. El disparo impactó en el animal, que salió corriendo hacia el acantilado, y aunque seguimos los rastros de sangre nunca conseguimos encontrarla. Hicimos el camino de vuelta en silencio. Hans estaba ofuscado por haber perdido la presa, y Salva y yo, impactados por la escena de caza frustrada. Se notaba que nosotros solo habíamos visto carne etiquetada en los supermercados y que Hans era un auténtico salvaje acostumbrado a pescar, cazar y sobrevivir como fuese. Para animarnos decidimos ir a hacer surf a Lobos al día siguiente de madrugada, ya que la previsión anunciaba que iban a entrar buenas olas.

Hacía frío al amanecer y nos metimos al agua con pereza remando hasta el barco de Hans, que estaba fondeado en la bahía. Cuando nos estábamos acercando vimos aparecer a Hans en cubierta concentrado en los preparativos para zarpar. Subimos como siempre por la popa y, sin quitarnos los trajes de neopreno, levamos la pesada ancla. En medio del canal comenzaban a distinguirse las ondulaciones que iban directas a estallar contra la falda del volcán creando una ola perfecta y larguísima. Los ánimos a bordo comenzaron a caldearse. Las olas eran grandes y dejaban una estela blanca a su paso. Perfectas derechas con una forma impecable ya que una ligera brisa soplaba desde el este. Cuando el viento sopla desde la tierra hacia el mar, la ola por oposición hacia la dirección del viento se moldea para crear una forma cóncava sin baches. Si por el contrario el viento sopla desde el mar hacia la tierra, la ola se deforma por el viento, que la destruye desde la espalda. Al observar los ojos de Hans comprendí perfectamente el tipo de persona que era, a sus cincuenta y pico años sus pupilas eran puro fuego. Gritábamos al ver las olas cada vez más cerca, no había nadie en el agua, íbamos a surfear esa maravilla solo nosotros. Tras una sesión perfecta de bajadas increíbles, risas, gritos y mucha emoción, volvimos a cubierta y tomamos un café que Hans preparó con una pequeña cafetera y un hornillo.

—¿No te da miedo navegar solo, Hans? —pregunté sabiendo la respuesta, que era obvia.

—Me da más miedo navegar entre tanta gente que hay en tierra firme. —Salva y yo asentimos con la cabeza y continuó—: Cuando éramos muy jóvenes, mis padres enfermaron de malaria en medio del Pacífico, y mis hermanos y yo navegamos durante semanas viéndolos agonizar y temiendo por su vida hasta que encontramos una isla donde, casualmente, había una base de la Marina de Estados Unidos, donde pudieron atenderlos. Hasta ese momento no había experimentado la soledad, pero después de aquello nunca más la he vuelto a sentir con tanta intensidad, el mar es mi único hogar. —Su mirada era firme, hablaba con una convicción de las que inspiran valentía y ganas de aventura.

Nos tumbamos al sol sobre la crujiente cubierta de madera. Tumbado boca arriba contemplaba la vela recogida y el mástil apuntando al cielo, un cielo azul claro inmenso que invitaba a mi mente a apagarse mientras sentía el agradable calor del sol sobre mi rostro. Podía sentir el peso de mi cuerpo sobre las tablas de la cubierta, que se mecía arriba y abajo al paso de las olas; cómo se llenaba mi pecho al inspirar. Los músculos aún en tensión por el esfuerzo comenzaban a relajarse, y pude tomar conciencia de todo mi cuerpo. Repasé cada músculo con atención, el peso de mis piernas, los glúteos apretados por el peso de la cadera, los cuádriceps, la espalda abierta y fuerte, los brazos extendidos con las palmas de las manos hacia el sol. Sentí cómo una sonrisa interior se dibujaba en mi alma liberada en ese momento, lejos de todo lo que no fuese esa sensación de paz y agradecimiento por estar viviendo un momento único donde el círculo que formaban cuerpo, mente y espíritu se cerraba perfectamente. Pensar que quedan en el mundo personas como Hans, que son nómadas y navegan libres por los siete mares, hace que reconozcas la grandeza del espíritu humano. Hay historias que superan cualquier ficción, hay realidades que se salen de los marcos establecidos, hay seres que te recuerdan que el espíritu humano es todo poderoso, y hay situaciones que te ponen a prueba para ver si estás despierto o eres un zombi. Presentí entonces que mi gran desafío se estaba configurando de alguna manera.

20

Por la noche, con una botella de vino bajo el brazo, llamé a la puerta de la casa de Ona. Era una casa blanca en forma de pequeña fortaleza, con un pórtico de casa antigua, con torreón y un muro que limitaba el jardín lleno de palmeras y cactus. El interior tenía un aire rural pero chic, de tipo ibicenco, que sus padres habían decorado con mucho gusto. Abrió como siempre sonriente invitándome a pasar con un beso dulzón. Tenía preparada la mesa con un picoteo y abrimos el vino.

—Hoy hemos estado en Lobos con Hans, ha sido un día magnífico. Es un tipo increíble. Cuando veo cómo vive, me dan ganas de viajar como él por el mundo. Esta isla es demasiado pequeña para dedicarle una vida entera. —A medida que las palabras iban saliendo de mi boca me di cuenta de que la estaba hiriendo. Pero impulsado por una especie de estímulo incontenible y sin sentido, continué—: Aquí la gente acepta trabajos miserables mientras los caciques se reparten el terreno y construyen donde les da la gana. Pero a mí no me van a engañar, voy a coger mi parte, tanto como pueda, y viajar lo más lejos posible.

La cara de Ona era un poema. Pero era el tipo de persona que trataba de evitar el conflicto a toda costa.

—¿Tú qué opinas? —solté con impaciencia. Ella transformó su expresión de amargura, como por arte de magia, en una amplia y preciosa sonrisa mientras se abrazaba a mi cuello.

—Pero, no me vas a dejar aquí, ¿verdad? —dijo besándome.

Su reacción me dejó tan descolocado que respondí con un enojo estúpido:

—¡Es imposible saber el rumbo de una vida! —Ella hizo un puchero fingido y volvió a sonreír y a besarme como si nada.

—Anda, gruñón, ¡bésame! —Se abalanzó sobre mí tumbándome en el sofá.

—Joder, Ona, no se puede hablar en serio contigo —gruñí apartándome molesto.

—Pero ¿qué hay más serio que saber lo que quieres y arriesgarte a vivirlo? —Al retirarse se creó un vacío entre nosotros.

—En eso estamos de acuerdo, supongo. —Ahora nos mirábamos desde ambos lados del sofá.

—Hace un momento tenías claro que lo más importante era viajar y huir de aquí, Álvaro, y me parece que eso no es algo que tengamos en común...

—¿Por qué eres tan hermosa? —dije con cierta resignación.

—¿Qué quieres decir, que mi belleza te lo pone más difícil?

—¡No! ¿A qué te refieres? No te pongas tan seria, anda, lo siento.

Hice un amago de acercamiento para recuperar el espacio perdido, pero ella se levantó a por más vino, ahora neutra, con una mueca de indiferencia en su cara.

21

Decidí volver a Madrid para comprobar si el mundo seguía ahí. Sentía la necesidad de escaparme de vez en cuando de la isla, sobre todo para que no se acostumbrasen a tenerme en el hotel siempre a su disposición. Si hacía pensar a Antonio que era un hombre ocupado, no me molestaría con nimiedades y, sobre todo, valoraría el tiempo que le dedicaba al trabajo, que lo importante eran los resultados y no estar a su servicio. Sabía por experiencia que a esa gente le gusta tener a todo el mundo lamiéndoles el culo y había aprendido que es mejor poner ciertos límites.

Necesitaba agobiarme con algunos trámites burocráticos y oír las noticias a todo volumen en algún bar para alimentar los susurros acechantes de mi conciencia. En la isla era todo demasiado perfecto y los pilares de la tensión parecían flojos, como de no ser realmente yo mismo. Además, mi prima Nadia quería presentarme a un tipo que tenía una propuesta que creía que podía interesarme. Viniendo de ella podía tratarse de lo más inesperado. Y la ciudad cumplió su cometido a la perfección.

Volver se me hizo más raro de lo que esperaba. Me sentía como un nativo asustado, hipersensible a los ruidos y al movimiento de la ciudad. Después de conocer al errante Hans, la ciudad me parecía perfectamente organizada para perder el rumbo. Después de tratar a Ona, los tacones desfilaban marciales.

Después de haber vivido junto al mar, me daba cuenta de que el asfalto no era lugar para criar niños. Todos parecían serios, importantes; todo parecía costar mucho. Supuse que los arqueólogos del futuro se asombrarían cuando descubrieran los espacios geométricos en los que los antiguos salvajes contenían sus vidas. Ellos vivirán en simbiosis armónica con su ecosistema natural en el que no serán necesarios los ángulos rectos.

Cuando mi prima me citó en una cafetería en la calle Serrano para presentarme a un inversor africano me sonó a chiste, pero conociéndola sabía que no se trataría solo de eso, seguramente acabaría persiguiendo negocios de ciencia ficción. Mi prima era hija del difunto hermano de mi padre. Se relacionaba con gente de lo más variopinta, fruto de su relación laboral durante años con un magnate de los negocios. Mientras la esperaba sentado frente a un café humeante, obsesivamente seguía con la mirada las diagonales que formaban los cuadros blancos y negros del suelo a modo de tablero de ajedrez. La puerta del local se abrió al fondo y la vi entrar vestida de negro riguroso de pies a cabeza, una viuda negra que avanzaba hacia una presa que la contemplaba hipnotizada. Hay relaciones que, aunque no sean las ideales —por no decir que son algo tóxicas—, le dan chispa a la vida, y esta era una de ellas. Nadia me sacaba de la monotonía, me mostraba un mundo de intereses y conexiones entre personajes de las más altas esferas. Su facilidad para conocer a personas importantes del mundo empresarial y tratarlas con familiaridad me impresionaba. Tenía el don de desconcertar a sus adversarios lanzándoles a bocajarro sus preguntas incómodas para, acto seguido, atraerlos afablemente con su personalidad histriónica riéndose de sí misma de la forma más descabellada. En ese momento pasaba a no representar ninguna amenaza y ellos se abrían. Claro que eso solo le funcionaba con los hombres, que lo veían como un juego. A las mujeres les generaba rechazo inmediato.

Contoneando la abundancia de sus formas, todo el espacio quedó eclipsado por su presencia.

—Alvarito, tengo un negocio interesante para ti.

«Jaque mate...»

Según me contó, habíamos quedado en media hora en el *lobby* bar del Hotel Velázquez. Me puso en antecedentes. En esta ocasión se trataba del hijo de un diplomático africano que necesitaba dar curso legal a algún dinero que pretendía invertir. Cuando llegamos, el tipo aguardaba en la barra con cierta apostura vigilante y cauta. Nos saludó en un perfecto castellano. Aparentaba treinta y pico años. Su chaqueta parecía demasiado clásica para llevar con vaqueros, aunque quizá lo más llamativo era situar su tez oscura en uno de los barrios más conservadores de España. Tras pedir unas bebidas nos sentamos en los sofás de época del bar mientras conversaba en un tono de voz extremadamente bajo. Su educación quedó muy patente por la forma de expresarse, por el dominio del lenguaje, y también por su capacidad para fingir aprecio desde una distancia profunda, mientras charlábamos un poco de nosotros mismos. Cuando los rodeos se terminaron fue directo a explicar el motivo de nuestro encuentro.

—Me interesaría invertir cierta cantidad de dinero para participar de algún negocio prometedor, la única condición es que toda mi inversión sería en efectivo. Me ha comentado Nadia que usted gestiona negocios turísticos en las islas y que quizá podría interesarle dar curso a esta inversión.

—Es cierto, en Canarias hay oportunidades de inversión en turismo y en ocio, podemos ayudarle —respondí yo aportando seguridad a su iniciativa.

—Fantástico, para empezar ¿cree que podrían dar viabilidad a una inversión de medio millón de euros?

—Por supuesto, podríamos estudiar la posibilidad de incluirlo en los flujos de caja de mi hotel —de eso me arrepentí nada más decirlo— o, mejor aún, crear una dinámica propia de negocio.

—Fantástico, eso sería solo el comienzo de mucho más.

—Perdone que le pregunte, Daniel, ¿cómo piensa transportar ese dinero en efectivo en avión sin declararlo? Porque supongo que no quiere hacerlo...

—Efectivamente, tengo un sistema para transportarlo sin sospechas. Podríamos quedar mañana en mi hotel para que se lo muestre.

—Me parece bien.

—Vale, mañana acordamos una hora y te aviso —dijo mi prima asintiendo y dando por terminada la breve charla.

Cuando salimos, mil preguntas se agolpaban en mi cabeza y no pude evitar acribillar a mi prima con ellas.

—¿Cómo has conocido a este tipo? Parece muy educado, pero no sabemos de dónde viene ese dinero, y no quiero tener nada que ver con dinero que venga de ciertos temas y más siendo africano. Imagínate que provenga de la guerra, de diamantes de sangre o de droga, bueno, con esto último no tengo problema, son los estados los que deberían hacerla legal y educar sobre su consumo, la prohibición solo genera más conflictos. En cualquier caso, lo podría estar siguiendo la policía...

—A ver, Álvaro, es hijo de un diplomático africano y eso quiere decir que papá pilla comisiones de cualquier multinacional que quiera hacer algo en su país. El dinero se lo habrán dado aquí, en Europa, y obviamente no piensan pagar impuestos en su propio país.

—Hombre, visto así tiene sentido, pero me da asco este tipo de gente, son el gran problema del mundo.

—Tú verás, yo mañana te llamo y te digo la hora y el lugar donde me cita Daniel y tú decides. Piensa que o lo coges tú o se lo lleva otro.

—¡Joder, qué mierda! Vale, ya me dirás...

Tras despedirme comencé a caminar hacia el parque del Retiro para airearme un poco. A medida que avanzaba estaba más incómodo con mi decisión, no entendía por qué estaba haciendo aquello, pero al mismo tiempo no podía evitar pensar en la oportunidad que representaba. Si colaboraba, lo hacía también con todo el sistema corrupto, y si no lo hacía, lo aprovecharía cualquier otro.

Me senté bajo un precioso árbol en medio del parque. La cercanía de un ser vivo tan impresionante me facilitaría la meditación. Integré su forma en mi mente, mientras imaginaba que me salían raíces que se internaban en la tierra abrazándola con cuidado y firmeza. La energía vital terrestre recorría mi cuerpo ascendiendo hasta mi cabeza, donde partían ramas extendiéndose para captar los rayos solares. Me hice uno con ese ser tan completo, perfecto, sin quejas, armonioso, adaptado a la madre tierra y al cielo infinito de los que toma energía y a los que ofrece a cambio su tributo. Y no pude evitar que mi cabeza vagara hacia los opuestos. Hacia la tragedia de pensar que somos dueños de todo. Hacia la arrogancia de cortar un árbol o matar un animal sin mostrar respeto y reverencia, sin darle las gracias en cada comida. Si no creamos un mundo alrededor de valores compartidos, jamás vamos a dejar de sentir este sin sentido. Nos estamos protegiendo demasiado. Necesitamos depredadores y necesitamos identificarlos bien. Son los contubernios mentales con los que educamos a nuestros hijos. Son los gobiernos que nos engañan cada día. Los valores de superioridad son el problema. Si somos colmena, no somos leones, y si lo somos, ¿quién nos come a nosotros? Mientras tanto solo se puede huir, encontrar un huequito en la Pacha Mama en el que crear algo válido, sin relativismo, sin mirar atrás. Mientras mi cabeza vagabundeaba sin control, una voz o más bien un silbido me sacó de mi ensimismamiento.

—¿Hachís?... ¿Hachís? —Al abrir los ojos, confundido, vi a un senegalés que me miraba interrogativo.

—¿Qué? No. —Y me levanté para alejarme de allí.

Tras vagar por el centro sin rumbo aparente me di cuenta de que había llegado al barrio de Fede. Me decidí a tocar el timbre a ver si había suerte y la ratilla sabionda moraba en la madriguera. Una voz conocida y adormilada respondió al aparato.

—¿Sí?

—Fede, soy Álvaro, abre.

—Hombre, qué sorpresa, Alvarismo. ¡Sube!

Tras los abrazos, muy sentidos, su mirada de lechuza astuta escrutó mi rostro.

—¿Qué cosa tan importante te ha sacado de tu isla de cuento para traerte a la urbe despiadada?

Hacía poco que militábamos en un club ultrasecreto de activismo político revolucionario de los de sofá, cerveza y porro, donde, con distancia prudente para no embadurnarnos de los flujos corrosivos de la rutina social, discutíamos sobre los poderes ocultos, la masonería, el Club Bildelberg y temas de conspiranoica en general. Para ser justos, hay que decir que también participamos en numerosas manifestaciones, reventamos conferencias a favor de la intervención en Oriente Medio y destapamos a algunos topos del sistema encarnados en la figura de determinados periodistas.

—Negocios, pero de los que crean dilemas, ya sabes... Intentando comprar tiempo como sea.

—¿Pensando en hacer un regate a lo Maradona?

—Sí, tío. ¿Por qué no aprovecharme yo antes de que lo hagan ellos?

—Ya sabes a lo que juegan, macho, el que parte y reparte se lleva la mejor parte..., y van cinco, por el culo te la hinco..., y jugamos al teto, tú te agachas y yo te la meto...

—Joder, macho, hoy estás hecho un filósofo.

—Soy un alumno aplicado, te he hecho el resumen de las noticias de los últimos cincuenta años. ¡Esto es la guerra! Una de las reglas de la economía es la escasez, pero la nuestra, claro, así es como nos contienen, distrayendo, desinformando, dividiendo. Pero qué te voy a contar a ti...

—Vale, que líbrese quien pueda y a buscar una islita donde vivir en armonía con los nativos...

—Eso es, Alvarismo...

—Lo más importante para mí es la libertad, la mía y la de todos a mi alrededor, y si tengo que comprarla, lo haré. ¡Que se jodan!

Fede tarareaba:

—*«Los enemigos son eternos cuando entregas la llave de tu corazón...»* ¿Conoces esa canción?

—No, y no puedo evitar este sentimiento de rabia que tengo en el cuerpo. ¿Recuerdas la historia que me contaste del yonqui que se dejó el carné en el coche que estaba robando? Cada día siento que no nos dejan otra opción que robar ese coche, aunque sepa que lo único que hago es sentarme a esperar que vengan a por mí.

—No seré yo el que te juzgue, amigo. Mira cuál es el deporte nacional, el fútbol, hay que dar patadas para que la bola avance, de hecho, si lo piensas, solo se genera movimiento si hay desequilibrio.

—¡Amén, hermano! Por cierto, ¿vas a venir a verme este verano?

—¿Para qué? ¿Para ver tías buenorras en biquini, comer el triple de grasas de lo normal, ver barrigudos ingleses dichosos por poder mear en las esquinas, revolcarme con las olas y tomar cerveza hasta desmayarme en algún bar que se llame Banana?

—Exacto.

—Pues claro, colega, ¡ve haciéndome hueco!

Al día siguiente quedamos en un hotel céntrico y moderno. Subimos directamente a la habitación dos cero tres. Allí nos abrió la puerta Daniel vestido con la misma chaqueta que el día anterior y nos invitó a sentarnos en los sofás de la salita. Era de noche y las cortinas estaban echadas. Había colocado una lámpara encima de la mesa. También había un cuenco con lo que parecía agua, unos frascos con líquidos y un libro. Daniel se sentó y sin más ceremonias comenzó a hablar del proceso de transporte, mientras nos mostraba el libro que tenía entre sus manos.

—¿Veis? No está escrito, son páginas en blanco. —Tirando de una de las hojas la arrancó con precisión y continuó—: Están tratadas con un producto químico. Si ahora las meto en el agua y les añado esta solución, fijaos en lo que pasa. —Y al meterla en el agua y echar el producto comenzaron a dibujarse formas de colores azulados, y tras un minuto acabó apareciendo un billete de quinientos euros. Nosotros nos miramos alucinados por el ingenio del truco y él continuó hablando—: Puedo transportar, de momento, quinientos mil euros y, si todo sale bien, habrá mucho más. Necesitaría un lugar seguro para depositar el dinero al llegar y un plan para saber cómo vamos a operar. Toma este billete e ingrésalo en el banco para que compruebes que no es falso —dijo extendiéndome el billete y recogiendo todo—. Vamos a cenar —propuso él. Bajamos andando a un restaurante del barrio de Salamanca y pedimos un buen vino que eligió él.

—Oye, Daniel, ¿es ese tu verdadero nombre? —pregunté con curiosidad intentando recopilar más datos de su biografía.

—No, el real no sabrías pronunciarlo.

Entonces su teléfono sonó y estuvo charlando un rato en un francés perfecto. Después, ya durante la cena, la conversación fue bastante trivial y educada. Sentía la inquietante necesidad de compararme con él. Ambos mediríamos metro ochenta y pesaríamos ochenta kilos, éramos fuertes, con el pelo rapado, el de él más oscuro, su nariz muy amplia, la mía chata, mandíbulas fuertes, mis ojos rasgados y la mirada firme, la de él oscuramente esquiva, compartíamos cierta apostura vigilante y estática. Sin sonrisas de cortesía. Su camisa y chaqueta eran demasiado clásicas; las mías, de un solo color asomaban por fuera del pantalón. Yo las combinaba con una cazadora de cuero marrón y zapatillas para la ocasión; sin embargo, sus elegantes zapatos contrastaban con lo ilícito del negocio. Yo quería pensar que era mucho más guapo. Siempre me habían dicho que era distante, pero me molestaba la distancia de él más que de ninguna otra persona antes. Al llegar la cuenta sacó un fajo de billetes de quinientos y pagó dando por hecho su posición. Al despedirnos, le pregunté a mi prima:

—¿Tú te fías de él? Porque yo no sé si quiero mezclarme con un tipo así.

—Con un tipo cómo, ¿negro? ¿Ya estamos midiéndonos las pollas?

—¡Eh! Pero ¿de qué hablas?

—Ya estamos con las histerias. ¿No éramos las mujeres las histéricas? Pues mira, ahora que lo dices, ya sé por qué nos entendemos tan bien las mujeres y los negros. No es por el tamaño de sus lanzas, es porque los hombres blancos os habéis confabulado para que seamos nosotros los que hagamos el trabajo duro.

—Pero ¿de qué coño estás hablando, tía?

—Pues de que os habéis inventado que las mujeres podemos hacer varias cosas a la vez y de paso nos encargamos de los niños, de la cocina y de la casa mientras os la chupamos cuando veis el fútbol. ¿Y los negros qué?

—Los negros ¿qué de qué?

—Joder, pues que con la excusa de que son más fuertes llevan toda la vida en los peores trabajos y por eso están fuertes, no al contrario... ¡Qué habremos hecho las mujeres y los negros! El pecado original, está claro, fuimos Adán y Eva y como estábamos gozando en el paraíso os cabreasteis de la hostia. ¿Acaso no viene el hombre de África? Pues eso, que seguro que Jesús era negro también.

—Pero ¡de qué cojones estás hablando! Yo solo te he preguntado si te fías de ese tipo ya sea blanco, negro o judío.

—Yo no me fío de nadie. Sé cómo funciona este mundo de hombres, pero ahora estoy sola y mis hijos tienen la manía de comer todos los días. Tú preocúpate de hacer las cosas bien y ya está. —Y dándome un beso se despidió mientras paraba un taxi. Asomándose por la ventanilla le faltó tiempo para hacerme una última observación—: Jesús era negro seguro, pero los blancos se dieron cuenta de que si se ponían ellos en la cruz parecerían los pobrecitos, piénsalo, por eso el Ku Klux Klan crucifica negros, es marketing inverso, ¡son los propios negros debajo de capuchas blancas! —gritó mientras se alejaba.

Pensé que estaba loca de atar. Si hubiera venido de cualquier otra persona me hubiese ofendido semejante comentario. Curiosamente solo se lo toleraba a la persona con la que más cauto debía ser. La misma que me hizo fingir ser el representante de un inversor ruso y pasar dos días y dos noches en un hotel de lujo, agasajados por el dueño hasta la extenuación. Antes de aceptar el encargo protesté porque no sabía una palabra de ruso. No sé por qué su respuesta me convenció: «Ni tú ni nadie, tranquilo. Solo tienes que mostrarte distante y yo guiaré la conversación para que el dueño agradecido por haberle presentado a un posible inversor firme el contrato con mi agencia.» La verdad es que aquella fue una situación surrealista. Yo me limitaba a beber a lo bestia para meterme en el papel de cosaco y hacer que no entendía sus comentarios en español, incluso decía palabrejas en ruso inventado... lo que hace el alcohol.

22

Unos días más tarde, ya de vuelta en la isla, no podía dejar de pensar en cómo llevar a cabo la operación. Al final me pareció que lo ideal podría ser montar una empresa de eventos, eso me permitiría declarar un aforo más alto en alguno de ellos y, por lo tanto, más recaudación con las entradas y consumiciones. Estuve dudando entre centrarme en el deporte o en el ocio. Para mitigar mis dilemas morales, decidí que los eventos deportivos tendrían una dimensión social y que los jóvenes con pocos recursos podrían recibir ayuda para tomar clases y equipamiento de surf gratis. Se trataba de crear una atmósfera de acción donde los chavales viesen oportunidades de desarrollo con lo mejor que podía ofrecer la isla. Calculé que invirtiendo un veinte por ciento real se podría recuperar la misma cantidad entre consumiciones y otros ingresos, lo que permitiría hinchar el resto de la facturación para blanquear el dinero. Lo importante no sería obtener beneficios, sino que hubiera movimiento de caja para justificar los ingresos. Lo tenía todo calculado, mis resultados en el hotel hablaban por sí mismos, así que decidí que me merecía un poco de la adrenalina extra que me proporcionaría este nuevo negocio divertido y arriesgado. Pero algo no terminaba de cuadrarme, tenía la intuición de que Daniel no era el hijo criado en Europa de un diplomático africano. Algo en su actitud esquiva me hacía desconfiar.

Pasaba los días pensando en el tema y tratando de justificar el comportamiento distante de Daniel. Suponía un desafío para mí lidiar con un tipo así. Y aunque lo despreciaba, también deseaba medir mis fuerzas con él. Me sentía atraído por esa posibilidad de la misma forma que me ocurría con el surf de olas grandes: sabes que corres un riesgo, pero quieres saber si estás a la altura del reto.

Mientras tanto, me dedicaba a desarrollar un proyecto totalmente diferente para conmemorar la sabiduría indígena en la isla. Vivía preso de una efervescencia vital que me llevaba a salir de noche, hacer surf de día, gestionar el hotel, hacer planes de negocio al margen y dar rienda suelta a mis proyectos personales. Había hablado con el concejal de Cultura para proponerle una instalación hecha en piedra ubicada sobre un acantilado en la zona oeste de la isla, en el pueblo de El Cotillo. Se trataba de levantar una escultura que se compondría de dos grandes columnas de roca volcánica negra de unos tres metros de altura y separadas entre sí dos metros. La llamaría La Puerta del Sol. Las columnas de piedra tendrían dos símbolos grabados por el anverso, una espiral y un podomorfo. En el reverso, mirando al mar, las columnas tendrían grabadas en la roca la forma de dos grandes caras en relieve, una en cada columna, con formas rectilíneas en la frente, la nariz y la barbilla, como los restos arqueológicos que me mostró Wolfgang. El objetivo de esta gran escultura orientada al oeste perfecto sería enmarcar la puesta del sol generando un marco único para observar el acontecimiento que se repite cada tarde. Un homenaje a los ciclos, a los cuatro elementos, a los símbolos de poder y a los espíritus de los que ya no están. Las grandes caras aparecerían solo al atardecer en los solsticios de verano y de invierno cuando la luz solar gana grados de inclinación y se proyecta en diagonal desde el noroeste y el suroeste. Los espíritus serían devueltos a la vida por el sol solo durante los solsticios, me encantaba esa idea.

Durante mi estancia en Madrid acabé en una fiesta donde conocí a una preciosa estudiante de ciencias políticas que volvía de un viaje por América del Sur totalmente desinhibida. La noche, el alcohol y la oportunidad hicieron que pasara lo inevitable. Desde que había vuelto a la isla no había pensado mucho en ello, o puede que más de lo que hubiera deseado. Últimamente evitaba a Ona. No éramos una pareja *de facto*, aunque esa consideración sonaba a excusa. Ella viajaba mucho por trabajo y todavía no nos había dado tiempo a compartir una intimidad duradera. En aquel momento ni entendía por qué lo hacía, ni entendía por qué no debería hacerlo. Una noche antes de irme a Madrid ella me dijo:

—Siento que nada me puede pasar cuando estoy entre tus brazos. —Y con rigidez aguanté sus besos deseando liberarme. Solía ser yo el que la colmaba de abrazos y besos... hasta ese momento.

En la isla no había muchos lugares de ocio, así que nos dimos de bruces en el bar donde nos habíamos conocido hacía ya unos meses. Yo había salido con unos amigos comunes. Ella había bebido unas copas y se la notaba más alegre y segura de lo normal.

—Sabía que nos veríamos por aquí, hace tiempo que no me llamas —soltó ella sin darme un beso.

—Bueno, tenía claro que nos íbamos a encontrar, así que he preferido mantener el suspense —respondí sonriendo. Ella pareció calmarse. Me pidió que le aguantase el bolso mientras sacaba el tabaco y se encendía un cigarrillo con parsimonia y movimientos elegidos. Cabeza ladeada, la mirada fija en la mía. Soltó el humo sin dejar de clavar sus grandes ojos azules en los míos. Yo sostenía su bolso con rigidez hasta que me di cuenta de mi postura y soltando aire relajé el brazo.

—Hay veces en las que hay que elegir, ¿sabes, Álvaro? No se puede tener todo.

—Elegir siempre ha sido difícil para mí, sobre todo cuando se trata de quedarse en un lugar.

—Los lugares son momentos, solo hay que decidir vivirlos.

—Pues aquí estoy.

«A veces hay que hacer una tontería para saber lo que realmente quieres», pensé en ese momento deseando estar con ella.

Una sonrisa y un beso por fin apareció aprisionado entre nuestros labios. Aun así, habíamos llegado con otra gente por lo que la noche transcurrió entre encuentros intermitentes, chupitos de ron y risas. Ella conocía a todo el mundo, no dejaba de hablar con unos y con otros. Era un espectáculo contemplar su aura radiante, sensual, fina en su apariencia, pero decidida a pasarlo bien. Sonrisas a los admiradores y carcajadas con su séquito masculino. La noche pasaba y las cervezas también, en horas no había disfrutado de ella más de diez minutos. Buscándola con mirada ebria de deseo la localicé hablando con un tipo de sonrisa amplia y mirada directa. Ella no me necesitaba. Mi cabeza se nublaba por momentos. Me acerqué y con cada paso me enfadaba más ignorando las débiles protestas de la voz en mi cabeza que me aconsejaba prudencia. Ella estaba jugando, yo lo sabía, pero iba directo a perder la partida...

—¿Lo pasas bien?

—Sí. ¿Dónde estabas?

—Ahí mismo. Como está claro que ni te vas a enterar de mi ausencia, me voy a casa. Estoy cansado. —Esto último se lo dije colocándome entre ella y el tipo con el que hablaba, dándole la espalda a él mientras la miraba fijamente. En un intento de guardar la compostura y mirando por encima de mi hombro intentó presentarme al tipo.

—Mira, este es Thomas, trabaja en mi hotel...

—Me da igual quién sea, ¡que te diviertas! —fue mi respuesta furiosa. El tipo se apartó ligeramente al retirarme. Yo hubiese deseado que no lo hiciera. Ella bajó la mirada, avergonzada, aunque no me quedé a comprobarlo alejándome a grandes pasos furibundos.

—Eh, ¿te vas a ir así? —Escuché sus tacones acercarse amenazantes.

—Quédate con tu amiguito, espero que consiga bajarte las bragas.

—Pero, tío, ¿de qué vas?

—¿De qué voy? De lo mismo que todos, nacemos enfermos, ¿es que no lo sabías? Pues sí, es una puta enfermedad joder y vosotras lo sabéis, por eso jugáis con ella.

—¿Que nosotras jugamos? No creo que haga falta nada para que deis rienda suelta a esa enfermedad de la que hablas.

—Es nuestro punto débil, sí. ¿Por qué crees que se ha inventado el porno? El jodido internet es un hipódromo de las pajas. ¡Nos han comido el coco para debilitarnos y que no protestemos por nada!

—Menuda teoría conspiranoica, como tú dices.

—¿Conspiranoica? ¡Son unos psicópatas! Lo usan para desunir a hombres y mujeres. ¡Se han inventado el porno, el machismo y todas las demás burradas del patriarcado psicópata, sí!

—Entonces, ¿por eso solo queréis meterla donde sea?, ¿es eso?

—¡Joder! Lo tenemos más difícil, tenemos que elegir y perseguiros. Vosotras simplemente os enamoráis de la forma que tenemos de quereros. Es egoísta, si nos relajamos un momento la culpa es siempre nuestra.

—Pero ¿de qué estás hablando ahora? Lo que pasa es que no queréis comprometeros y ser constantes.

—Lo que pasa es que no queremos deciros mentiras solo porque necesitáis oír a diario lo que se supone que es apropiado. No entendéis que no todos los días son iguales.

—¿Eso crees de verdad?

—Lo que creo es que no pienso salir corriendo con los pantalones por los tobillos al oír la puerta de la casa abrirse y sentirme culpable porque deseo muchas cosas y en ocasiones no tengo palabras que ofrecer.

—¿Intentas decirme algo?

—Sí, que deberíamos vivir juntos.

—Tú estás mal de la cabeza.

—Típico.

—¿Típico de qué?

—De estar siempre a la defensiva «porque soy mujer y tú deberías saber siempre cómo tratarme».

—Más bien típico de «no sé lo que quiero y por eso digo cosas incoherentes».

—Será eso, ¡adiós!

La moto, la luna y las nubes de mi cabeza aceleraban furiosas, ganando velocidad, gritando y aullando como un loco. Más velocidad, más rabia, lanzado por la carretera de las dunas para conducir la noche. Apagué las luces, la negrura era total, solo destellos plateados sobre las lomas de arena. Tentando la oscuridad, vacilando en el camino, mi ciega osadía aceleraba sin parar, hasta el límite, si había un límite lo iba a encontrar, todo pasaba rápido, conducía por sensaciones. Noté que me estaba saliendo de la carretera, el contacto de la moto se hacía inestable, comenzaba la arena del desierto y decidí que no iba a desacelerar, sentí la subida a una duna y el salto de la moto volando sin saber qué esperar. La moto comenzó a dar bandazos de un lado a otro hasta que sentí el manillar torcerse totalmente y salí volando por un lateral. Todo pasó rápido. El golpe fue violento. La arena amortiguó la caída de mi peso muerto sobre el hombro. Tumbado de medio lado mientras escupía, me daba cuenta de la tontería que acababa de hacer, no por lo que había hecho, sino porque me había salido mal. Cuando la adrenalina disminuyó, más prudente y dolorido conduje de vuelta hasta llegar al garaje de mi casa para desparramarme agotado en el sofá.

Al día siguiente, la resaca me había dejado tranquilo unas horas deambulando por la casa. Con el tono más cordial que encontré, llamé a Ona y le propuse ir a ver el atardecer a El Cotillo y ella aceptó tranquila. Llegamos sin hablar mucho hasta el acantilado, aparcamos el coche allí arriba cerca del borde. Nos sentamos sobre el capó del coche y contemplamos el horizonte. Una calma silenciosa se impuso. Aquel inmenso azul brillante era tan hermoso iluminado por el sol que descendía pacientemente, una irrealidad mágica envolvía todo, una armonía inexplicable, un reloj detenido, una ligereza intensa.

23

—Hace tiempo que tengo en mente un proyecto para conmemorar los ancestros de la cultura primitiva canaria en esta isla. Es algo simbólico. Creo que un pueblo que no ha llegado a valorar suficiente la sabiduría contenida en su historia pierde identidad, y sus individuos autoestima. —Capté su atención y giró la cabeza para escucharme con una expresión neutra en su rostro perfectamente iluminado por el sol poniente—. He descubierto una fuente de vitalidad en esta tierra que nunca hubiese imaginado encontrar, en el océano infinitamente vivo, en los panoramas volcánicos, en lo inmutable de los paisajes rocosos, en el aislamiento. Creí entender la profundidad que esta energía inspiró a esas gentes. Se me ha ocurrido crear una escultura homenaje a los cuatro elementos, al océano y a los ciclos de la vida y la naturaleza, se llamará La Puerta del Sol. La forman dos grandes columnas situadas aquí mismo, enmarcando este espejismo. Llevarán labrados los símbolos de la espiral y los podomorfos en la parte que ve el espectador, y por la parte que mira al mar, dos caras en relieve sobresaliendo en la roca. Cuando los rayos del sol iluminen su contorno, esas caras proyectarán sus sombras hacia este punto y los ancestros revivirán. Eso pasará en los atardeceres del solsticio de verano y el de invierno, cuando el sol tenga la posición angular máxima hacia el noroeste y suroeste y se proyecta en diagonal. Solo cuando los ciclos se cumplan, la escultura arrojará su significado... ¿Qué te parece? —Unos segundos de espera contemplando la belleza de su rostro atento trajeron la mejor de las respuestas.

—Me parece una idea maravillosa, Álvaro —me dijo irradiando ternura desde sus ojos celestes. Al besarme me llenó de paz y confianza, amansó cualquier anhelo con ese simple gesto.

En aquel lugar, recostados contemplando el atardecer, mientras la abrazaba, solo el dolor de mi hombro me sacaba de ese momento perfecto. Sentí que todo encajaba, que esa mujer y esa tierra eran perfectas, que se merecían lo mejor, que ambas habían nacido para ser amadas.

Cuando recuperas lo que habías perdido sientes que todo vuelve a la calma, pero inexplicablemente esta situación siempre es pasajera, siempre vuelve la insatisfacción con la normalidad. Debe de ser nuestra herencia de hombre primitivo que necesitaba de una permanente alerta para garantizar su supervivencia. Pasadas unas semanas recibí una llamada de teléfono para recordarme que mi genética primitiva seguía intensamente viva en mí y probablemente desviada.

—Hola, Álvaro, soy Daniel. ¿Qué tal todo por ahí?

—Por aquí todo bien, ya tengo pensada la sociedad que vamos a crear, he solicitado el nombre en el registro y estoy esperando a que me lo confirmen.

—Bueno, eso es lo de menos.

—Yo creo que es importante.

—Yo lo que quiero saber es si te interesa la operación, lo demás ya lo organizaremos.

—Sí, claro que me interesa, pero tenemos que tener una buena operativa montada para que esto funcione. Voy a necesitar los datos de tu pasaporte para cuando abramos la empresa.

—Como te he dicho, eso es lo de menos. Ya lo veremos más adelante.

—Bueno, yo pienso que estamos hablando de cantidades lo suficientemente importantes como para no optimizar toda justificación al máximo.

—Eso son detalles sin importancia. Entonces, ¿cuándo viajo a la isla?

—Pues mira, no sé, yo tengo que volver a Madrid en un mes, quizá deberíamos volver a vernos allí. —Mis dudas se dispararon ante sus respuestas evasivas.

—Como quieras, pero por mi parte no es necesario, puedo viajar ya, lo único que te pediría es que para que esta operación sea justa y comprobar tu solvencia me gustaría que tú aportases el diez por ciento en metálico también. De donde yo vengo las intenciones se demuestran con el dinero por delante para que todos veamos que estamos en un nivel semejante, ¿me entiendes? Algunos de los billetes que yo tengo son correlativos en número y estaría bien mezclarlos. Luego puedes recuperar tu parte, claro. Solo sugiero que podrías aportar ese porcentaje en metálico en el mismo sitio donde guardarás mi dinero como una especie de señal de buena fe.

Notaba que él estaba poniendo las reglas y pensé «Viene a tu terreno, ¿qué puede salir mal?». Unas semanas más tarde acordamos que Daniel llegaría a la isla para comenzar la operación a principios de mayo.

24

Una nube de polvo se levantaba al paso del todoterreno negro cargado de tablas de surf, risas y blues roquero a todo volumen. El camino del norte serpenteaba entre el paisaje rocoso negro bordeando la abrupta costa de aquel rincón del fin del mundo. Los ánimos iban cargados de testosterona a punto de explotar. Una tormenta de olas perfectas azotaba enfurecida la costa. El ambiente en el coche era una mezcla de excitación y nerviosismo por la batalla que estaba a punto de comenzar.

El surf es un ritual de humildad, es el océano el que marca el ritmo y tú solo puedes someterte a su fuerza, siempre hay un límite, no puedes jugar a ser dios. El surf no es una lucha, es una comunión. Tienes que desplegar toda tu fuerza interna para superar el miedo y abrazar a Poseidón en la cumbre de su furia. Llegamos gritando y exclamando al ver las grandes olas rompiendo mar adentro. El Hierro es un punto de costa con algo de arena, donde la ola rompe sobre el arrecife volcánico. Normalmente está muy concurrido, pero ese día apenas contaba con cuatro tipos en el agua, el resto eran espectadores de orilla. Hoy era uno de «esos días». Salimos del coche para contemplar el panorama. La brutalidad desplegada ante nuestros ojos desataba dudas internas en mí, que se hicieron evidentes en mi pierna izquierda, que temblaba ligera pero incontrolablemente. Nos quedamos un rato observando la forma de las olas, contando los periodos de entre serie y serie. La vertical de la ola formaba una pared continua sin concesiones, siempre arriba y avanzando como un muro dinámico. La bajada era rápida y agresiva por el viento de cara que la peinaba. El tamaño, visto desde la orilla, parecía alcanzar unos tres metros desde la base, aunque, una vez dentro, con el agua que la ola chupa serían bastante más. Ese día aguantaba mucho tamaño, las olas traían mucha agua. La pared abría a la izquierda desde el punto en el que partía el labio. La serie unía toda la bahía en una única ola donde habitualmente se formaban dos picos. Durante unos diez minutos observamos y nadie dijo una palabra. No oía nada, parecía como si el rugir del mar se hubiese apagado, ya solo existía el latido de mi corazón, el temblor de la pierna y mis pensamientos en medio de una nebulosa. Instintivamente cruzamos una mirada seria y Redo hizo la señal: un giro lateral de cabeza que significaba ¡al agua!

Permanecimos en silencio mientras nos desnudábamos para ponernos el traje de neopreno. El deseo de meterme al agua a medir mis fuerzas era inevitable. Con nervios contenidos recuerdo haber iniciado el ritual sagrado del surfista: desenfundar la tabla, comprobar que la amarradera está bien fija, rascar la cera de la superficie para una mejor sujeción a los pies, esconder la llave y dejar atrás el coche, caminar hacia la costa, detenerme para calentar los músculos con la mirada clavada en cada ola, el movimiento de yoga del saludo al sol completo hasta volver a la posición de firmes, cerrar los ojos sintiendo el momento con las manos sobre el pecho y, al abrirlos, descubrir que tu reto sigue allí, que si eres capaz de adaptarte al medio acuático el premio es grande, tanto como lo sea tu ilusión. Redo ya estaba a mi lado, nos miramos y salimos corriendo hacia el arrecife saltando entre las rocas. Al llegar al borde de la mejor situada para saltar, recuerdo golpear mi pecho como un gorila gritando antes de atacar y lanzarme sobre la siguiente espuma al romper contra las rocas para meterme al agua aprovechando la inercia de su retirada. A medida que remaba acercándome a las olas, tenía que superar la espuma que se arrastraba hacia nuestra posición. La energía que liberaban me expulsaba hacia atrás obligándome a emplear toda la fuerza disponible y remar al máximo para intentar atravesarlas. Cuando creía haber alcanzado el límite de mi resistencia, otra ola rompió delante de mí haciendo vibrar todo a mi alrededor y arrastrando una masa de agua espumosa que me llevó por delante como una avalancha en la montaña. Hundí la tabla para hacer un pato y pasar por debajo de las espumas para que disminuyese su empuje al tomar profundidad, pero era tan bestia que la masa de agua al caer me arrancó la tabla de las manos haciéndome dar vueltas bajo el agua sin control. En cuanto volví a salir a flote y recuperada mi tabla, se hizo evidente que las olas eran tan altas fuera del nivel del mar como profundas cuando rompían. Pasada la rompiente conseguí llegar a la zona donde pude descansar por primera vez y jadear a salvo. Respiraba agitadamente por la boca y casi no podía ni pensar, y al volverme vi que Redo llegaba en iguales circunstancias unos metros por detrás de mí. Sin embargo, al girar la cabeza de nuevo, observé una nueva serie de olas mucho más grandes que las anteriores aproximarse, así que remé sobre mi agotamiento mar adentro para evitar la zona de rompiente. A medida que se acercaban, me di cuenta de que estaba en la línea de impacto. La situación comenzaba a desesperarme. Remaba sin parar mientras la primera ola iba aumentando su poder chupando toda el agua a mi alrededor y yo bajaba mientras ella crecía y crecía cada vez más vertical y amenazante. En el último momento conseguí encarar la subida y pasé por encima mientras, desde lo alto de la cresta, acerté a girar la cabeza levemente para ver si Redo lo conseguiría. Pero por su cara de susto era evidente que la ola le iba a romper en la cabeza. Sentí su violencia al caer y crear un manto blanco inmenso de espuma agitada y entonces Redo desapareció de mi vista. No podía relajarme porque venían más olas. Después de la serie y tras un rato de preocupación, conseguí por fin ver a unos cien metros la cabeza fuera del agua de mi colega, que luchaba por recuperar su tabla.

La lógica de la supervivencia en el surf hace que siempre estés atento a tus compañeros en el agua y que esperes lo mismo de ellos. Los accidentes están a la orden del día, y quedarse flotando en el agua demasiado tiempo boca abajo puede ser fatal si alguien no te vigila y está dispuesto a jugársela para salvarte. Los vínculos que se crean en el surf son muy fuertes, tienes que desear la vida de tu compañero tanto que puedas llegar a arriesgar la tuya para salvarle, y eso hay que cultivarlo en todos los sentidos. Redo era mi mejor compañero y los dos arriesgaríamos nuestra vida por salvar al otro. Imaginé que iba a salir del agua, ya que era imposible que tuviese fuerzas para volver después de la que le acababa de caer encima, así que yo me dediqué a observar mi posición por si había corriente y buscar el mejor sitio para abordar la siguiente serie.

Tras poco rato de espera, en el horizonte agrupada como una cordillera andante, apareció la siguiente serie de terror. Estaba en el lugar adecuado. Dejé pasar esa serie de olas y las siguientes por puro pánico. No era capaz de encontrar el valor de abordar una. Por pura lógica tenía que salir de allí, así que en la siguiente serie dejé pasar las dos primeras por estrategia para ver cuántas venían detrás en caso de error, pero la siguiente ola no dejaba ver nada tras de sí. Supuse que como mucho quedaban una o dos más, así que remé con fuerza dispuesto a arrojarme por la bajada que se formaba delante de mí. Mientras remaba, la vertical se formaba implacable, parecía que lo iba a conseguir, y cuando decidí saltar para ponerme de pie en la tabla, ya volando por los aires me di cuenta de que la ola tenía demasiada fuerza y me estaba quedando atrás. Era imposible retroceder e intenté sostenerme de pie en la tabla mientras volaba por los aires de cabeza proyectado como un misil hacia el vacío. Fue inútil, caí retorciéndome en el aire y no pude evitar caer de cabeza. Impactar de lleno en la dura superficie del agua a esas velocidades es como caer en la nieve. Como si fuese un avestruz, entré en el agua enterrando la cabeza primero e impactando en torsión con el resto del cuerpo, lo que hizo crujir mi cuello por la violenta sacudida. Después vino lo peor: toda la masa de la ola cayó sobre mí proyectándome como una cáscara de nuez hacia el oscuro fondo volteándome de un lado al otro. La oscuridad y la violencia a la que estaba siendo sometido asaltaron el templo de mis nervios huyendo en desbandada, así que comencé a luchar con los brazos para estabilizarme y salir a la superficie, pero era imposible. Es raro que una vez que has decidido luchar por salir dejes de intentarlo, aunque sepas que es peor, que vas a consumir el poco oxígeno que tienes, pero no había manera de librarme de los revolcones dentro del agua y la desesperación me llevó a creer que había llegado mi último momento. Resulta curioso cómo en esos instantes encuentras un último empuje de fuerza. El agua en movimiento crea corrientes fuertes que mezcladas con las burbujas de aire hacen que resulte casi imposible estabilizarse. Volví a sucumbir debajo de la espuma. Cuando conseguí salir y respirar un rato más tarde, lo único que quería era irme de allí inmediatamente. No conseguí mantener la compostura lo suficiente y comencé a vomitar agua. Recuperé la tabla y flotando sobre ella conseguí ganar la costa para salir como pude entre las rocas. Al llegar al coche, Redo me miraba consciente de lo que acababa de pasar.

—Tío, no he conseguido pasar la rompiente, estaba salvaje —me dijo.

—Ya, ya —le respondí sonriendo con una mueca de dolor y sujetándome el cuello contracturado.

—Un día te vas a ahogar. —Sonó como una premonición en boca de Pieter.

Llegué nadando hasta esta orilla huyendo de mi reflejo en un espejo. Sintiendo la muerte tan de cerca por un instante, me di cuenta de que por primera vez me sentía vivo, exaltadamente vivo. Solo con una fugaz bocanada de aire al sacar la nariz fuera del agua en el momento más crítico, había sentido una felicidad indescriptible, mezclada con miedo, pero un miedo triunfal, liberado al no poder pensar en nada más que en llenar los pulmones otra vez con ese aire tan preciado, un presente fulminante, solo presente. Un acto tan despreciado cada día, respiraciones a las que no damos importancia y qué importante es respirar, respirar y sentir que respiras. Qué liberación es no pensar en nada, no poder pensar en nada más que en lo que estás haciendo porque es cuestión de vida o muerte. Si todos los días fuesen así, todos seríamos felices concentrados en lo importante, en la vida, en aprovechar antes que la muerte nos pille olvidando respirar.

25

Estaba inmerso en una infografía para presentar al Cabildo. Había quedado con Wolfgang para informarle de los avances del proyecto de La Puerta del Sol. Me comentó que, en el camino del norte, a unos kilómetros del faro de El Tostón, había evidencias de un asentamiento antiguo. Fui a buscarle a su casa en el pueblo de El Cotillo. Era blanca y estaba en una esquina, tenía los típicos ventanucos estrechos de la zona. Aparqué y llamé a la puerta sin tener claro del todo que fuera la dirección correcta. Todo el mundo tenía la costumbre de dar indicaciones para llegar a los sitios como si ya los conocieses de antes; «al final de la calle que baja hacia el mar, donde vive la Paquita, en unas casas bajas, pues ahí es, la de las ventanas abiertas...». Superprecisas las instrucciones, vaya.

La puerta se abrió y el rostro de un Wolfgang como distraído me indicó que entrase con un ademán. El salón y la cocina ocupaban la misma estancia. Había estanterías con libros y con piedras de todo tipo. También fotos en las paredes de paisajes de la isla, olas, montañas, mar cristalino, El Cotillo playa y también fotos de zonas del interior, estructuras de piedra y lo que parecía un gran sol en medio de la nada hecho a base de limpiar de piedras la gran esfera para luego usarlas para crear los rayos que se extendían en todas las direcciones. A simple vista parecía enorme y no se apreciaban caminos por los que acceder a esa zona inhóspita. Lo que más me impresionó fueron unas ampliaciones de fotos de la montaña de Tindaya y varios papeles transparentes sobre ella donde Wolfgang había marcado los contornos de ciertas formas de la montaña y encima, en las siguientes capas de papeles, había dibujado el símbolo jeroglífico egipcio que más se le parecía. Había serpientes, el dios Orus, cabezas de animales, etcétera. La montaña era en sí misma un jeroglífico gigante para él.

La casa era bastante humilde, los sillones gastados, solo había un escritorio en una esquina con un ordenador. Siendo testigo de cómo vivía en aquel pueblo pesquero de lugareños endurecidos por el viento y los años de soledad. Me podía imaginar el mundo que había creado para aislarse ante la imposibilidad de un contacto profundo con la gente del lugar o consigo mismo o quizá todo lo contrario. Quizá me equivoque y su relación con la isla y sus gentes era estrecha y eso le cautivó tanto que decidió quedarse en este lugar remoto. Supongo que fue la magia la que le retuvo, la llamada de los ancestros lo que le dio un campanazo fuerte en la cabeza.

Cuando estuvo listo montamos en mi coche y me indicó la salida del pueblo siguiendo el faro. Circulamos por el camino de arena unos pocos kilómetros hasta que nos detuvimos al final de una curva cerca de un muro de piedra. A unos cien metros hacia el interior estaba nuestro destino, junto a unas formaciones lineales de rocas. Llegamos saltando de piedra en piedra.

—Mira aquí. ¿Ves las líneas rectas y los montones de piedras apiladas en los laterales?

—Sí, demasiado rectas, parecen calles que han sido despejadas. Y eso, deben de ser paredes, ¿no?

—Efectivamente, los viejos de aquí conocen este sitio, oyeron que sus abuelos hablaban de grupos de gente que vivían aquí para cuidar el ganado y pescar, probablemente.

—O sea, que no es tan antiguo.

—Puede que haya seguido utilizándose desde la Antigüedad, no lo sé. Si encontrásemos restos significativos o grabados podríamos demostrarlo.

Pasamos un buen rato observando cada roca, dando vueltas, agachándonos, rebuscando y charlando.

—Oye, Wolfgang, ¿tú crees que esta gente creía en el karma o en el destino? ¿Crees que sabrían si se iban a extinguir?

—Los símbolos que utilizaban indican que creían en una vida después de la muerte o quizá de una vuelta a la vida en otro formato, no lo sé, un proceso.

—¿Qué proceso?

—Hay teorías que dicen que elegimos todo en la vida para aprender, para evolucionar.

—Sí, pero hay ambientes muy jodidos...

—Yo creo que se elige todo, lo que pasa es que es difícil de explicar desde donde se realiza esa elección.

—O sea, que no crees en el destino.

—A cada paso eliges, todos nos enfrentamos a problemas, el mío es mi enemigo, me acecha y un día me atrapará...

—¿Qué enemigo?

—¡Para eso tenemos un cuerpo, para meternos en líos! —respondió riéndose entre dientes como una comadreja que esconde algo en la madriguera.

Como siempre, Wolfgang me dejó en vilo con sus respuestas y siguió caminando. No entendí a qué enemigo se refería y me moría de la curiosidad. Le volví a preguntar y no respondió, parecía más serio, me hizo pensar que quizás alguien quería que dejase sus teorías o quizá, dada nuestra conversación, se refería a un enemigo más etéreo.

26

Unos días más tarde estaba en la costa norte con Redo después de haber pillado buenas olas. Cuando lo has dado todo, un cansancio superplacentero invade todo tu ser dejándote relajado y abierto a la vida.

—Oye, Redo, ¿te he contado que quiero montar una asociación para ayudar a niños sin recursos a iniciarse en la práctica deportiva? La idea es que la asociación pague por los materiales y las clases de los chicos y, si todo va bien, también organizaríamos campeonatos, pero sin ganadores y sin premios, las recompensas serían diferentes. He pensado en ti. Tú eres monitor de artes marciales y también de surf, ¿te gustaría ayudarme?

—Claro, tío, me encantaría, me parece una buena idea, pero ya sabes que yo tengo que trabajar de algo para mantenerme, el rollo del voluntariado es para gente como tú. Si hace falta yo puedo pasarme el día con los chavales en el agua.

—Sí, claro, la asociación pagaría por tu tiempo. Si me sale bien la jugada que estoy preparando, contaremos con recursos abundantes. Y, por cierto, ahora que hablas de agua, ayer vi un documental muy curioso. ¿Tú sabes quién era René Quinton?

—Ni idea.

—Pues un científico francés que en la Primera Guerra Mundial, como no tenían sangre para los heridos hacía transfusiones de suero de agua de mar isotónica. Al parecer, el cuerpo humano la acepta como si fuera su propia sangre.

—Pero ¿cómo vas a meter agua de mar en tu cuerpo?

—Que sí, tío, el agua es el medio del que venimos todos, el agua de mar tiene todos los elementos de la tabla periódica, es el plasma de la vida.

—A ver, tío, eso no se puede decir seguro, es demasiado general. Eso es como las niñas que decían en casa que estaban embarazadas y que igual había sido de bañarse en la piscina pública.

—Pero ¿quién coño va a decir eso?

—Hombre, en Sicilia todavía pasa y algunas mujeres mayores se lo creen, dicen que hay mucho guarro por ahí.

—Pero, tío, ¿qué tiene que ver eso con lo que estamos hablando? Además, si los sicilianos no fuesen tan moros, no tendrían a las niñas atemorizadas y hablarían con más libertad del tema.

—De eso nada, tío, bastante sueltas están ya las niñas...

—En eso estamos de acuerdo, sobre todo merodeando tú por ahí. De hecho, ahora que lo pienso, tú solo darías clases a los chicos.

—¡No seas cabrón! —dijo dándome un golpe en el hombro.

Destilaba vida, amaba esa tierra y a todos los seres que la habitaban. Me despertaba dando las gracias por la suerte de poder disfrutar de todo aquello. Estaba enamorado de cada rincón de esa isla. Era lo salvaje e inhóspito de vivir allí. Libertad en estado puro. Me resultaba familiar y a la vez extraño compaginar la dureza de la isla con un amor tan suave como el que sentía por Ona. Al mismo tiempo, su dulzura almidonada y ausente de preguntas me confundía. Podía disfrutar con los sentidos tanto de su presencia como de la isla. La diferencia radicaba en que la isla sí que colmaba todas mis ansias de respuestas. Era evidente, La Roca había ganado la partida al hombre haciéndole difícil conquistarla y eso me enamoraba. La lucha me enamoraba. La dulzura me confundía como una golosina que no me había ganado. Ona era belleza y amor, quería cuidarla, que se preservase pura, libre dentro de su inocencia. Mi alerta se concentraba en encontrar la trampa de esa inocencia. Era imposible que yo mereciese aquello tan hermoso, un cariño así de fácil, eso no lo había conocido en mi vida y lo ponía a prueba continuamente. Curiosamente, no me resultaba fácil relajarme en lo cotidiano cuando cada día ponía a prueba mis impulsos en este nuevo mundo. Vivía sumido en una atracción continua hacia ese intenso y siempre vibrante mar. Sentía mi sangre en ese inmenso fluido y su agua animando mi cuerpo. No sabía entonces hacia dónde me estaba conduciendo toda esa intensidad, gozaba, los susurros se ahogaban, pero el viento insistente traía mensajes inquietantes hablando del futuro... No supe yo descifrarlos en aquel momento.

27

Vivía ajeno al mundo de allá y sumergido en mi nuevo mundo como nunca. Un día, mi antigua vida volvió a mí en forma de llamada.

—¿Qué pasa hermanito?

—¡Hombre, mi hermana se acuerda de mi número de teléfono!

—¡Pero si eres tú el que ha desaparecido en el culo del mundo!

—Quizás he aparecido más bien. Desaparecida estás tú negándote a mostrar tu belleza y tu talento al resto.

—Para lo del talento sigo haciendo cola, a ver si llega mi turno, y para la belleza tendría que cambiar el espejo de mi cuarto. Pero mira quién fue a hablar, el que lleva toda la vida dejando las cosas a medias justo cuando es el momento de comenzar a disfrutar, ¿sabes cómo se llama eso?

—Sí, ya, miedo al fracaso... ¿te suena de algo?

—Pues sí, relaciones incluidas.

—¿Hablas de ti o de mí ahora? —Una risa cómplice nos unió en la distancia.

—Estaría bien que, por una vez, te enamorases de alguien por quién es, no por su potencial, eso es injusto.

—¡Eh! ¿De qué hablas? Que Mónica tuviese bulimia y estuviese más drogada que un caballo de carreras cojo no quiere decir que no fuese genial.

—No, si Mónica era genial, no digo que no, solo digo que tenías a todas mis amigas locas y esperaste veintipico años a tener una novia. Y bueno, las demás han mejorado, aunque las muy inocentes no sepan lo difícil que es llenar ese pozo sin fondo que tienes por coraza.

—Eh, ¡no te pases! Ona es maravillosa y suficiente.

—Pues eso, suficiente... ¿ella o tú? Nada, no te molestes en explicar lo que ya sabemos... ¿Qué tal en los mundos de Yupi?

—Pues bien, la gente es muy curiosa aquí, me mantengo entretenido. En el tema de negocios me ha surgido una oportunidad «alternativa» digamos. He conocido a un tipo que me motiva a probar riesgo y reconducir dinero mal encaminado. Todavía no sé nada, sigo esperando su llamada, aunque tengo mis dudas, he decidido que improvisaré.

—Tú y tus amigos... ¿Por qué te gustan tanto los raros? Eres el único que aguanta a la loca de la prima.

—A ver, cuando te quedas solo en el mundo te tienes que buscar la vida y ella se mueve entre tiburones, por eso tiende a enfocar las cosas a su manera... No sé, yo entiendo su búsqueda un tanto infantil de triunfar con grandes proyectos que conllevan riesgo, le da cierto toque poético a la vida.

—Sí, de tragedia.

—¿Cuándo vienes a verme?

—Cuando pongan un chiringuito en alguna de esas playas desérticas. No tiene ningún encanto tragar arena todo el día y no poder tomar ni siquiera una cerveza.

—Te quiero, hermanita. Adiós.

28

La previsión anunciaba buenas olas y eso significaba ¡surf del bueno! Había poco que negociar con los colegas ni con Hans en días así. A la mañana siguiente nos dirigimos a Lobos para afrontar un baño que prometía ser espectacular. Navegamos hasta el islote rojizo, una maravilla de la naturaleza en medio del mar. El pico estaba lleno de surfistas aquella mañana. Se hacía muy pesado remar entre tanta gente con los consiguientes nervios y tensiones, a lo que hubo que sumar la fuerza de las olas, que no ayudaron a que el baño fuese agradable del todo. A media mañana rodeamos la isla para comer en un lugar tranquilo y protegido del oleaje, como hicimos la primera vez que fuimos todos juntos en el barco. Tras unas horas de reposo los ánimos estaban otra vez arriba y decidimos probar suerte en la ola misteriosa donde nos encontramos la última vez al territorial gallito de pelea. Pusimos rumbo sur con el viento a favor entrando por la popa y no tardamos en llegar al atolón sin nombre. Al llegar vimos que no había nadie en el agua. La ola estallaba violentamente contra una roca que hay que esquivar en la bajada, y si consigues trazar un buen *bottom* en la base de la ola, tienes que pegarte de nuevo a ella para continuar por la izquierda por la pared vertical a toda velocidad escapando como el que huye del diablo. Una puta locura de ola, vamos.

Nos apuntamos Pieter y yo, saltamos al agua y remamos

hasta la rompiente. Pieter bajó una ola espectacular totalmente en el aire. Había que esperar dentro de la ola, esta no se podía esperar desde atrás como el resto. Bajar rozando la solitaria roca y torcer a tiempo para seguir por la pared no era nada fácil, todo lo contrario. Remé con fuerza, pero me retiré en el último momento en un par de ocasiones, la ola me imponía mucho. Pieter llevaba toda la vida haciendo esto y yo estaba siendo un temerario para mi nivel, y lo sabía. Al tercer intento me armé de valor y conseguí afrontar una bajada rapidísima, pero la vertical se convirtió en un agujero cóncavo que se vaciaba sin contemplaciones, demasiado rápido. Mi tabla derrapó y estuve a punto de estamparme contra la roca. Menos mal que conseguí rectificar para salir recto huyendo de la ola, que estalló detrás de mí. Rodeado de espuma y a merced de las corrientes, no podía relajarme demasiado porque las rocas del atolón quedaban muy cerca. Tenía que regresar al punto inicial y rodear la rompiente con certeza. Estar encajonado entre la masa de agua y las rocas significa solo una cosa: luchar por salir de allí. No había sido una buena idea y la experiencia de remontar la ola fue aún peor. Conseguí salir dando un gran rodeo. Remando de vuelta por el exterior, observé cómo una lancha llegaba y fondeaba cerca de la ola. Seguí acercándome y dos tipos se echaron al agua. Al acercarme contemplé con amargura que se trataba de César otra vez, la inquisición en persona. No pasaría mucho tiempo antes de que comenzase a mirarnos mal. Le observé mientras bajaba una ola, la controlaba a la perfección, igual que su amigo. Lo cierto es que eran unos máquinas.

Pieter bajó otra ola mientras, ya en el pico, yo respiraba recuperándome del esfuerzo. Les dio tiempo a volver y situarse a mi lado. Distinguí claramente una ola que se acercaba. Por cercanía y posición yo tenía preferencia para intentarlo. Mi remada era precisa, lo iba a volver a intentar, pero también César, que forzaba su llegada remando un poco más abajo. Comencé a dudar al verle tan dispuesto. En el último momento cruzamos nuestras miradas y yo, indeciso, frené para dejar que fuera él el que la bajase. En una ola así, por la seguridad de todos, no puedes jugar con más elementos externos que la propia ola, y él ya se estaba tirando. Me quedé helado porque las olas rompían con violencia contra la roca y me había quitado en el último instante con suerte de que no me arrastrase. Esas olas eran demasiado grandes y técnicas para mi nivel. Me di cuenta de que César había apurado al máximo su llegada solo para robarme la ola, podía haber esperado perfectamente a que yo bajase y remar la siguiente, solo éramos cuatro en el agua. Me quedé con una sensación de incomodidad, no me parecía estar bien colocado en ningún sitio. César regresó al pico remando a toda máquina y parecía no tener más interés en la ola.

—¡Sal del agua ahora mismo! —gritaba desde lejos.

—¿Cómo? ¡Pero qué dices, yo tenía prioridad y aun así te he cedido el turno!

Llegó hasta mí y sentándose en la tabla me encaró muy cerca. Tenía la cara desencajada y me miraba con furia. Su rostro me recordaba al de un niño bobalicón al que tomaban el pelo de pequeño y que de mayor decide vengarse usando su nuevo poder.

—¡No tienes ni puta idea, lárgate de aquí ahora mismo, te lo advierto! —Esos últimos gritos ya rozaban la histeria.

—Mira, tío, no sé lo que te pasa conmigo, pero no me voy a ir —dije manteniendo su mirada.

—Eres un godo de mierda, respeta a los locales.

—Pero ¿qué he hecho? No sabes lo que dices, los locales tienen todo mi respeto, lo que tú haces no —contesté subiendo el tono. Se acercó impulsándose con los brazos y para hablarme me sujetaba por el hombro, con la otra mano liberada, me señalaba con el dedo.

—Cuidado con lo que dices, te estás jugando una hostia. —Yo me revolví para liberarme de su brazo.

—¡No me toques! —Esa fue la excusa que buscó para lanzarme un puñetazo a la cara que impactó en mi mejilla. Caí al agua con él, lo tenía encima, así que tiré de su mano para empujarlo dentro del agua mientras sacaba la otra buscando su cara. Los golpes no tienen mucha fuerza en el agua, pero la situación se volvió peligrosa cuando nos agarramos intentando arrastrarnos al fondo sin que ninguno quisiera soltar al otro. Por un momento nos miramos fijamente, desafiantes, pero él rompió el momento con otro puñetazo subacuático. Conseguí soltarme y empujarle con mi pierna. Al salir a la superficie, Pieter y su amigo habían llegado a la zona y se interponían gritando y pidiendo calma. Todo era confuso y no nos quitábamos la vista de encima. Recuperé mi tabla para subirme. Él, desde el agua, me insultaba sin parar.

—¡Estás loco, macho! —le dije mientras me alejaba.

—Voy a ir a por ti —dijo señalándome con el dedo.

—Ya sabes dónde estoy. —Fue lo único que se me ocurrió responder, lleno de rabia.

Pieter me dijo remando de vuelta al barco:

—Tío, estás loco. ¿Cómo le dices que no respetas lo que él hace?

—Joder, cómo voy a respetar a un mono así.

—No, ya, eso está claro, pero le has insinuado que se dedica a otras cosas, ya me entiendes...

—No, yo no me refería a eso... Me refería a su actitud de matón en el agua.

—Mierda, tío, espero que no haya entendido otra cosa porque te las va a hacer pasar putas.

—Me da igual a lo que se dedique, ese no es mi problema... ¡Joder, lo que me faltaba!

Al subir al barco todos preguntaron qué había pasado, los gritos habían llegado hasta allí. Sin ganas de dar explicaciones —estaba furioso por la injusticia—, quería encontrarme con él en otro lugar para ajustar cuentas, pero me daba cuenta de que en el agua era más inofensivo que fuera. «Estoy jodido...», pensé.

29

Organicé una barbacoa en casa con unos cuantos amigos habituales y como añadido apareció Mateo. Dicen que la virtud suele asociarse con el punto medio, pero en el GPS de Mateo ese punto no aparece. Su habilidad para molestar era sorprendente. Una desarrollada técnica para soltar barbaridades inimaginables en un tono amigable y sonriente, que no llegan a ofender desde su boca, hasta que las transcribes a otra persona. Creo que solo los argentinos tienen incorporado en los genes este tipo de habilidades innatas.

—Oye, Mateo, ¿tú conoces a alguien en el Ayuntamiento al que le pueda presentar mi proyecto de La Puerta del Sol? —le pregunté extendiéndole una cerveza fría.

—¿Vos creés que al cacique de acá le va a interesar esa tontería que preparás con el chalado del alemán? A ese loco ya le dijeron que está todo en su cabeza. Acá tenés que ofrecer algo a cambio para que les interese tu propuesta, y con eso no ganan nada.

Tania respondió furibunda:

—A los canarios nos interesan nuestras raíces.

—¿Qué raíces, las de las papas? Acá todo el mundo pilla y si no sos del clan mejor ofrecés caramelos para los monos del circo.

—¿Estás insinuando que existe una falta de honestidad tan evidente? —intervino Jorge.

—Mirá, no sé de qué universidad pija salís, pero esto es tierra bereber... Y por cierto, el otro día mientras pasaba en coche, te vi recogiendo cacas de perro, sin perro. ¿Vos tenés perro?

—Bueno, el otro día saqué al perro de un amigo y como me da asco coger las cacas frescas, recojo otras más secas, para ser justo con el karma, ya sabes...

—No, loco, no tengo ni puta idea de lo que hablás, ¡boludo! Vaya colegas raros que tenés, Álvaro.

—Oye, ¿a ti qué te pasa, tío? —Tania empezaba a cabrearse a juzgar por su postura tensa

—A mí nada, pero deduzco que vos lo que que deseás es que te diga lo buena que estás, pero no sos mi tipo, demasiado carácter. Pasáis demasiado tiempo en el agua y se os están ablandando las ideas, chavales. Álvaro, creí que me habías invitado para hablar de negocios...

—Bueno, sí, he conocido a un tipo en Madrid con una propuesta, quizá te interese, pero te la cuento luego en privado, no es una cosa muy normal que digamos...

—Vale, ya comenzás a hablar mi idioma, mañana hablamos. ¡Adiós, pescaditos!

—¡Que te den! —respondió Tania a bocajarro.

—Más te gustaría, guapa, igual un día me animo. —Y lanzándole un beso salió por la puerta.

Su visita fue corta, no caben dos gallos en un mismo corral. Redo se había mantenido distante. Tenía la sensación de que Tania le gustaba y las palabras de Mateo no le habían sentado bien. Dos seres meticulosos y ordenados en sus atuendos así como en sus hogares, los unía más de lo que los separaba. Ambiguos convencidos de argumentación explosiva. Sufridores musculosos, sucumben cuando su niño desprotegido no encuentra sosiego nocturno en la calidez femenina. Las mujeres siempre presentes en sus vidas, no creo que conociesen espacios de tiempo sin su compañía, debe de ser que no pasaron satisfactoriamente la fase infantil mamaria. Ellas sometidas a la intensa presión de sus masculinas ondas alfa mezclándose con su propio programa biológico, acababan inevitablemente en brazos de los prototipos de hombres que días antes juraban a sus amigas evitar. Hay que reconocerles a ellas una gran labor social por la contención de flujos desbocados de testosterona que de otra manera se verterían inevitablemente en el caudal público. Grandes tipos, grandes complejos, grandes resultados, grande también mi admiración por su determinación vital. La actitud de Mateo de aquel día respondía a un incansable afán de defensa. No fue a la escuela, escribía fatal y aun así nunca cejaba en su empeño de lucha para sacar adelante sus proyectos, y si hacía falta pasaba por encima de quien fuese para conseguir lo suyo. «Vos no sabés lo que es ser inmigrante», le había oído decir después de haber avasallado a algún incauto. A veces me preguntaba hasta dónde sería capaz de llegar en su afán de supervivencia. Aun así, le conté lo del negocio africano, confiaba en él.

30

Una noche recibí una llamada a las tres de la madrugada. Yo no podía apagar nunca el teléfono por si había una emergencia en el hotel. La gente sigue siendo gente cuando están de vacaciones. Se pelean, se dejan las llaves, se emborrachan, se les desconecta el cerebro y no saben hacer nada sin preguntar, etcétera. Aquella noche recuerdo haber respondido dormido pero alerta cuando una voz con una seguridad que atemorizaba me increpó:

—Te gustan los problemas, ¿eh...? Tratar con el demonio puede convertirse en una enfermedad mortal. —Y colgó. Me dejó muy mal cuerpo la puta llamada, no quería tomarla demasiado en serio, pero lo surrealista del contenido me inquietó. No sabía a qué se podían referir y, después de volverme loco con ideas descabelladas, a la mañana siguiente hice un par de llamadas.

—Hola, Wolfgang, ¿qué tal?

—Todo bien. ¿Qué te cuentas, Álvaro? ¿Cómo va La Puerta del Sol?

—Bien, ahí sigo con ello. Oye, Wolfgang, ¿a ti te interesan los temas de ocultismo?

—El ocultismo solo es algo de lo que no se sabe cómo hablar.

—Te sonará rara esta pregunta, pero un día me dijiste que te iban a alcanzar. ¿A quiénes te referías?

—No tiene por qué ser un quiénes, quizá no es algo externo a mí, no está claro el origen.

—¿Estás metido en algún lío del que me quieras hablar?

—¿A qué te refieres? No más de los habituales. Estás un poco raro, ¿quieres que nos veamos?

—Tengo que trabajar, ya te llamaré. Adiós.

El cansancio irritaba mi humor y no tenía ganas de hablar con nadie, pero hice la segunda llamada.

—Hola, prima, ¿qué tal estás?

—¿Que qué tal estoy? ¿Quieres que te cuente que estoy liada con un casado que dice que su matrimonio no funciona o me quieres preguntar algo más?

—¿Estás liada con un casado? Joder, tía...

—Joder, tía, ¿qué? ¿Cómo te crees que son las cosas para una madre de cuarenta años? ¿Me vas a hablar del amor? Porque yo ya he estado enamorada y mucho, como una imbécil. Y me ha salido como el culo, dos niños y sola haciéndome cargo de todo.

—No te lo tomes así, solo me preocupo de que elijas bien.

—¿Tú me has escuchado? Ya creí haber elegido bien y ahora solo busco mantenerme a flote. Con el primero que me da un poco de cariño me tiro a la piscina con o sin agua. Me he vaciado tanto que soy capaz de hacer este razonamiento y aun así ir camino de cometer el mismo error, ¿comprendes?

—Sí, supongo que sí. Bueno, yo te llamaba para preguntarte si has comentado con alguien del tema que hablamos con Daniel.

—¿Con quién coño voy a hablar de los billetitos mágicos? ¿Estás loco?

—Yo qué sé, es que he recibido una llamada muy rara.

—¿Y qué? ¿Qué te han dicho?

—No, nada... ¿Tú crees que el tipo está metido en temas tribales oscuros o algo así?

—Pero ¿de qué coño estás hablando, Álvaro? ¡Tú crees que hace vudú o algo así! ¡Has visto mucho la televisión, tío!

—Bueno, vale, olvídalo, como si no hubiese dicho nada.

—Mira, Álvaro, si este tema te sobrepasa, olvídalo, ¿vale?

—Ok, lo pensaré. Adiós.

31

Daniel me llamó una tarde de finales de junio, ya casi lo había olvidado. Oír su voz en el teléfono era como escuchar tambores africanos de guerra, me incomodaba, una agresividad latente me encendía. Cada conversación pensaba que sería la última, que esa vez le mandaría a la mierda y se acabó. «Puto falso avaricioso, deberías estar gastando las comisiones de papá en África, pero no lo vas a hacer, ¿y en qué lo ibas a malgastar?» Tras cada conversación con él, pensamientos oscuros e irrealizables asaltaban mi cabeza. Representaba un desafío, tomar del mal, medir fuerzas con él para arrebatarle el dinero y canalizarlo en mi entorno inmediato. Aquí yo podría utilizarlo para generar dinámicas más allá del hotel. El complejo era un tesoro, algo que conservar, pero demasiado simple para engancharme o quizá demasiado bonito para ser verdad. El hotel era un miniparaíso de sociedad perfecta que había creado. Estaba orgulloso. Era como un pueblo en el que vivíamos mis compañeras, mis amigos y yo, y al que venían huéspedes para pasar las vacaciones. Todo era perfecto, daba trabajo a gente local, conseguía ingresos, se trataba a todo el mundo en igualdad y vivía en un ambiente de ensueño. El dinero ilícito sobrepasaba mis conocimientos fiscales y me instigaba a imaginar y recrear posibilidades sin cesar. Era como una gran partida de ajedrez que requería planificación continua y estrategia. Forzaba mi moral a reformularse. Colmaba mi pasado de adolescente atormentado y gamberro. Era como una purga monetaria para reconducir un dinero descarriado en una conjunción más armoniosa de mi pasado con mi presente.

—Álvaro, ¿qué tal estás?

—Todo bien por aquí, ¿cómo van tus planes?

—Estoy teniendo algunos problemas con mi visado en España. Ahora mismo estoy en Suiza y creo que pronto tengo que hacer un viaje por África para renovar mis visados. Quizá tengamos que aplazar unos meses el tema, aunque me gustaría comenzar lo antes posible.

—Mira, Daniel, no hemos hablado demasiado bien las condiciones de esta operación, y cómo nos repartiremos los beneficios, yo no podría aceptar menos del veinte por ciento del beneficio.

—Esto no quiero hablarlo por teléfono, pero me parece bien.

—¿En qué parte de África vas a estar? Lo digo porque tengo un amigo que tiene un barco y en dos semanas navega hasta Cabo Verde. Podría viajar con él. Es algo que llevo pensando un tiempo y podríamos encontrarnos allí.

—Cabo Verde es genial para mí, no tendría problemas para entrar y encontrarnos, quizás incluso puedas llevarte «mis libros», ya sabes...

—Eso me complacería. Te diré entonces cuándo partiremos y cuándo llegaremos para acordar una fecha.

—Perfecto, espero tus noticias.

La idea de viajar con Hans era algo que llevaba metido en mi cabeza desde hacía un tiempo y esa ocasión parecía perfecta, como también lo sería traerme el dinero yo mismo. Eso me daría una ventaja bastante grande. Mentalmente comencé con mis cálculos y, de quinientos mil euros, restando mi comisión antes de comenzar, podría sacar entre setenta mil y cien mil euros en efectivo y libre de impuestos. La operativa sería otra cosa, dar curso legal a esa inversión que yo quería atraer a la isla. Me aseguraría de que los números cuadrasen y de hacer algo que mereciera la pena con ese dinero. Sin duda los eventos deportivos y de ocio serían una forma de crear diversión, trabajo y circulación fácil de *cash*. Pensaba en las dos ideas básicas que razonaban mi plan. Solo se puede ser libre en los territorios que el hombre no ha conseguido domesticar, donde es la naturaleza la que pone las condiciones. Lo demás es trampa, es vivir bajo condiciones artificiales basadas en la desigualdad. Al mismo tiempo, solo se pueden comprar los bienes básicos necesarios mediante transacciones monetarias. Más recursos económicos para crear lugares de libertad en la naturaleza, esa es la única posibilidad de liberación. Tomar y compartir, tomar y elegir, tomar y alejarse.

32

Después de todo lo que pasó, me he decidido a dejar atrás el viaje que hice y sus consecuencias, mi ruptura sentimental y todo lo que me ha tenido atrapado estos meses. Han sido tres meses de penitencia y culpabilidad. He decidido darme una nueva oportunidad. Son dos horas de coche desde el norte de la isla hasta llegar a Jandia, en el sur, donde vive Margo. Conduce el maquinista cachondo con las calderas a todo gas, caliente, muy caliente, yo de testigo nada decido ya. Ella me espera enrollada al final de mi deseo desbocado. Son dos horas de carretera interminable entre volcanes, valles resecos y montañas peladas. Al final del camino la carretera se empina y desde arriba los paisajes de ensueño que aparecen en las postales surgen a la vista, playas interminables y mar azul turquesa, en la playa de Sotavento. Al final de esta playa se encuentra Morro Jable, lo que fue un pequeño pueblo de pescadores y hoy es un lugar atestado de espantosos hoteles rectangulares adaptados a las cuadriculadas mentes de los turistas alemanes. Un paisaje cálido, lleno de playas donde solo pienso en revolcarme desnudo por la arena.

Encuentro su piso sin muchos problemas, salto del coche, subo la escalera, llamo y abre. Su mirada cómplice, una sonrisa, está lista cuando llego y con el plan preparado para cenar en un restaurante cercano. Se trata de un patio de estilo canario con buen ambiente y comida bastante cuidada en los detalles. Las luces tenues y el ambiente internacional hacen que la velada sea perfecta y sensual mientras contemplo aquella preciosa cara eslava. Margo habla español pronunciando con cierto énfasis el final de las frases, aunque eso no hace que su conversación pierda interés. Hablamos de cosas triviales, del trabajo y gente que ambos conocemos. La cena es una calma tensa, un deseo mutuo flota, contenido en miradas y sonrisas provocadas por la más mínima broma. De rasgos marcados y ojos azules, no posee una expresión dura sino amable y sugerente. Se nota que es una mujer segura de su belleza, aunque con un estilo y naturalidad en su forma de vestir y de interaccionar conmigo que añade hermosura a su cordialidad. Sus formas se intuyen apetecibles debajo de la blusa suelta. Es momento de volver a su casa caminando en la oscuridad que nos envuelve por las calles vacías. La tensión sexual se siente en el ambiente. Subo la escalera tras ella, hipnotizado por el contoneo de sus finas curvas. Entramos en la casa y ella deja las llaves en la mesa del comedor mientras se quita los zapatos y comienza a encender lámparas de luz indirecta. Sin mirarme, busca música en el ordenador. La contemplo todo el tiempo mientras me descalzo, parece tranquila, quizá yo estoy más tenso ahora mientras me siento al otro lado del sofá. Solo se me ocurre decir: «Tienes dos habitaciones, ¿no irás a mandarme a la otra?» Ella me mira riendo de medio lado con cara de picardía: «¡Oh! El grandullón tiene miedo de la oscuridad.» Y avanzando hacia mí por el sofá como una gata con sus ojos azules clavados en los míos, acercando mucho su boca añade: «No te preocupes que esa noche no vas a estar solo.» Cuando siento su carne en mis labios comprendo que hay química, quiero probar su saliva inmediatamente y la agarro de la nuca para que no se separe. Su pelo es muy fino, suave, y su cuerpo, que ya comienzo a explorar, es delgado con la justa medida de carne en sus pechos. Ella sigue como una gata junto a mí y, en esta postura, mi mano libre se desliza recorriendo su vientre suave y liso hasta encontrar una vía de entrada por su pantalón, que conduce directamente hacia su dulce sexo, que acepta mi llegada. Mis dedos resbalan por sus pliegues blandos y húmedos introduciéndose sin problemas más adentro de su intimidad. Resopla y contonea la cadera, excitada al sentir mis dedos recorriendo su penumbra una y otra vez, ya no puede resistir más y me muerde extasiada el cuello y me lame con avidez. Sus manos se cuelan por mi camisa apretando mi pecho con fuerza y, sin esperar un segundo más, desabrocha mi pantalón, saca mi polla y se la mete en la boca con furia. La decidida embestida con la que se la traga hace que me retire levemente en un acto reflejo, pero la impresión que me causa ver esa boquita de labios rosas abierta de esa manera me pone muy caliente, y cuando después de saborearla la saca, con mi mano agarrando su cabeza la obligo a que se la trague hasta el fondo de nuevo sin importarme hasta dónde le llegará. Cuando tirando de su pelo la libero y pongo su cara a mi altura, veo su expresión desencajada de esfuerzo mezclado con lujuria, así que, sin soltarle el pelo, me levanto y la arrastro por el sofá como el que lleva a un cachorro del cuello para colocarla en el borde mirando hacia fuera y de espaldas a mí. Ella, obedeciendo órdenes implícitas a la situación, se ofrece totalmente. Le desabrocho el pantalón con una mano mientras con la otra sigo sujetándola del pelo, no espero casi ni a quitarle las bragas y cuando veo su culo blanco asomar le propino una palmada que resuena seguida de un gritito de placer. No espero ni un segundo y se la meto por detrás con una embestida enérgica mientras tiro aún más de su pelo obligándola a retorcerse. Giro su cara para mirar su expresión llena de placer con el ceño fruncido y la boca abierta, su mirada es expectante, sabe que le voy a dar sin parar, así que se lo digo:

—Te voy a follar sin parar hasta que te deshagas de gusto.
—Suelto su pelo para agarrar sus caderas; ella, sumisa, se coloca para recibir lo prometido...

Un sonido infernal recibe mi mañana y no tengo más remedio que levantarme al toque del despertador porque ella entra a trabajar a las nueve en el *spa* de un hotel cercano, así que a regañadientes salimos de la casa después de un poco de aseo y así, desganados, bajando la escalera, me dice que podemos desayunar en un bar cercano, donde pedimos unos cafés y unos bocadillos.

—¿Qué vas a hacer hoy?

Yo, que no estoy muy despierto, divago con la respuesta.

—Creo que subiré a Corralejo, es domingo y hace un día magnífico para ir a la playa. Creo que hay olas, no sé, buscaré a los colegas para ir al agua...

En unos minutos hemos terminado los cafés y ella sale corriendo después de despedirme con un beso.

—¡Llámame!

33

No son todavía las nueve cuando subo al coche y salgo del pueblo por la carretera dirección norte. Margo ha tatuado en mi recuerdo una sensitiva marca que perdura. Sigo excitado rememorando su cara roja de intensidad, sus ojos achinados, su expresión entregada. Su dulzura y naturalidad me convencen de que es una mujer valiente, sensible y entregada a su libertad. Pasa poco tiempo y a unos cinco kilómetros veo un camino polvoriento que se interna en medio de la nada. Instintivamente doy un volantazo y cruzo la carretera de lado a lado y siento cómo el todoterreno da un par de bandazos sobre la arena levantando una polvareda a su paso. En una ocasión, Ona me trajo por este camino del barranco de Pecenescal. A ella se lo había enseñado alguien del lugar; te conduce directamente entre las grandes dunas del sur hasta morir en la zona norte de la gran playa de Cofete. He llegado hasta allí siguiendo un impulso y decido asomarme a contemplar esas espectaculares vistas. Pienso que pocas veces estoy por esta zona recóndita de la isla y hay que aprovechar. Sigo el camino que se muestra lineal, infinito, hacia el horizonte mientras se eleva progresivamente. Después de la primera subida vuelve a bajar discurriendo serpenteante por el cauce de una torrentera seca por la que se encauza el agua al llover bajando de las montañas. Circulo entre dos altas paredes arenosas que zigzaguean siguiendo el curso de un río imaginario resonante producido por el ruido del motor del coche y el eco de las paredes. Acelero en algunas curvas y subo el carro negro por la falda de las dunas que ya se forman claramente en el camino, surfeando las paredes e inclinando el coche sobre dos ruedas por encima del centro de gravedad. La cosa se pone divertida. Detengo la marcha y conecto la palanca de la tracción a las cuatro ruedas para poder proseguir sin encallarme en la arena y sigo acelerando. Finalmente llego a lo alto de una enorme duna, donde me detengo a contemplar las vistas del mar azul inmenso que se muestra un kilómetro más allá, donde las dunas mueren en acantilados interminables.

El paisaje es impresionante, un inmenso océano azul oscuro pero brillante como telón de fondo en un marco espectacular de montañas de arena blanca contorneando la línea de costa. Desde la altura, las dunas caen al mar sobre el acantilado de piedra que forma una gran muralla vista desde el mar. Pero lo mejor es la vista hacia el sur. Las dunas terminan donde comienzan las montañas. Una cadena montañosa afilada de cumbres imposibles y eternamente coronadas por nubes que luchan por sobrepasarla. La cadena montañosa recorre longitudinalmente la costa de norte a sur delimitando la playa de Cofete al oeste, entre el mar y la propia montaña. Descendiendo hacia un eterno barlovento, la vertical de la montaña muere al contacto con la inmensidad de arena que forma los doce kilómetros de salvaje e inhóspita playa. Una enorme bahía azotada por vientos perpetuos, kilómetros de arena sin rastro de civilización, solo olas muriendo embrutecidas, bruma mañanera y montañas vigilantes que empujan la playa hacia el océano. Esto es el fin del mundo de los hombres y el comienzo del mundo de los titanes. Si ahora Wolfgang estuviese aquí, no le costaría nada convencerme de que esto fue la Atlántida, el paisaje impresiona hasta el corazón más escéptico y civilizado, no hay otra manera de definirlo, inmenso y sobrecogedor. Me doy cuenta de que venía a contemplar esta escena que me llena con una honda impresión ancestral de belleza y magnitud natural. Un acto de reverencia innata que aflora desde la parte mística que llevamos dentro y se rinde de admiración ante el poder de la madre naturaleza. Un lugar encajonado y escondido, solo para los osados que se atrevan a venir y sentirse pequeños ante tanta enormidad.

Ona me trajo aquí, quería mostrarme este lugar y juntos recorrimos el último tramo de dunas a pie hasta llegar al borde del acantilado. Ella no tenía miedo, un ser ligero que se movía hábilmente entre los riscos y las grandes dunas que vienen a verter la arena al mar. Solo se puede bajar por un lugar muy concreto, es un pequeño desfiladero que permite arrastrarse bordeando el final del acantilado para descender hasta la playa. Recuerdo el peligro del camino y la recuerdo a ella guiándome. Me hizo soñar estar en el paraíso, solos los dos caminando al límite del miedo, donde encuentras tantas veces la belleza. Me mostró la manera de bajar y para servirme de ejemplo bajó ella primero como una gatita grácil entre las rocas. Cuando pusimos un pie en la arena nos abrazamos y gritamos como locos por la hazaña conseguida. Allí nos bañamos desnudos y pasamos el mejor día que recuerdo con ella. La tarde nos envolvió cálida y nos entregamos a una complicidad íntima y profunda. Fue la primera vez que la contemplé como un ser completo, no faltaba nada. Creo que es el recuerdo de ese día el que me ha traído hasta aquí.

Estamos en septiembre, es un día muy caluroso, no circula el viento y no hay nubes a la vista. Tengo un bidón de agua en el maletero del coche que a partir de aquí es inservible. Doy un buen trago, calculo que estaré fuera tres horas, así que bebo bastante agua. Me pongo la gorra, las gafas de sol, me quito la camiseta y meto en la mochila el móvil, las llaves del coche, las *cholas* y agarro la tabla de surf para comenzar a caminar. Serán las nueve y media como mucho y durante media hora atravieso las dunas descalzo en dirección sur. Mi intención es acercarme lo máximo posible al final de los acantilados y sondear la posibilidad de bajar por una zona más accesible. La arena blanda bajo mis pies cede a cada paso dejando mis huellas allí como único testigo de mis pensamientos, que ahora son claros y concisos. En todo este tiempo no ha sido ella el ser incompleto sino el observador quien proyectaba su insatisfacción. En mi mano ahora solo queda el tallo muerto de la flor que una vez arranqué impaciente. Una flor que no cambia de color para llamar la atención, ni crea espinas para defenderse, simplemente se entrega majestuosa y estática, con sus colores recibiendo el sol agradecida con una amplia sonrisa, aceptando su tierna vulnerabilidad cuando alguien le desgarra el corazón, he ahí su fuerza, he ahí mi debilidad. Mi corazón atormentado me ha traído hasta aquí para contemplar las huellas en la arena que ya no están, el viento las ha borrado aliado con el tiempo y el orden del infinito karma.

Las dunas pasan y mis pasos se suceden siempre adelante hacia el inmenso azul que me llama. Levito por mi rumbo enajenado de divagaciones hasta la cima de la última duna, que desciende a mis pies como una rampa unos veinte metros hasta morir precipitándose por el borde del acantilado. Para afrontar el último tramo necesito toda mi atención. Me asomo un poco más desde la cima y veo cómo cae casi en vertical hasta el borde, donde ya solo veo mar y abajo supongo rocas. La cima de esta última montaña arenosa tiene partes duras de piedra clara. Me doy cuenta de que estoy sobre un alféizar natural y que debajo debe de haber una concavidad que no puedo ver desde mi posición. Decido dar un rodeo y asomarme por el lateral un poco más abajo y cerca del borde. En un punto, consigo asomarme y contemplo embelesado cómo esa concavidad escarbada por el viento ha creado una gran ola de roca y arena. Se puede transitar justo por debajo del alféizar donde antes me asomaba y recorrer esa gran belleza desde dentro. Camino con cuidado por la arena en paralelo a la costa y por debajo del final de la duna que se cierne sobre mi cabeza. El panorama es magnífico y sigo avanzando por la parte alta de una gran rampa de arena que muere allá abajo, donde comienza la vertical antes del mar. Una gran roca interrumpe mi avance, así que tengo que descender un par de pasos laterales por la pendiente. Comienzo a dudar de la seguridad del terreno, siento cómo mis pies ya no se hunden en la arena. En esta zona se ha solidificado por la acción constante de la humedad y el viento y está dura. Hay una fina capa de arena sobre una superficie dura debajo que yo solo intuyo. Siento que mi segundo paso no es muy seguro lo que me obliga a buscar como apoyo toda la planta del pie. Pero justo cuando levanto el pie para afianzarlo ocurre lo inesperado: resbalo y caigo boca abajo contra la pared de la duna y comienzo a resbalar a toda velocidad como si estuviese en un tobogán de hielo. Al principio no consigo frenar y sigo resbalando, la situación parece continuar, así que suelto la tabla y hago esfuerzos por detenerme, pero sigo resbalando con velocidad. Asustado, incremento la presión con manos y pies, pego el cuerpo todo lo que puedo para ofrecer resistencia, sigo resbalando mientras, desesperado, trato de clavar las uñas y la barbilla. Unos metros más abajo consigo detenerme por la presión de las sangrantes uñas, el pecho arañado y el dedo gordo del pie haciendo una presión intensísima contra la pared. Me doy cuenta de que la tabla está a unos dos metros a mi izquierda; las gafas de sol y la gorra, un poco más arriba, y que estoy a mitad de la bajada. La situación es dramática, estoy a unos metros de una caída fatal. Mientras mantengo la cara y el cuerpo fuertemente apretados contra la pared intentando hacer ventosa, me viene a la cabeza una escena de una película de Indiana Jones, solo que no tiene ninguna gracia vivirla en la realidad y estoy acojonado de verdad. El ángulo de pendiente es muy pronunciado, me da la sensación de estar en vertical y mirando abajo calculo que estoy a unos siete metros para el precipicio. Como una sucesión de acontecimientos me doy cuenta de que, si he resbalado de esa forma, subir va a ser una tarea casi imposible. Me da miedo moverme, parece que hasta mis pensamientos atraen la fuerza fatal de la gravedad. Me concedo un momento para pensar y agarro una pequeña piedra afilada con la mano derecha para intentar hacer una muesca en la arena donde meter mis dedos y afianzar mi posición. Puede que consiga subir si voy haciendo ranuras en la arena a modo de fijaciones. El proceso se me presenta interminable pero no se me ocurre otra cosa. Raspo con cuidado, cada movimiento leve de la mano compromete mi estabilidad. Entones, en el momento que menos me lo espero, siento como mi cuerpo vuelve a caer como un peso muerto pendiente abajo, me siento como un pescado resbaladizo, no tengo control sobre nada. En un reflejo veo una piedra en mi camino que agarro con decisión, esta cede rodando a mi lado, mis ojos como platos ven mi vida pasar rodando en caída libre como la roca. Con esta velocidad en el deslizamiento todo pasa demasiado rápido, y aterrado contemplo cómo el final se acerca sin remedio. En un intento desesperado me aprieto con todas mis fuerzas contra la pared queriendo meterme dentro de ella, y en el último momento, ya con los pies colgando sin apoyo, consigo detenerme suspendido en un instante irreal.

SEGUNDA PARTE

TROPIEZOS

Solo se entiende de verdad a alguien cuando conoces sus heridas.

MARWAN

1

Estoy colgando de un acantilado, mi único apoyo son los brazos extendidos y las manos aferradas al último tramo de arena que me separa de caer al precipicio, al vacío y al lecho de rocas acechantes que como agujas sobresalen del mar. Trato de fundir mi cuerpo contra la pared porque mis pies han perdido los apoyos. Me sostengo sobre la barriga, el pecho y las manos, a modo de ventosas. Mi cara apretada contra el muro. El miedo, dictador brutal, se apodera del momento y en una reacción mental extraña me hace negar estar allí.

—Esto no está pasando —me escucho decir en voz alta.

Al instante, una avalancha de emociones me devuelve el control de mis pensamientos. Estoy furioso.

—Pero ¿qué cojones haces aquí?, ¡gilipollas!

Grito con tal rabia que entro en pánico al considerar mi muerte. Siento cómo las fuerzas me abandonan. Traumatizado por el *shock*, mi cuerpo pierde tensión, se vuelve mantequilla y una fuerza casi fantasmal tira de mí hacia el vacío. La desesperación vence a mi débil aplomo. O reacciono o la caída es segura. Sin otra salida, hago un esfuerzo para contener mi estampida mental y reconducir la situación. Ordeno a mis músculos que recuperen la tensión, repaso cada parte de mi cuerpo buscando las que me puedan ayudar a mantenerme agarrado a la roca arenosa: «Brazo, aprieta fuerte; manos, agarraos; cuerpo, presiona. ¡Álvaro, aguanta!»

Aun así, el escenario es el mismo, sigo colgando del borde de un acantilado y voy a caer desde demasiada altura. Calculo las posibilidades de recuperar la pendiente por la que me he deslizado, pero la vertical imposible y el terreno resbaladizo lo hacen inverosímil. No encuentro sujeciones, con cada movimiento solo consigo resbalar más. Parecía la misma arena de las dunas que había dejado atrás, pero en esta última pendiente de bajada hacia el acantilado, la superficie se reduce a una fina capa de arena y piedras sueltas sobre una base inclinada de roca dura, lo que la convierte en una trampa mortal. Es como si espolvoreases arena sobre mármol y luego lo inclinases cuarenta y cinco grados, un tobogán de piedra imposible de trepar. «Podría esperar a ver si se asoma alguien, digo yo que alguien tendrá que llegar tarde o temprano. Quizá pueda aguantar hasta que algo pase...» Todo imposibles, lo sé. El tiempo de las dudas se acabó y solo hay un hecho cierto: soy el único aquí, nadie va a venir a ayudarme y tengo segundos, con suerte minutos, antes de caer. Mi situación es insostenible, de esta no me puedo escapar. La posición de mi cabeza me impide mirar hacia abajo, así que trato de hacerme una idea de la situación. Calculo que habrá unos diez metros de caída. Abajo me esperan las rocas volcánicas de formas irregulares y cortantes. Intuyo que las probabilidades de sobrevivir al impacto son del cincuenta por ciento, y sobrevivir a la caída significa lesionarme gravemente. Así están las cosas. Puedo sentir el hambre de las rocas, sé que están allí esperándome. Capta mi atención el sonido allá abajo del batir de las olas contra el acantilado. Entonces, una idea comienza a tomar forma en mi mente: «Si cuento el intervalo de tiempo entre olas quizá pueda caer justo cuando una rompa y el agua suba por las rocas.» Mi cara llena de arena se aprieta con fuerza contra la tierra como si quisiera sentir sus latidos, pero esta me devuelve el eco de los míos, que golpean con la violencia de tambores de guerra. Mi corazón late tan fuerte que siento que me va a empujar hacia atrás de una sacudida. Mi cuerpo busca adherirse al terreno como un lagarto que permanece inmóvil en una vertical imposible. Mis posibilidades de sobrevivir podrían aumentar a un setenta por ciento si elijo el momento de la caída y consigo caer lateralmente sobre el agua justo cuando la ola rompe sobre las rocas. Tengo que impulsarme lo más lejos posible de la pared de piedra, lanzarme hacia el mar. Comienzo a contar después de escuchar el ruido del agua golpeando allá abajo.

—Uno, dos, tres, cuatro, cinco, seis, siete, ocho, nueve, diez, once...

Comienzo de nuevo, aunque sé que las olas vienen en grupos de tres, cuatro... imposible de determinar, seguidas de un momento de calma, así que el cálculo va a ser solo orientativo. Pero como no puedo gestionar tantas variables, tengo que seguir adelante con mi plan. Mi situación es cada vez más inestable, voy a caer de todas formas. Saltar lo más lejos posible de la pared, protegerme la cabeza y caer de lado me puede conceder una oportunidad de sobrevivir al impacto. Tengo que aterrizar en una ola, esa es mi esperanza.

—Uno, dos, tres, cuatro, cinco, seis, siete, ocho, nueve, diez...

Me impulso con toda la fuerza que me queda en los brazos y salto al vacío retorciéndome en el aire como un gato que quisiera conservar todas sus vidas. Un segundo suspendido ante la expectativa de saber si seguiré vivo después de este vuelo...

2

Siento un impacto brutal y el caos se hace a mi alrededor...
Eso es bueno... Estoy consciente, veo, estoy debajo del agua
turbia, genial. ¡¡Estoy vivo!! Lucho por salir del agua y alcanzo la superficie, veo una roca frente a mí y, con un ansia desa-
forada por salir del agua, subo a la roca de un impulso, como
un cangrejo. Una vez arriba, cuando quiero volver a cargar mi
peso sobre las manos e impulsarme con los pies para seguir trepando, oigo un fuerte crujido que proviene de mi cuerpo y me
desplomo inconsciente golpeando la cara contra la roca.

Cuando recupero la consciencia, la sangre inunda mi visión, veo todo rojo. Impaciente y asustado, me limpio el ojo
con la mano derecha, lo suficiente para espantarme ante un
espectáculo horrible: mi mano está abierta por el medio como
cuando cortas un entrecot grueso poco hecho. El pánico al ver
los músculos rasgados en un corte limpio y los huesos al final
del corte me sobrecoge. Palpo mi ceja y compruebo que al desmayarme se ha abierto por el impacto contra la roca. La mano
sangra mucho también, pero el crujido venía de las piernas.
Tumbado boca abajo muevo los pies y los músculos de las piernas, la columna no parece dañada. «Vale, no estoy paralítico.»
Fuerzo entonces el movimiento como intentando incorporar-
me poco a poco y oigo de nuevo el crujido acompañado esta
vez de un dolor insoportable que me hace gritar. «Mierda, debe

de ser la cadera, que se ha roto.» Sondeo más movimientos y arrastrándome determino que tengo la cadera izquierda deshecha. Cuando alcanzo a mirar sobre ese lado, contemplo una contusión que ocupa medio muslo y sube por el lateral de mi pierna y cadera. Hay heridas abiertas, pero lo peor se nota que está dentro por el color rojo intenso y la amplitud del impacto, como dos palmos de largo y uno de ancho. Con mucho dolor, me arrastro sobre la piedra para ganar un poco de superficie y, en ese momento, me doy cuenta de que tengo la mochila colgada de un lado y también de que estoy desnudo, el bañador se debe haber roto con el impacto. Recupero la mochila y busco el móvil. Está mojado. Lo pongo al sol un rato a ver si consigo encenderlo. Sé que, aunque lo encendiese aquí, no hay cobertura en muchos kilómetros a la redonda y menos debajo de este acantilado. Evalúo las posibilidades de que alguien venga por la zona y enseguida me doy cuenta de que son muy escasas, nadie se va a asomar por donde yo acabo de caer. Pero, es más, poca gente o ninguna suele pisar esta zona de la isla. La navegación por esta costa es casi nula. La isla tiene ciento veinticinco kilómetros de largo y solo hay un puerto en el pueblo de El Cotillo, en el norte, a unos ochenta kilómetros. La población más cercana se llama La Pared y se encuentra a unos doce kilómetros al norte recorriendo el acantilado a pie o en todoterreno, no hay caminos. En sentido opuesto está la playa de Cofete, a la que solo se puede acceder bordeando la cordillera de montañas por el extremo sur, lo que deja el parking más cercano a unos diez kilómetros. Puede que algún excursionista se aventure hasta el final de la playa, pero aquí no me va a encontrar. Incluso puede que algún barco navegue en estos días de poco viento desde los puertos del este de la isla, bordeando el faro de Jandía, pero parece poco probable también...

«Estoy jodido», pienso para mis adentros. Aun así, grito con todas mis fuerzas: «¡Ayudaaaa!» Y otra vez más: «¡Ayudaaa!» Me doy cuenta de la inutilidad de mis gritos y rebusco en mi mochila. Las llaves del coche, tarjetas, algo de dinero y el libro *El poder del ahora*, de Eckar Tolle, irónicamente llevo semanas paseándolo y ni lo he abierto. Muy lentamente y con mucho dolor consigo darme la vuelta para reposar en una roca que me sirve de respaldo mientras miro boca arriba el borde desde el que he caído. Me incorporo un poco más y observo el lugar de impacto a pocos metros de donde estoy. Parece un milagro que haya caído precisamente ahí, justo en un hueco de un metro de ancho en el que las olas trepan por las rocas al romper contra el muro informe de roca que se forma en torno a mí. Por el aspecto de mi mano, que es lo único que ha sobresalido de la línea de mi cuerpo, si hubiese caído medio metro hacia alguno de los dos lados mi cabeza estaría ahora abierta como una sandía cuando la lanzas contra el suelo. He conseguido caer en el único hueco donde había algo de agua justo cuando entró la ola, lo logré. Mi cadera es lo único que no ha podido evitar el impacto contra la roca, lo que confirma mi teoría cuando estaba allí arriba. Si no llego a tirarme yo, hubiese caído de espaldas y estaría muerto o con la columna rota. Calculo que he caído desde una altura de unos diez metros y que he impactado de lado con el hueso más grande del cuerpo y aun así probablemente está roto por el medio. He tenido muchísima suerte...

Decido esperar a ver si el teléfono se enciende, soplo con fuerza por la toma de corriente varias veces y lo entierro en la arena para que coja más calor. Paso un rato eterno pensando en diferentes opciones para acabar siempre en un bucle imposible. Consigo darme la vuelta y me coloco boca arriba recostado en una piedra. Ya me he dado cuenta, a base de mucho dolor, de que no puedo girar hacia la izquierda apoyando el peso porque una punzada de dolor me nubla la mente hasta el punto de perder la consciencia. Sí puedo girar a la derecha y, aunque también me duele, si lo hago deprisa, pasa antes. No puedo sentarme ni apoyar el peso en el culo. Solo puedo arrastrarme boca abajo o boca arriba impulsándome con la mano izquierda y el brazo y codo derecho sin apoyar la mano rota. Mi desnudez facilita las cosas y me raspo hasta llegar a hacerme heridas en cada desplazamiento. Mis partes nobles son las que más sufren, no ayuda a ser valiente ver esa parte de uno mismo colgando indefensa.

Para calmarme saco el libro, «quizás ahora pueda leer un rato», pienso con ironía. Abro por una página cualquiera y aparece el capítulo titulado «La disolución del cuerpo dolor». Tiene gracia, me rio por la paradoja de la situación y leo: «Mientras no seas capaz de acceder al poder del ahora, cada dolor emocional que experimentas deja tras de sí un residuo de sufrimiento que vive en ti. Se mezcla con el dolor del pasado que ya estaba allí, alojándose en tu cuerpo y en tu mente. Aquí se incluye, por supuesto, el dolor que sufriste de niño, causado por la inconsciencia del mundo en el que naciste. Este dolor acumulado es un campo de energía negativa que ocupa tu cuerpo y tu mente [...]» Esta lectura parece una broma macabra del destino. No consigo concentrarme para seguir leyendo. Todo resulta demasiado extraño, tanto es así que, como hace demasiado calor, uso el libro como sombrero vietnamita para cubrirme la cabeza. Ya deben de ser las once o puede que incluso más tarde. Debo de llevar aquí al menos una hora y el móvil es una esperanza vacía.

Un ruido de motor resuena en el momento que alzo la mirada y veo pasar un helicóptero rojo y negro a toda velocidad. Agarro el libro de tapa amarilla y lo agito haciendo señales. El momento dura poco y como él las esperanzas de que me hayan visto. Me queda una sensación de frustración, pienso que quizá podía haber hecho algo más para que me viesen. Me desestabiliza emocionalmente un rato la oportunidad fallida, quizás esa será la última vez que vea a alguien, pero me consuelo pensando que ha pasado muy lejos y muy rápido, tenía pinta de helicóptero oficial.

Mi única alternativa es tirarme al agua, la marea está subiendo y aquí tampoco voy a estar seguro. Calculo que si nado unos cuatrocientos metros más o menos, llegaré al comienzo de la playa de Cofete, allí puedo tener una oportunidad, pero es una distancia considerable para nadar en mi estado. Han pasado unas horas. Decido dejar el libro y el móvil atrás. No puedo ponerme de pie, así que a duras penas logro desplazarme lateralmente envuelto en un intenso dolor hasta el borde de la roca y aprovechando la siguiente ola me dejo caer dentro del agua. Aquí soy más ligero, puedo nadar usando la mano izquierda, pero el dolor cuando presiono la derecha contra el agua se hace insoportable y tampoco puedo contar con las piernas. Braceo como un pez herido que avanza de medio lado. Hay una roca solitaria delante de la pequeña bahía que frena la primera embestida de las olas. Afortunadamente hoy no son grandes y consigo pasar buceando por debajo sorteando el empuje de su fuerza. Estoy ganando terreno y avanzo alejándome del acantilado para tomar perspectiva de la situación.

El esfuerzo comienza a notarse a los pocos minutos de solo usar una mano y no he recorrido mucha distancia. Desde esta posición puedo ver la gran playa respaldada por la increíblemente empinada montaña a sus espaldas, el resto, hacia el norte, es acantilado y no veo ni un alma. Sigo nadando paralelo a la costa a unos cincuenta metros de la empalizada de roca que me separa de mi objetivo. Todo es acantilado, no hay ningún lugar donde poder parar a descansar. El cansancio me fuerza a intentar utilizar las piernas a pesar del dolor. Oigo el crujido otra vez, grito de dolor y me muevo impaciente con los brazos para mantenerme a flote. Sigo avanzando y, sin motivo aparente, me recorre el cuerpo desde la base de la pelvis un dolor horrible que se traduce en convulsiones esporádicas, como las contracciones de un parto. Van de abajo arriba tensionando los abdominales y obligándome a encogerme sobre la barriga. Después de cada convulsión no puedo evitar gritar de dolor. Comienzan a aumentar la frecuencia y la intensidad. La desesperación hace que comience a luchar por mantenerme a flote y un dolor directo desde la zona de la lesión se apodera de mi mente y la apaga por un segundo. Recupero la consciencia y me doy cuenta de que mi cabeza esta debajo del agua, la saco y sufro una nueva convulsión que va seguida de un grito que se transforma en un bramido, lo más desgarrador que ha salido de mi ser en forma de sonido. Oírme me trastorna de miedo. Una nueva convulsión y un nuevo grito. Intento concentrarme: «Álvaro, ahora no es momento de entrar en pánico, así que desconecta la cabeza del dolor.» Pero es inútil, se trata de un movimiento involuntario que surge del rincón más oscuro y necesitado de mi ser. La lucha por avanzar y permanecer a flote entre gritos y desmayos resulta agotadora. A veces sumergido en el agua, un grito ahogado crea chorros de burbujas. Comienzo a tragar agua, agobiado, consigo sacar la cabeza escrutando con mirada desesperada el borde del acantilado en busca de alguna silueta, alguien o algo que me salve. Nada ni nadie, solo una pared de roca, ningún sitio donde resguardarme. Acercarme a las rocas supondría enfrentar el batir de las olas, pero, de todas formas, ya no puedo avanzar ni un metro. En este preciso momento todo mi ser asimila por completo desde la raíz y para siempre el significado de la soledad, una emoción ahogada y desgarradora se apodera de mi corazón al darme cuenta de lo solo y desamparado que estoy. La tristeza aparece para restar. El instinto me mantiene en la lucha moviéndome desesperadamente, mi cabeza se pierde por momentos, trago agua, grito, nado, sufro, saco la cabeza, respiro y continúa el ciclo de aire y agua, el sufrimiento interminable, las convulsiones y vuelta a empezar. Apenas avanzo nada. En un último movimiento agónico intento retomar con determinación el control de mi cuerpo y le ordeno continuar, pero el resultado es un dolor insoportable y me obligo a descansar bajo el agua semiconsciente como consecuencia de la mezcla de agotamiento, dolor y angustia.

3

Creo que he vivido toda la vida para enfrentar este momento. No hay margen para mentir sobre lo que va a pasar, sé que me voy a ahogar y todo mi ser lo asume como una verdad incuestionable. He llegado al límite de mi resistencia física, mental y emocional. Sé que la gente en el mar se ahoga luchando y que en un último y desesperado intento respiran agua para culminar en una dolorosa y agónica despedida. He visto sus caras en miles de películas. Dicen que duele muchísimo. Dicen que la última sensación, a juzgar por su expresión congelada para siempre, es de una indescriptible y desgarradora angustia...

Una extraña voluntad que reconozco como propia se adueña de la situación y ejecuta una decisión con asombrosa tranquilidad. Una especie de orden trascendente toma una determinación: «Este último momento me pertenece, no voy a morir lamentándome.» Tengo la certeza de que toda mi vida se va a resumir en ese último pensamiento y quiero un resumen digno. Apoyo mi mano herida contra mi pecho, mientras con la izquierda impulso el agua hacia arriba ligeramente entregándome un poco más a la profundidad. El agua es cristalina de un color verde tenue, iluminado por rayos de sol que entran casi verticales creando una atmósfera lumínica casi onírica. El agua, impaciente, presiona mi nariz hacia dentro buscando los exhaustos pulmones. Sentir toda esa agua a mi alrededor esperando para entrar en mí y hacerse con mi vida para siempre genera una tensión brutal. Me siento infinitamente pequeño y vulnerable entre esa inmensidad verde cristal. Instintivamente agarro mis amuletos con devoción. Los ojos abiertos testigos de ese espectáculo visual y del momento en el que, simplemente, pienso: «Gracias por mi vida. —Y a continuación—: Entiendo lo que va a pasar y estoy preparado.» Se hace la oscuridad al tiempo que deja una última sensación de vacío inconmensurable. Un vacío de una negrura y oscuridad sobrecogedora que me guía a lo más profundo de la nada. No pasa nada, no veo nada, no siento nada.

Pero no es una nada total, hay una emoción que se ha mantenido viva dentro de la oscuridad y me percibo allí en el propio vacío, entonces, yo soy el vacío, mi mente no está presente pero esa vibración soy yo; no siento mi cuerpo, ni mi voluntad, ni el agua a mi alrededor, ni el dolor, ni el tiempo, ni el espacio, pero siento ese poso de soledad y vacío...

4

No recuerdo haber cerrado los ojos en ningún momento, aunque sí recuerdo entrar en la oscuridad. Tampoco recuerdo haberlos abierto, pero sí haberme visto desde fuera. Permanezco suspendido en el tiempo. Lo único que reconozco es esa sensación que permanece. Floto en la nada. Y lo inesperado ocurre. En un instante, una luz cegadora atraviesa el agua verde y abre mis ojos, incide en mi mente, la reconozco, y siento mi cuerpo distendido, los brazos y piernas sueltos. Con energía renovada vuelvo a ver todo, luz, pero luz natural, la que atraviesa el agua desde la superficie hasta mi cara. De una brazada consigo sacar la cabeza fuera del agua y respirar con avidez. Miro en todas las direcciones con extrañeza. ¿Qué ha pasado? La contractura del abdomen y las contracciones han cesado, las piernas cuelgan y me siento en posesión de una nueva oportunidad. Puedo flotar. Dentro del extrañamiento que me produce la situación me doy cuenta de que no voy a morir. Lo interiorizo como una verdad incuestionable y, sin darle más vueltas, acepto el regalo de esta nueva oportunidad y sigo nadando nuevamente hacia mi destino elegido. No sé durante cuánto tiempo he estado ausente o quizá más presente que nunca o lo que haya ocurrido, ahora no puedo pensar en eso...

Tras un buen rato nadando trabajosamente, a medida que gano distancia hasta la pequeña cala que ya veo con claridad, siento que la corriente me acerca peligrosamente hacia las rocas del final del acantilado. En realidad, se trata de la misma playa de Cofete en su extremo norte, pero unas rocas las separan aislando esta calita. Tengo que sumergirme varias veces y apoyarme con la mano en las rocas para evitar rozarme con ellas, pero la tensión hace que siga luchando por ganar la costa. Sigo sin poder mover las piernas y solo puedo nadar con una mano. Finalmente, y tras muchos esfuerzos, aprovecho el impulso de la espuma de las olas que me transporta hasta la orilla. La sensación es muy rara ya que no tengo control sobre las piernas y estas se abren por el empuje de la espuma retorciéndome y revolcándome en el agua. Arrastrándome con los codos en un esfuerzo sobrenatural, consigo sacar mi cuerpo del agua y descansar por fin planchado en la arena boca abajo. ¡Lo he conseguido!

Cuando me siento recuperado repto ayudándome de los codos playa adentro. Me duele horrores al arrastrar la cadera sobre el elemento sólido, pero por lo menos se han acabado los desmayos. Tras un rato reptando, alcanzo una roca triangular de un metro y medio de alto con forma de lápida y de superficie lisa que me sirve para recostarme y mantener el tronco un poco erguido. La cala tendrá unos veinte metros de ancho y, con la media marea, unos quince desde el agua hasta mi ubicación. Desde aquí es el único sitio que podría ver a alguien asomarse desde el acantilado. Calculo por la posición del sol que serán alrededor de las doce o la una del mediodía. Descanso aliviado, aunque la paz me dura poco. Hace mucho calor y no hay viento lo que significa que la temperatura debe de rondar los treinta y pico grados. He tragado mucha agua salada y perdido mucha sangre, de hecho, la mano continúa sangrando y la cadera se hincha amoratándose. Aun así, no se me ocurre qué hacer durante la siguiente hora. Contemplar mi desnudez y mi cuerpo deshecho no es muy alentador. Aunque estoy agradecido de estar vivo no puedo evitar sentir cómo la desesperación se apodera de mí. Observo que hay bastantes objetos por la playa —botes, maderas, un trozo de red de pescar—, parece que la corriente trae a esa pequeña bahía todo lo que flota en el área marítima. No tengo manera de escapar del sol, no hay ni una sombra y estoy desnudo. Orino largamente sin moverme de mi posición, supongo que toda el agua que he tragado.

A las tres de la tarde la sed comienza a ser insoportable, noto el cuerpo reseco por dentro, mi mente comienza a sumirse en la histeria acuciado por la necesidad de hidratarse. Mi cabeza no es capaz de aislarse de la necesidad de beber. Sé que no estoy en condiciones de encontrar agua y la angustia que esa circunstancia me produce hace mella en mi ánimo. Contemplar mi cuerpo lleno de sangre, la mano abierta con coágulos oscuros que comienzan a formarse mezclados con arena, el pecho arañado y la cadera abultada, cada vez más morada, no contribuyen a serenarme. Me doy cuenta de que voy a estar allí días. Es una intuición que suena a pronóstico. Al mismo tiempo soy consciente con igual claridad de que, si no bebo agua dulce hoy, mañana estaré muerto. Tan certeramente se dibuja esta imagen en mi mente y tan necesitado está todo mi ser de agua que en mi mente toma forma una petición que pronuncio en voz alta: «Sabes que no puedo sobrevivir sin agua así que ayúdame.» Lo digo en voz alta para animarme y porque me sale sin proponérmelo, no sé muy bien la razón pero me anima, de hecho, ha sonado más como si le diera una especie de orden a mi futuro o algo así.

Me pongo en movimiento de nuevo ya casi al borde del delirio después de pasar unas horas más al sol. Me siento débil, pero la necesidad es mucho mayor, así que vuelvo a reptar por todos los lados a pesar del dolor de rasparme y quemarme con las piedras y la arena. La temperatura es altísima, estoy metido en un horno. Me acerco a todo lo que puede estar cerrado y contener líquido. De hecho, encuentro un bote cerrado con lo que parece agua y excitado me lo vierto en la boca de inmediato, para con disgusto escupir al instante agua salada caliente. Sigo en la búsqueda. Ir un poco más allá conlleva un sufrimiento, pero cualquier color en la arena o entre las rocas puede ser algo medio enterrado y no puedo permitirme dejar nada sin revisar.

Un poco más allá localizo una botella de plástico que contiene un poquito de líquido amarillo. Lo abro excitado y al olerlo detecto algo de azúcar en el olor, parece que fue un refresco hace mucho tiempo. Lo pruebo y confirmo que se puede beber a pesar de la temperatura. Solo da para un trago corto, pero grito de emoción. Eso me anima a seguir, mi excursión dura ya casi dos horas en una playa que, en circunstancias normales, habría revisado en quince minutos. La peor parte es la de reptar por las rocas ardientes por la temperatura, eso sin mencionar que tengo que arrastrar mis partes nobles por todos los lados. Nada, no hay nada más, aunque he lanzado cerca de la roca donde reposo cosas que me pueden ser útiles: una red de pescar medio deshecha, algunos botes y una madera lisa de un palé. Mi última esperanza está depositada en revisar la parte ya inundada por la subida de la marea entre las rocas cerca del acantilado. Me lleva un rato llegar y cuando, exhausto, llego cerca de ellas, me doy cuenta de que hay algo que flota con el vaivén de las olas y está atrapado entre las rocas. Como un espejismo demasiado bonito para ser verdad, veo una botella de plástico flotar llena hasta arriba de agua. Al acercarme no paro de repetir mentalmente: «Que sea agua dulce, que sea agua dulce.» Noto cómo al girar el tapón se rompe el precinto —buena señal— y bebo con deleite. ¡Es agua dulce!

Cuando regreso a mi roca en forma de gran trono triangular, la tarde casi se ha consumido. Deben de faltar unas dos horas para el atardecer. Estoy en una posición estratégica para observar el acantilado por si alguien se asomase. Detrás de mí hay otra pared y el comienzo de una montaña vertical imposible de subir. Estoy encajonado entre el mar y las rocas. Con la pleamar el agua llegaba prácticamente hasta mi «refugio», no había playa, lo que significa que dentro de trece horas desde ese momento me toca otra marea alta, calculo que sobre las cinco de la madrugada. Aprovecho las últimas horas de luz para acomodar la arena, los botes de plástico y la red para pasar la noche de una forma más o menos confortable. La tarde está llena de colores, el océano resplandece a lo lejos debido al sol que se aproxima a la línea de horizonte por poniente. Justo enfrente de mi posición, la luz es clara y promete un atardecer fantástico. Las olas generan un murmullo continuo, de vez en cuando las gaviotas graznan, no hay más sonidos que los de mis pensamientos repitiendo como tambores: «¿Cómo es posible que haya encontrado esa botella de agua aquí?»

Si no fuese por mi situación, diría que es una de las tardes más bonitas que recuerdo. Lo apacible del momento vislumbra un hueco en la impaciencia de mis deseos y en voz alta me oigo decir: «Tengo un ángel de la guarda», y sonrío pensando en la cadena de acontecimientos o milagros que se han obrado para que siga aquí vivo, para no matarme en la caída, ni ahogarme en el agua y en cuántas posibilidades había de encontrar aquella botella de agua dulce en un lugar como este, a la altura geográfica del desierto del Sahara... Se me hace imposible no caer en un asombro místico. ¿Habrá algo o alguien ayudándome? ¿Es solo suerte, no ha llegado mi hora o qué coño está pasando? Abstraído en estos pensamientos, a unos metros frente a mí contemplo, como en un sueño, una pluma blanca caer haciendo pequeños vuelos laterales desde lo alto del acantilado. No puedo contener la risa, me rio a carcajadas, rio como un loco, estaba pensando en ángeles de la guarda y cae una pluma... Obviamente será de una gaviota, pero la situación supera todo lo razonable y me abandono a un optimismo exagerado y río soltando todo como si fuese mi última carcajada.

Repaso varias veces la lógica de haber caído justo en ese hueco al tirarme desde el borde del acantilado esta mañana, el único lugar en ese tramo de costa donde podía salvarme. Solo un metro de ancho donde cabía perfectamente, donde las olas pueden trepar al impactar, ese metro que coincidió con la llegada de la ola salvadora, un metro de vida y de posibilidades en el espacio y en el tiempo. Segundo milagro: mi mente desaparecida bajo el agua por un segundo o varios, no lo sé, y un despertar renacido con fuerzas que hacía un momento eran inalcanzables por el extremo sufrimiento al que estaba siendo sometido mi propio cuerpo en un estado de colapso. Parece que, al ceder mi mente por completo, solo permaneció un poso de mí en forma de emoción que recuerdo en todo momento, lo que no recuerdo es estar allí ni física ni mentalmente. Ese instante fugaz de reconocimiento y aceptación de esa soledad y pertenencia al vacío, eso permaneció. Y, por último, cómo es posible que haya aparecido esta botella cuando más la necesitaba. Parece imposible, pero ahí estaba. En realidad, todo eso ya da igual, mi situación sigue siendo la misma, tengo que salir de aquí o es cuestión de tiempo que pase lo inevitable.

5

Navegar hasta Cabo Verde con Hans. Recuerdo el día que bajé al puerto en busca del gran marino para decirle que me unía a su expedición hacia los mares del sur. Excitado de poder viajar durante una semana surcando el Atlántico con ese lobo de mar. Era consciente de que sería una experiencia única o una locura, aunque todavía no tenía muy claro cuál de las dos sería. No quería pensar que, después de cuarenta años en el mar, nos fuésemos a ir a pique conmigo a bordo. Pensando en la jodida ley de Murphy me tranquilizaba valorando que esa ley es aplicable solo para el resto de los mortales y no para los osados, que mueren gozosos de enfrentar su final con una sonrisa en la boca... o quizá cagados de miedo, como el resto. No hacía más que especular mientras caminaba en su búsqueda.

El señor de los vientos, contrabandista de sueños, bufón divino, domador de tormentas, párroco de los siete océanos, para él solo había una ley y era la de elegir un rumbo y navegarlo. Mi paseo no dio sus frutos, así que paré en un bar a tomar unas cervezas con peña conocida. Tras un rato de espera allí apareció el último hombre libre.

En el hotel les dije a mis compañeras que me iba a la península para un tema de negocios, y a mis amigos, simplemente, que volvería en un par de semanas. Era casi verano y Hans me esperaba con el bote en el muelle chico como habíamos quedado.

Llevaba una mochila con un poco de ropa, una chaqueta gruesa para las noches y mi pasaporte para la vuelta en avión. Al llegar a bordo aseguramos el bote en cubierta y después bajé a dejar mi mochila en un cubículo que Hans llamaba camarote.

—Oye, ¿dónde está el baño? —le pregunté, extrañado de no encontrarlo. Recuerdo la ironía de su risa repitiendo mi frase: «¿Dónde está el baño?», lo cual disipó las dudas acerca de dónde se encontraba. Salimos de la bahía a motor hasta llegar al comienzo del canal de Lobos e izamos la mayor manualmente tomando rumbo sureste con los vientos alisios por la popa. Ver cómo se alejaba la isla acrecentaba mi melancolía por momentos, pero la sonrisa de Hans me tranquilizó en cuanto cruzamos miradas.

—¿Qué tal un café? —preguntó cediéndome el timón del barco.

Me sentía poderoso llevando el mando de madera entre mis manos. Ya había guiado barcos antes y tenía presente que si la vela perdía tensión era que estábamos virando ligeramente y había que corregir el rumbo hasta volver a sentir que se llenaba de viento. La navegación es fácil con el viento moderado de popa. El barco se mece ligeramente y al no tener referencias claras, la sensación de avanzar es muy relativa una vez que se pierde la tierra de vista. Hans subió con el café y me ofreció un vaso. Se sentaba sobre cubierta como los asiáticos: con el culo en el aire doblando las rodillas y hecho un ovillo.

—El viento subirá a medida que avance el día, calculo que en seis o siete días llegaremos a Cabo Verde —dijo.

A pesar del agradable sol y del viento a favor, para mí el viaje comenzaba a no ser tan placentero. Pasadas unas horas empezaba a sentir cierta inquietud en el estómago a consecuencia del mareo que se incrementaba si me internaba dentro del barco. Mirar al horizonte continuamente es lo único que lo resuelve. Hans comprendió lo que sucedía y me recomendó mantenerme activo, llevar el timón, preparar algo de comer. Los preparativos que hicimos antes de zarpar consistieron en comprar algunas frutas y vegetales para los primeros días y después todo eran legumbres secas, arroz y latas de conservas. No teníamos nevera a bordo. En los días previos a la partida llenamos varios bidones de agua con la manguera del club náutico, que llevamos en el bote hasta el barco. Él había recargado la batería con un amigo y, gracias a eso, teníamos dos pequeñas bombillas que iluminaban la cubierta y el camarote principal, donde estaba la cocina, que funcionaba con gas y que también había recargado Hans. Yo pagué las provisiones y la gasolina para el motor para ser justos con el viaje y aun así, como sabía que Hans vivía de eso, decidí que le daría algo de dinero al llegar al destino. Comimos sobre la cubierta y sentí la necesidad de contarle la verdad de por qué iba a Cabo Verde.

—Hace dos meses me presentaron a un tipo africano que tiene dinero en efectivo que gastar y voy a colaborar con él para quedarme una buena comisión y que el dinero venga a la isla. Al parecer, su padre es diplomático y «el niño» busca sitios donde lavar las comisiones que le dan a su viejo por adjudicar contratos o yo qué sé. Quería que lo supieras —le dije a Hans, que me escuchaba con atención.

—Bueno, Álvaro, solo te diría que tengas cuidado con ese tipo de personas, te puedes meter en líos. No te voy a juzgar, yo mismo he hecho muchas cosas cuestionables para ganarme la vida. El sistema está montado para controlar a todo el mundo, para impedir que seamos libres, mientras los que organizan el sistema se lo saltan continuamente haciéndose ricos.

—Eso mismo pienso yo, en aprovechar mis oportunidades.

—Yo creo que el bien y el mal no existen, solo las consecuencias de tus acciones. —Tras su sentencia me quedé un rato pensativo y acabé preguntando algo que me mantenía curioso.

—Me he fijado en que no tienes bandera en el barco, ¿no es obligatorio?

—Si no llevas motor y no cumples una serie de condiciones se te considera un artefacto marino y no necesitas llevar bandera. —Como la conversación era en inglés esto último me costó entenderlo, pero creo que la esencia la tenía—. Las banderas no me interesan. No me siento de ninguna parte y de todas a la vez, a ellos les gusta clasificarte para enfrentarte con los demás y hacerte cumplir las reglas por tu seguridad, así te manejan, pero el mar es libre, yo voy adonde quiero.

Asentí con la cabeza.

—Según lo que nos contaste, te educaste en un barco, ¿no has ido a la escuela?

—Me educaron mis padres y el mar, esa ha sido mi escuela, mucho mejor que en las que meten a los niños hoy en día. Un niño aprende cualquier cosa, si lo hace con la emoción del descubrimiento.

—A mí nunca me gustó el muro de mi escuela.

Las arrugas de su cara declaraban compromiso total con su estilo de vida y también rectitud, decencia, un esto es lo que hay; era un hombre decidido, seguro de sí mismo, de los que atraían a mujeres embelesadas por ese ímpetu vital. Pero él no era siempre consciente de su osadía apuntando a las más populares y gozosas mujeres que se puede encontrar en cada puerto, aunque el rechazo o la indiferencia no eran un problema, él estaba por encima de todo eso y mucho más. Grandes surcos recorrían su rostro, que solo le salen a uno cuando acompaña la expresión de su alma con gestos que provienen de ella, que los demás pueden identificar como verdaderos, que es como decir: «Alma, estoy aquí, y si te miras en un espejo te reconoces», por eso él ya no necesitaba espejo. Todo esto y mucho más, su cara con rayas como si se tratasen de branquias, no me extrañaría que pudiese respirar bajo el agua, Hans.

Aquel día fue el comienzo de lo que sería una serie de repeticiones. La vida en un barco es monótona y son el mar y los vientos los que marcan la diferencia. Encargarse del timón la mayor parte del tiempo, buscar el horizonte con la mirada, los vientos alisios soplando desde el noreste, lo que era perfecto para nuestro rumbo sur. El barco se mecía emitiendo multitud de pequeños crujidos que la madera produce al retorcerse, me preguntaba cómo sería con viento fuerte y oleaje. La sensación corporal es extraña, no llegas a una calma total nunca. El continuo vaivén en el que vives a bordo te mantiene en una calma atenta, nunca relajado del todo, aunque sí muy metido en lo profundo de tu ser. Me sentía como en una balsa de un náufrago a la deriva, hacía horas que no veía tierra, flotando sobre la inmensidad en lo que al final era un gran pedazo de madera. Una sensación de vulnerabilidad absoluta hace que mires al barco con ojos de amante, lo miras en cada detalle imaginándote cómo funciona el mecanismo por el cual el viento entra en la vela en forma de uve, transmitiendo el empuje a través del mástil hacia la superficie del barco y cómo este entero recibe esa energía desplazando su masa sobre el agua mediante los dos grandes patines que forman sus dos cascos que cortan el mar como navajas. Es fácil de entender, pero también una obra de la creación humana digna de admiración. Sobre todo, merece mi respeto el valor para probar este invento artesanal a mar abierto, y si algo falla, en fin, era consciente de que navegaba con el mejor marino vivo que no solo se había criado en un barco, sino que era capaz de construirlos con sus propias manos y tripularlos usando las estrellas como guía. Un día busqué en internet «Hans Klaar» y encontré información en una web muy conocida de navegación a nivel mundial, donde contaban su historia y la de su familia, y donde dejaban claro que era el mejor marinero vivo. Aquella tarde, el sol desaparecía por el oeste y su luz desdibujaba el horizonte de gris anaranjado mientras se acercaba a las nubes que yo veía como el final de mi línea de visión y que estarían situadas a cientos de millas en pleno océano Atlántico. La luz comenzaba a escasear y todo se volvía tenebroso. Hay atardeceres que no son nada románticos sino más bien fríos y lejanos.

El capitán había subido a cubierta para contemplar el atardecer también. Cuando la claridad escaseaba encendió una luz en el interior para poder cocinar. Qué hora más extraña la transición del día a la noche, de la luz que se apaga a la oscuridad que se impone, en ese momento siempre desconfías del futuro o del presente, según dónde esté tu ilusión encadenada. Estaba solo en cubierta. La noche era cerrada y una sensación sobrecogedora de flotar en el vacío me mantenía en una inseguridad expectante. No veía absolutamente nada, ni siquiera tenía claro si estaba allí. Escuchaba el mar con detenimiento necesitando estímulos que testificasen mi presencia. Hacía un poco de frío y quería ponerme la chaqueta. Grité a Hans para que subiese a cubierta y me relevase al timón. Él se asomó y me preguntó qué pasaba. Le expliqué y él se limitó a subir a cubierta y tomar el timón mientras me explicaba que iba a conectar el piloto automático. Yo, como un novato, pensé que, joder, después de todo algo de tecnología sí que tenía, pero el muy bribón mirando las estrellas se limitó a atar el timón con una cuerda para fijarlo en el rumbo que llevábamos. No pude más que sonreír por mi ingenuidad. Tras un rato en el interior del barco, me daba cuenta de que me mareaba y tenía que subir cada poco a tomar el aire y mirar las estrellas. Hans reía por la novatada y me recomendó tomar un colchón y una manta y dormir aquella noche en cubierta, hasta que me hubiera acostumbrado.

Tumbado boca arriba sobre cubierta tenía la mejor de las panorámicas del cielo. Recuerdo mis pensamientos: «Flotar entre la negrura y volar de estrella en estrella, ahora me doy cuenta de que el universo es un gran océano de noche. En la oscuridad veo claro que estamos hechos de materia oscura que se orienta siguiendo la luz. Nuestro rumbo es solo un tránsito; la luz, el destino, los hay tantos como estrellas a las que mirar, y el viento sutil, ese que nos habla cuando callamos, ese que nos sorprende sosegados, nuestra mejor brújula para manejarnos por nuestro cosmos existencial. Como es arriba es abajo, solo decidimos que la oscuridad está vacía cuando la luz se hace presente, pero hay tanto contenido en tanto vacío que necesitamos fijar puntos de luz para orientarnos. La luz es una fuente y una tendencia, pero la materia oscura es más densa y compleja, esa que oculta el noventa por ciento de lo que en realidad somos y que solo podemos visitar durante el sueño. La verdadera vida es sueño y el resto es un baile de máscaras. Aprender astronomía sería aprender a manejar nuestro ego, que necesita ubicación en el baile mundano, y aprender astrología, una llave para asomarse al agujero negro del subconsciente. No sé qué coño estoy haciendo con mi vida relacionándome con semejante tipo. Necesitaba este rato de claridad para definirme, voy a llegar a Cabo Verde y de la mejor manera posible le voy a hacer entender a Daniel que no me voy a involucrar en este proyecto, le diré que tengo problemas o lo que sea, está decidido. El viaje es una cosa y el negro es otra, no las voy a mezclar. Mi determinación es firme, aíslo el tema en mi mente y queda zanjado.»

«Una tortuga dada la vuelta mueve las patas angustiosamente. Su caparazón contra la arena, su barriga expuesta, su cuello estirado con esfuerzo, no consigue darse la vuelta. Parece correr del revés por el aire. Pasa un rato angustioso, no consigue darse la vuelta, tanto tiempo que soy yo el que veo todo del revés, veo el mar arriba de mi perspectiva, lucho por poner mi mundo en su sitio y como si hubiese caído de un sitio alto aterrizo en las patas y puedo comenzar a caminar hacia el mar ahora abajo, enfrente de mí. Una ola me traga, tras un rato de desconcierto saco la cabeza, puedo respirar y nadar llevando mi caparazón duro que flota bien y avanzo hacia el sol que se pone y mi perspectiva cambia otra vez, ahora desde la playa veo la tortuga que se aleja.»

Me desperté extrañado por el sueño y por el movimiento del barco, me costó reconocer dónde estaba. Sentí de nuevo la negrura total y el incierto movimiento de todo a mi alrededor. «Los sueños parecen moverse también dentro de este mundo marino en el que navegamos. El vaivén del barco y sigo aquí sobre la cubierta, húmedo por la brisa marina y quizá solo soy una salpicadura de agua que se salió del gran y omnipresente fluido por un instante, tan solo el que dura una vida, como una gota que resbala hasta reunirse con el resto por fin, muerte y disolución y así no sentirse solo una gota separada del todo.»

Hans me propuso un reto a la mañana siguiente nada más aparecer en cubierta con dos cafés.

—Buenos días, marinero, ¿listo para la experiencia de tu vida?

—Buenos días, capitán, no sé si cagar por la borda va a ser tan memorable, la verdad...

No solía sentarse, llevaba el movimiento del barco interiorizado de serie. Me explicó que se trataba de tirarse del barco por la popa y bucear sujeto al cabo del ancla, que por su propio peso arrastrada por el movimiento del barco tomaría profundidad.

—Aquí puede haber kilómetros de profundidad, no vas a ver el fondo, pero la sensación de estar en medio de la nada es impresionante. También verás el barco avanzar sobre ti, todo depende de lo profundo que vayas y del tiempo que aguantes.

La idea así contada me parecía una tremenda locura: «¿Cómo me voy a tirar en medio del océano Atlántico del único barco a cientos de kilómetros a la redonda para internarme en las profundidades del oscuro mar? ¿Y si me suelto?» A todo esto, Hans, que ni imaginaba mi ruido mental, ya sacaba el ancla del compartimento en proa para traerla hasta la popa.

—Coge un traje de neopreno que está junto a las tablas, el agua estará fría, aunque no tanto, estamos bajando hacia el sur, tú decides.

Como un robot me acerqué al pequeño cobertizo de babor donde se guardaban las tablas de surf y agarré el traje de neopreno de Hans. Mientras le daba la vuelta al traje, contemplaba al marinero preparar el aparejo en popa mientras ideas macabras atravesaban mi mente sin control. «¿Podré fiarme de él? Si me suelto me quedo en medio de la nada... ¿Y si quiere dejarme aquí? Pero ¿por qué iba a hacer eso? ¿Y si quiere llegar a Praia en Cabo Verde con lo que le he contado sobre el negro y decirle que yo le he enviado a por el dinero? ¿Y si el otro no se lo da, puede que simplemente se lo quite, o lo mate o yo que sé qué? Es el dinero de una vida y Hans es un tipo curtido en mil batallas, se habrá topado con todo tipo de gentes, con piratas, contrabandistas, pero ¡si lleva un rifle a bordo!» Miles de ideas pasaban por mi cabeza mientras de manera automática me ponía el traje a tirones, no es nada fácil metérselo normalmente y cuando estás rígido como un palo, menos. Me acerqué a popa dudando y le pregunté como sin querer saber si era seguro. Él me miró extrañado y me dijo extendiéndome unas gafas de buceo y unas aletas:

—Lo vas a disfrutar.

Entonces bajé al patín posterior dispuesto a hacer la mayor estupidez de mi vida. Recuerdo agarrar mis amuletos por instinto. Hans dejó caer el ancla, soplaba viento y llevamos muy buena marcha.

—Bien, agárrate a la cuerda antes de bajar, déjate arrastrar un rato por la superficie para acostumbrarte y relájate para aguantar lo máximo posible bajo el agua. Tienes que adoptar forma de pez para tomar profundidad.

—Ok —respondí agarrando la cuerda y dejando caer mi peso fuera del barco.

Fui entrando en contacto con el agua, que me acariciaba las piernas tirando de mí hacia atrás. Poco a poco fui descolgándome un poco más. La impresión de ver el barco encima de mí avanzando y yo alejándome fue tremenda. Podría decirse que encogía mi corazón y mis pelotas con la misma intensidad. Mi respiración era forzadamente intensa, pero pasados unos momentos conseguí relajarme diciéndome a mí mismo que si lo iba a hacer de todas formas, mejor concentrarme para que la experiencia fuese completa. Hans desde arriba me contemplaba impasible. Yo soltaba cuerda siguiendo con mis manos su recorrido alejándome del barco por la contraposición entre la inercia del barco y la resistencia de mi cuerpo contra el agua. En ese momento, viendo el barco a unos metros pensé: «Ya está, ahora corta la cuerda y aquí me quedo.» Intenté abandonar esa idea y concentrarme en lo que tenía debajo, cientos de metros, quizá kilómetros de profundidad azul oscuro, no había nada identificable. La sensación de vacío debajo de mí me sobrecogió hasta el miedo. Estaba a punto de abandonar y hacer señas a Hans, que continuaba mirándome desde cubierta. Miré hacia abajo otra vez. El ancla y la cadena del último tramo debían estar en diagonal por debajo de mí a unos veinte metros, no lo sabía seguro porque, aunque metía la cabeza en el agua, no la veía con claridad. Me asomé, miré a Hans, el sol, la profundidad del mar y me dediqué una palabra de ánimo: «¡Vamos, Álvaro!» Tomando aire con intensidad me sumergí con energía. Agarrando la cuerda e impulsándome mucho más deprisa de lo que esperaba, tomaba profundidad enseguida. A los pocos metros los oídos me pitaban y dolían. Hice la descompresión apretándome la nariz y soplando con fuerza. El dolor de oído y el pitido pasaron en un segundo y seguí mi ascensión inversa por la cuerda hasta que debía de llevar unos seis o siete metros, donde me paré para dejarme arrastrar. Mi mirada buscaba ansiosa el casco del barco cortando la superficie como un fantasma deslizándose por lo que para mí era el cielo en ese momento. Miré hacia los lados y finalmente donde no me atrevía, allí abajo...

No hay palabras para describir lo que mis ojos sintieron, así que lo explicaré con mi alma. «Si contemplar el espacio de noche desubica el ego, aquí abajo una realidad inconmensurable de pequeñez y desamparo envuelve mi espíritu, una mezcla de terror, vértigo y excitación por estar en presencia de una realidad ancestral superior.» La profundidad y el espacio sin límites eran difíciles de asimilar para mi pequeñez. Era magnífico, glorioso y al mismo tiempo aterrador... ¡No sabía si estaba invadido por el éxtasis o paralizado de miedo! Mil historias, ficciones y monstruos marinos asaltaban mi imaginación. La experiencia duró pocos segundos, una extraña fuerza me repelía y me incitaba a salir de allí cuanto antes y otra me retaba a forzar la estancia allí abajo e incluso a entregarme al vacío. Una sensación entre suicida y de completa reverencia tomó forma en mi mente por un momento antes de que la evidencia de la falta de aire apremiante me impulsara a comenzar la ascensión a marchas forzadas. La superficie se aproximaba rápidamente y con ella la luz hacia la que con urgencia canalizaba toda mi energía. Al alcanzar la superficie con impulso extra, gracias a la tracción de la cuerda, asomé la cabeza como una ballena que salta para respirar con ganas el preciado recurso. Buscando con la mirada a mi gurú, que ya gritaba: «*Oh, yes!!*», acerté a gritar, excitadísimo:

—¡Yiihaaa!

Recorrí el espacio hasta el barco por la superficie marina tirando de la cuerda y me agarré al patín trasero para subir. Una vez suelta la cuerda, Hans recuperó poco a poco todo el largo del cabo hasta la cadena y finalmente el ancla, que subió a bordo llevándola a su sitio original. Yo me iba quitando el traje sentado sobre la cubierta luchando para deshacerme de su complicada adherencia. Era de una necesidad urgente deshacerme del pulpo de nailon que me tenía atrapado y me agobiaba llevándome con su húmedo recuerdo allí debajo de nuevo. No había tenido tiempo ni de mear con la impresión del momento, así que me asomé por la popa a sotavento mientras liberaba tensión mirando al horizonte lleno de satisfacción. Hans en ese momento se acercó y me preguntó:

—Qué, ¿cómo te sientes?

Yo allí agarrado a mi báculo real, añadiendo mi líquido al vasto mar le contesté exaltado:

—¡Como Poseidón, dios de los mares!

Por más que intenté describir la experiencia, las palabras en inglés se me quedaban cortas, aunque Hans parecía entenderlo todo y, entonces, sentenció:

—Yo lo hice mientras navegaba solo en el barco.

Alucinante, no había nada más que decir. En momentos así descubres que los silencios a bordo son magníficos, tienen más significado incluso que las palabras.

6

No pude evitar preguntarme por qué poner mi vida al límite de nuevo me había hecho sentir tan vivo. El mar me parecía más hermoso y el atardecer profundo y ceremonial captaba hasta el último gramo de mi atención. «Hoy no me cuesta nada pensar en el futuro con ilusión, hoy siento que no estoy solo en el mundo. Aquí, en medio de la gran nada admirando la gran obra. Aquí, en medio del océano me doy cuenta de que soy de agua y que, así como los océanos se comunican entre ellos porque son parte de una única masa de agua, también los humanos estamos en continua expansión y retracción. Solo la liberación de nuestra energía nos hace ligeros, vapor etéreo que asciende al cielo para bailar entre las nubes ingrávidos y, finalmente, volver en forma de lluvia devolviendo vida. Somos amor de agua. Cuando ocurre lo contrario, nuestra energía reprimida puede crear un charco aislado de agua turbia y estancada», me reconozco en ese pensamiento.

Las estrellas guiaban a Hans, Hans me guiaba a mí y yo guiaba mi desconcierto. No es fácil asimilar la inmensidad sin sentirse agradecido y perturbado al mismo tiempo. El extenso mar también es un inmenso desierto en el que desenvolverse. Aterradoras consecuencias para la vida y las emociones acechan al contemplar horizontes imperturbables que no sirven como referencia. Agua que con su movimiento te recuerda que nada es suficientemente rígido, todo se mueve, fluye, flota, aguanta o se hunde. Y yo ahí en medio. Y qué regalo es la vida cuando uno tiene la suerte de darse cuenta de que la naturaleza es completa y bella, que te mima con infinita paciencia para que entiendas lo que significa el amor sin condiciones. Madre tierra, en tu infinita sabiduría, nos acoges y nos liquidas. Gracias, lo siento, por favor, perdóname, te amo.

Atardeceres, navegación rectilínea, viento inmutable —casi siempre de componente norte—, cafés, comidas y cenas, anécdotas, silencios, soledad, meditación, pensamientos y un buen día... ¡Delfines! Es imposible no amar a esos animales que acompañan felices a los barcos, confiados, repartiendo alegría. Si llega el día en que comencemos a cazar delfines, supondrá la muerte definitiva de la bondad humana y del último vestigio de conexión con la naturaleza y nuestros hermanos de otras especies. No hay nada malo en comerse otros seres, es normal, pero lo que no tiene sentido es comerse a todos sin conceder pleitesía a alguno, aunque sea por afinidad energética, simpatía o por dejar al menos uno fuera de la lista.

Es curioso, cuando estaba bajo el barco me sentía tan vulnerable que incluso mi propia imagen al final de esa cuerda a remolque se asemejaba a un cebo vivo para tiburones blancos o criaturas abisales voraces. Sería el primer hombre-carnaza de la historia, bueno, eso creo, las situaciones que ha vivido el hombre superan todo lo imaginable.

A la luz de una vela, comiendo un plato de arroz con guisantes, entre los crujidos habituales de la embarcación, me di cuenta de que la experiencia de ese día había sido muy profunda. Ahora me cuesta creer que aquel viaje fuese fruto de la casualidad. Es casi imposible no tener conversaciones existenciales en medio del océano. También te embarcas en un viaje surcando mares interiores.

—Hans, ¿tú temes a la muerte?

—Creo que temes más mi respuesta que la verdad... —dijo masticando pensativo. Yo tampoco entendí muy bien lo que había querido decir en ese momento y me limité a mirar su expresión ambigua mientras continuaba—. Lo que me gustaría no temer es la necesidad de los demás. La realidad es que me moriría si no hubiese un puerto al que llegar, pero al mismo tiempo para mí no tendría sentido permanecer en él. —Esa respuesta sí que me sorprendió viniendo de Hans, no me la esperaba, pero de alguna manera la entendí—. Y tú, Álvaro, ¿a qué le temes?

—Temo perder mi libertad.

—¿A qué te refieres?

—No sé, hay algo que me tiene siempre agarrado. Me incomoda estar rodeado de gente mucho tiempo y estar en espacios cerrados por obligación. De pequeño tenía asma y tenía que dormir con la ventana abierta incluso en invierno.

—¿Por eso estás aquí?

—No lo sé, solo sé que necesito aire.

—Cuando buceas no hay aire, pero supongo que allí abajo te has dado cuenta de muchas cosas. Esa inmensidad de agua, nuestra cabeza no está preparada para asumir el infinito. Nos asustamos porque nos consideramos una cosa separada del todo y no una parte de este, si fuera así no tendríamos tanto miedo, ¿me entiendes?

—Creo que sí.

—¿Recuerdas al tipo con el que te peleaste en el agua, el policía? Bien, pues lo que creo que pasa es que cuando no tienes tus miedos delimitados tiendes a querer imponer límites a los demás, pero en el fondo sirven para protegerte a ti.

—¿No será que piensas que los demás son inferiores y por eso te consideras con el derecho de ponerles límites?

—No creo, es el miedo lo que te limita, por eso hay que saber reconocerlo. Hay que saber poner vallas a tu campo.

—Je, je, esa expresión se usa en castellano. No se pueden poner vallas al campo... pero la realidad es que el campo está lleno de vallas.

—Bueno, normalmente son vallas que han puesto otros.

—Eso está claro.

—Lo que no tenemos muy claro es lo que somos. Un tiburón hace de depredador porque no le queda otra opción, y una vaca come hierba porque sí, pero nosotros tenemos que decidir si somos tiburones, buitres, zorros, vacas..., lo tenemos más complicado. Nos sentimos a la deriva, sin darnos cuenta de que realmente no hay ningún sitio al que ir, que todo es lo mismo, porque allá donde vayamos siempre estamos nosotros mismos.

Después del séptimo amanecer, Hans anunció que pronto veríamos tierra, como ocurrió al cabo de pocas horas. Nos dirigimos rumbo a la isla principal, Praia, donde se encuentra el aeropuerto internacional. Le expliqué a Hans que había decidido pasar de aquel tipo, que no me convenía pero que, de todas formas, me gustaría pagarle algo por el trayecto. Una expresión de extrañeza se dibujó en su cara. Creo que el dinero a la vista le había dado esperanzas de pillar una tajada más grande de lo que yo pudiera llegar a ofrecerle. En todo caso intuí que no era momento para seguir hablando del tema, quizá mejor cuando estuviéramos en tierra. Hans seleccionó una bahía donde fondear sin problemas y bajar con el pequeño *dingui* a remos a tierra. Me explicó que tendría que llamar al tipo y decirle que se acercase a esta zona, que nosotros no podíamos alejarnos demasiado del barco. Fuimos remando hasta la orilla, aquella acción tan sencilla fue lo que más me sorprendió. Cuando viajas en avión tienes que pasar mil formalismos para entrar a otro país y de esta manera es tan fácil que tengo la sensación de estar haciendo algo malo y que detrás de una roca va a salir un policía o algo así. Simplemente llegamos a una playa, arrastramos el bote y saludamos a unos tipos sentados bajo una pequeña sombra que supuse que serían pescadores.

«Aquí son todos negros, Daniel aquí se mimetizará bien», pensé. Caminamos un rato por la playa hacia lo que parecía una zona con algunas construcciones, quizás hubiera suerte y encontráramos un bar. A final de la playa encontramos un pequeño bar que nos esperaba con mesas fuera, pero ni por asomo con tantas ganas como nosotros de llegar a él:

—*Duas cervejas, por favor* —suplicamos, desesperados por el calor. Fui al baño a lavarme la cara y a la vuelta conecté mi teléfono. Tenía varias llamadas perdidas y un mensaje en el buzón: «Hola, Álvaro, soy Daniel, perdona, pero he tenido problemas de última hora y no podré asistir a nuestro *meeting* en Cabo Verde, sin embargo, ya he comprado un billete para ir a Fuerteventura dentro de cinco días. Nos vemos allí.» «¡Mierda! —grité para mis adentros—, este tío me está tomando el pelo. Puto cabrón, qué carajo pretende, ¡joder!» Marqué el teléfono y saltó un mensaje de error en portugués. «¡Joder!, creo que dice que ese teléfono no está disponible.» No me di cuenta de que estaba hablando en alto y mi cara y aspavientos reflejaba un cabreo que iba en aumento.

—¿Todo bien? —preguntó Hans.

—No, la verdad es que no, el muy cabrón está jugando conmigo. No va a venir, va a ir directamente a Fuerteventura. —Mi cabreo me hacía gritar sin darme cuenta y los camareros no ponían muy buena cara, lo que hizo que me enfadara más—. ¡Qué coño miráis! —grité en español—. Joder, ¡lo mataría si lo tuviese aquí delante!

Porque lo que más me cabreaba era que estaba enfadado conmigo mismo por ser tan imbécil y haberme prestado a participar en un plan tan loco. Cuando conseguí calmarme, cierta sorna burlona asomó en las palabras de Hans y no supe muy bien cómo tomármelo.

—Sí, bueno, jugar a estas cosas es lo que tiene...

Le miré queriendo interpretar su intención y me di cuenta a tiempo de que estaba ofuscado y a punto de responderle muy mal, así que salí a la terracita para dar un pequeño paseo con mi cerveza en la mano. Pasado un rato volví y le dije:

—Vamos a tomar otra cerveza y después nos informamos sobre dónde te puedo invitar a comer un buen pescado.

Y me pareció que la idea le había gustado porque respondió:

—¡Ese es mi chico!

Dejé una buena propina y, tras pedir disculpas, nos fuimos. Las cervezas pasaron una tras otra hasta que llegamos a un restaurante que nos habían recomendado cerca de allí. Bebimos un vino blanco, que no estaba muy allá, y pedimos una parrillada de pescado para probar la materia prima de la zona. Los ánimos ya estaban más relajados, aunque algo me decía que Hans esperaba sacarse un pico de este asunto. No me quedó otro remedio que buscar un vuelo para volver a Canarias un par de días más tarde. Daniel podía presentarse en mi hotel sin más y no sabía cómo localizarle. Se me ocurrió contactar con Mateo, así que tras acceder a la wifi del restaurante le envié un mensaje. Le había incluido en el negocio, se lo debía. También le expliqué que, si la cosa continuaba, mi prima tendría su parte. Hacía tiempo que le pasé su contacto por si sucedía algo así. Le pedí que se comunicase con Daniel para abortar la misión. Poco después me respondió que había intentado llamarle sin éxito y que lo intentaría al día siguiente.

La noche transcurrió tranquila hasta el momento de volver al barco. Una buena caminata hasta el *dingui* y luego a remar hasta el barco. Mientras dábamos tumbos pensé que la vida de Hans era divertida y dura al mismo tiempo. Yo estaba desubicado y deseando pillar una cama normal y una ducha. Remamos hacia la oscuridad, no había luz ni ninguna señal que nos indicase la posición del barco así que fuimos a ciegas. Esa noche dormí intranquilo, no como la primera noche en el barco, sino más bien con esa angustia que hace que tengas sueños extraños e intensos.

Al día siguiente nos acercamos con el barco a otra bahía un poco más civilizada y allí bajamos para aprovisionarnos y hacer gestiones. Cuando conecté el teléfono recibí otro mensaje de Mateo diciendo que lo había vuelto a intentar pero que lo tenía desconectado. Busqué un cajero y saqué dinero en moneda local para darle a Hans unos doscientos euros y algo extra para nuestros gastos de esos días. Me reuní con él un rato más tarde para tomar unas cervezas y hacer planes para nuestras pequeñas vacaciones. Él me explicó que no se podía alejar mucho del barco. Nos quedamos por la zona y nos limitamos a interactuar con los lugareños en los bares, observar a los turistas y contemplar el contoneo de las caderas de las nativas al caminar. Después de pasar toda la tarde haciendo el tonto, exclamé como el que ha visto a Dios:

—¡Surf! ¡Aquí tiene que haber olas!

—Sí, hombre, buena idea. Vamos a preguntar —contestó Hans, entusiasmado.

Tras varias pesquisas nos enteramos de que en la zona oeste de la isla había varios picos, así que acordamos volver al barco e intentar llegar hasta allí para darnos un baño de atardecer. Los dos teníamos claro que el surf era una prioridad, por lo que conectamos el motor para ir más rápido. Al doblar un cabo notamos que el barco entraba en contacto con las ondulaciones y nos miramos con una sonrisa cómplice. Recorrimos la costa en paralelo. La isla se parecía mucho a Canarias: era seca, montañosa y las olas rompían en el arrecife de roca.

—¡Como en casa! —grité.

En una pequeña bahía vimos cómo las olas rompían contra la roca en el extremo contrario abriendo de izquierdas hacia la bahía.

—¡Es una izquierda! —exclamé sonriendo, porque yo soy *goofy* y Hans es *regular*, o sea que va de espaldas en una ola de izquierdas, y yo, mirando a la ola. Hans buscó un sitio donde fondear fuera de la bahía. Hacía calor y nos echamos al agua en bañador con dos tablones de los que usaba Hans. No había nadie en el agua, las olas tendrían un metro y medio, abrían verticales y tranquilas y terminaban en la bahía, lo que permitía una remontada suave. ¡Un baño perfecto! Gozamos como niños sin parar de pillar olas, de gritar y de animarnos el uno al otro. La noche nos obligó a salir del agua a regañadientes, pero felices. Una vez a bordo, Hans me dijo que de noche es complicado moverse por costas que no se conocen, así que decidimos pasar la noche allí mismo.

Dos días más tarde nos despedimos en la playa con un abrazo y un «buen viento, camarada». Y ya no volví a saber nada más de él. Supuse que seguiría surcando los mares, que cualquiera se lo podía tropezar en algún puerto, playa o rincón marino de este planeta sin saber que estaría en presencia del «último hombre libre».

7

Dos semanas antes de salir de viaje hacia Cabo Verde había recibido un mensaje de Ana para decirme que iba a la playa con su amiga Tara. Ya me había hablado de ella, una bailarina preciosa que, en un arrebato, había decidido separarse del exfutbolista del cual se había quedado embarazada. Un flechazo, un viaje impulsivo, un embarazo premeditadamente loco y una ruptura muy fea llena de incomprensión y agresividad había puesto literalmente en fuga a la desdichada premamá. Estaba de visita en la isla y cuando llegué a la playa un influjo magnético se apoderó de mí al contemplar la belleza encerrada dentro y fuera de aquella mujer. Con el tiempo me he dado cuenta de lo sabia que es la naturaleza. Una mujer embarazada irradia energía de atracción hacia sí misma, su piel luce, sus curvas seducen la vista y un deseo imperioso de tocar las redondeces se apodera de la embelesada mente de cualquier hombre. No había manera de quitar la vista de sus preciosos pechos desnudos y de su sonriente incitación al acercamiento tierno. A la salida de la playa, mientras caminábamos por el pueblo, mi móvil sonó y le indiqué a Mateo que se nos uniera por el paseo marítimo. Al poco tiempo de llegar él, yo me retiré y le dejé con las chicas.

Aquella mañana, después del vuelo de regreso desde Cabo Verde, me desperté en mi cama. Era muy temprano y el nombre de Mateo apareció en la pantalla de mi ruidoso móvil. Me preguntó si podíamos quedar en un tono más sosegado y misterioso que de costumbre. Me esperaba en una terraza cercana con un café en la mano.

—¿Qué te cuentas, Mateo? —Y me lo contó. No era de los que evitaban ir al grano, pero como buen orador que era preparó su discurso para enfocar el tema.

—¿Te acuerdas de Tara, la amiga de Ana que conocimos hace un par de semanas? —Yo asentí lleno de curiosidad—. Yo ya tengo un hijo, pero hace tiempo que quiero tener otro, creo que los hombres necesitan una familia y que los hijos son lo más importante. ¿Quién cojones nos va a cuidar de viejos si no, no crees? Bueno, tú tienes muchos pájaros en la cabeza, pero ya te llegará el momento. Resulta que he estado viendo a Tara e incluso fui esta semana pasada a conocer a sus padres. Le he pedido que venga a vivir a mi casa y que tengamos ese hijo juntos. Vamos a tener una niña dentro de un mes y será mi hija. Así son las cosas, me apetece mucho, ella es genial, todo lo que no tenía antes, me da paz, todo es fácil a su lado.

Entre confundido y conmovido acerté a darle la enhorabuena mientras él, mirándome a los ojos, lo agradeció. Estaba enamorado, dulce y plácido. Sonreí pensando en que Tara me había dicho que bailaba la danza del vientre, el mismo que había cautivado redondo e inmóvil a Mateo, un gran pase final. Unos días más tarde, Tara estaba instalada en su casa huyendo del acoso de un error del pasado para completar un círculo de sanación perfecto.

—Por cierto, el tipo viene hoy, ¿verdad?

—Sí, eso creo.

—Perfecto.

A las dos de la tarde sonó mi teléfono otra vez y contesté a un número que no conocía.

—Hola, Álvaro, soy Daniel, estoy en un taxi. ¿Adónde tengo que decirle al taxista que vaya?

«Será cabrón», pensé para mis adentros, pero bueno, la cosa era inevitable así que contesté:

—Dile que te traiga a Corralejo, al Hotel Villas Paradiso. —Y colgué sin despedirme.

Encargué en recepción que preparasen una casa para un invitado y me bajé a la mía para prepararme. Llamé a Mateo y le dejé un mensaje en el contestador. Pasada media hora me llamaron diciendo que el invitado estaba allí y que había preguntado por mí. Al llegar lo encontré con su aspecto de ciudad y una amplia sonrisa de satisfacción.

—¿Tomamos un café? —dije indicando con el brazo para que me acompañara a la terraza—. ¿Qué vas a querer?

—Café solo.

—Cristina, por favor, un café solo y un té para mí, gracias. Según llegamos a la mesa le dije:

—Deberías haberme avisado con tiempo de que no ibas a ir a Cabo Verde.

—Vaya, te veo molesto. Tienes razón, pero se me complicaron las cosas de verdad. De todas formas, estoy aquí y he traído el dinero, ¿tienes una caja fuerte donde guardarlo? —Asentí con la cabeza y cuando terminamos de tomar el café en tensión bajamos hacia mi casa. Le invité a pasar y me agaché en el hueco detrás de la escalera para abrir la caja fuerte. Le oí abrir su bolsa y supuse que estaba buscando el dinero... Y eso es lo último que recuerdo.

Cuando desperté, un terrible dolor de cabeza me impedía pensar con claridad. Distinguí el suelo frente a mí. Estaba tumbado boca abajo, me incorporé poco a poco hasta quedarme sentado. Al palpar mi cabeza pude distinguir un gran bulto con sangre que se pegó a mi mano y me di cuenta de que me había golpeado. Estaba aturdido aún cuando la bombilla se encendió. «El muy hijo de puta solo quería robar lo que tuviese en la caja fuerte, acabo de perder cuarenta mil euros. Pero ¿cómo ha podido arriesgarse a algo así?» Seguro que lo tenía todo previsto y había comprado un billete de vuelta dos horas más tarde sabiendo que si me despertaba antes y ataba cabos, no me iba a dar tiempo a comprar un billete y meterme en el aeropuerto para ir a buscarle. También sabía que no podía acudir a la policía con una historia semejante. Me la acababa de jugar y yo me había expuesto a un gran riesgo... *Touché!*

Los siguientes días no podía deshacerme de un sentimiento de rabia y todo tipo de ideas asesinas cruzaban por mi cabeza sin cesar. «Lo voy a buscar, lo voy a matar, lo voy a ahogar...» Sabía que ese torrente de energía era inútil y, para colmo, sentía una especie de admiración por el valor de aquel tipo al arriesgarse a venir a una isla de la que solo se puede salir por barco o aire y llevar a cabo semejante plan. El tipo se lo había montado muy bien, todo el teatro, los lugares a los que me llevó, mostrando y gastando dinero, su refinamiento y cultura, hablando de cualquier tema con soltura en varios idiomas al teléfono cuando le llamaban, su tranquilidad. Solo pude sacar una lección: la próxima vez fíate de tu instinto, no vuelvas a renegar de tu más valioso consejero. La mente es traicionera, intenta justificar lo injustificable a veces por mantener a flote el ego que se recrea en la ambición de avanzar llevándote por caminos tortuosos.

Después de hacerle saber a Mateo que él había perdido también algo de dinero, su aplomo me consoló y me extrañó al mismo tiempo. «Lo has perdido porque lo tienes, si no, no lo hubieras perdido.» Me prometí a mí mismo que nunca hablaría de ese tema con nadie.

8

Los días se cuentan por mareas de júbilo oscilante, como en un cuento del que has olvidado el principio. Impulsos decididos en entornos inexplorados. El eterno viento, guardián acechante, siempre esperando colarse por alguna fisura me condujo hasta allí. Estoy en ningún sitio en especial de la costa. Tomar las gafas de bucear, caminar por el manto informe de roca volcánica hasta sumergir las raíces en el agua. Al principio, seguridades poco profundas, algas en suspensión. Luego, espumas de olas lo remueven todo, dificultan la visibilidad. La profundidad comienza con pálpitos irregulares. Peces solitarios vigilan la entrada de sus guaridas. Otros forman grandes bancos nadando al compás de un son imperceptible. Alejarse para cada vez estar más cerca. Corrientes ocasionales de agua fría erizan la piel. Rayos de sol se proyectan en diagonal. Ambiente ilusorio. Sumergido. Un espectáculo de belleza sensorial. Bucear para permanecer el máximo tiempo posible bajo el agua. Asomar la cabeza para saborear el límite de mi resistencia. Una nueva bocanada de aire. Siempre parece orgásmico. Un segundo de goce, un segundo de necesidad. Mente tranquila sumergida en un teatro ingrávido, luminoso, carente de perspectiva. Deseo quedarme. Decidido bajo el agua en un segundo de vacío, suspendido. Ya no estás a tiempo. Injusta necesidad que me manda subir a por aire, un reto, pero si fuera yo el dueño de mis actos debería poder quedarme aquí abajo, incluso para siempre... Es una lucha desigual, siempre gana el instinto de supervivencia. Por eso la paz es imposible.

Decidí pasar a buscar a Redo en su casa de Lajares para ir al agua juntos. El rumiar metálico de mi máquina de teletransporte sacó a la criatura de su madriguera luciendo una amplia sonrisa y todos los tatuajes impresos en cada parte de su torso. Era una zona de casas de campo, como todas en ese pueblo, blancas, con muros de piedra laboriosamente amontonada marcando los límites de las propiedades. Fuera, en el porche, un sofá roñoso donde sentarse a contemplar el atardecer, el esqueleto de una cabeza de una vaca con plumas adornando sus cuernos y un par de tablas de surf apoyadas en una esquina. El traje de neopreno secándose colgado de una cuerda parecía un maniquí diseñado por Dalí escurriéndose como los relojes. Mientras él recogía sus cosas yo esperaba en el coche con la mirada perdida en el horizonte. Oí la puerta trasera abrirse y el sonido de la tabla resbalando para encontrar su posición. Se abrió la puerta lateral y saltó al interior sin camiseta, con las gafas de sol puestas y de buen humor. Yo no estaba muy conversador y apenas si escuchaba lo que decía.

—Tío, qué te pasa, estás blanco como una momia. —Por fin entendí sus palabras, que un segundo antes no habían llegado a mi cerebro.

—Ayer discutí con Ona por haber desaparecido unos días —le dije automáticamente.

—No te lo tomes muy en serio, se le pasará.

—Sé que he metido la pata, intenté explicárselo, pero bueno... Era difícil de contar y acabamos discutiendo.

—No, hombre, no hay que discutir. Lo peor que le puedes hacer a una mujer es tomarla demasiado en serio, no vas a conseguir nada, pensamos de forma muy diferente.

—Ya, a veces pienso que no tenemos mucho en común.

—Pero ¿de qué quieres hablar con una mujer? Para eso tienes a tus amigos... A las mujeres hay que quererlas, no comprenderlas. Como intentes comprenderlas acabaréis discutiendo y te mostrarás débil. Eso las mata, es el comienzo del fin, ella solo quiere expresarse y tú solo tienes que estar ahí. Calla y gana.

—Supongo que soy un bocazas. Cada día entiendo menos porque hago lo que hago.

—No te castigues, hermano...

—Creo que sabe lo que me pasa antes incluso de saberlo yo mismo. Las mujeres nacen sabiendo cosas que nosotros tenemos que aprender.

—Bueno, no te pases, también están chaladas, macho.

—Nosotros somos los chalados... No nos interesa ver que son las importantes en todo esto, siempre intentando guiarnos y nosotros ciegos.

—Tío, necesitas medicina urgentemente, vamos a buscar olas... Y esta noche vamos a una *rave* en el desierto, iremos para olvidarlo todo. ¡Será salvaje!

Yo sabía que no me había portado bien, lo mío era una sucesión de meteduras de pata continuas. Recuerdo una fiesta en la playa con Ona, lo estábamos pasando genial, nos emborrachamos y bailamos como locos toda la noche. En un momento ella se alejó para hablar con un tipo. Pasaba el rato. Yo quería que siguiésemos bailando, no quería que terminase nunca. Fui a buscarla para que siguiese bailando conmigo. Ella intentó decirme algo, pero yo no conseguía escuchar nada. Ella insistió en volver a hablar con el tipo y me olvidó por completo. Sufrí ebrio por su falta. Le tiré del pelo para obligarla a darse la vuelta y que me prestase atención. Fue un error muy feo por mi parte, ella se enfureció. Por fin conseguí entender quién era aquel tipo. Su mejor amigo había vuelto a la isla y ella llevaba tiempo queriendo presentármelo.

Yo estaba ilusionado. Nos habíamos ido a vivir juntos y montamos la casa con cariño. Al mismo tiempo, no había podido evitar las ganas de navegar con Hans y sentirme atraído por la aventura que representaba tratar con el negro malicioso. También eso fue un error. Yo imaginaba ilusionado una vida con ella, nuestros niños rubitos correteando por la playa. Me provocaba una sensación muy dulce sentir su presencia en la casa, pero me desesperaba no poder compartir mis dilemas con ella. Ante mis preguntas sobre los suyos, siempre me topaba con sus silencios interrogativos. No creo que los necesitase, no era de dilemas, era de sentir. Una mezcla de soledad me invadía entonces. Yo necesitaba destripar las posibilidades de la vida. Lo quería todo.

—Me voy porque me echas. —Esas habían sido sus palabras cuando entré en casa mientras, como un remolino, sacudía sus cosas desde cada esquina.

—Yo no te echo de ningún sitio, quiero que te quedes —le dije aproximándome y parando su ir y venir frenético—. Ona, yo te quiero, quizá no como tú necesitas o como te mereces, pero te quiero... ¿No podemos simplemente vivir tranquilos?

—¿Tranquilos? Tú no sabes lo que es la tranquilidad, solo deseas intensidad y no te das cuenta de que eso no tiene fin... ¡Te resistes a la quietud que se necesita para relacionarse con una pareja, para relacionarse lo primero contigo mismo! Espero que te des cuenta un día de que no estamos hechos para los excesos de nada, ni de experiencias, ni de riesgo, eso es solo huir, resistirse a la vida adulta en la que hay dolor que sentir, aquí, en el cuerpo, en el corazón, o lo contrario, disfrutar la alegría de lo cotidiano... Eso es vivir y ahí está el amor, ¡lo demás son ilusiones de un adolescente!

—Por favor, siéntate un momento...

—Álvaro, lo siento. Pero me voy.

Sin palabras, cabizbajo, me senté en el sillón. Sabía que tenía razón, de hecho, la admiraba por ser valiente y tomar ella la decisión de no vivir una vida a medias.

—Un día que no estés en casa vendré con ayuda para llevarme el resto de mis cosas, ¡adiós! —Se despidió desde la puerta cerrándola con determinación tras de sí.

El instinto nocturno nos conduce por el Mal País hasta lo alto de una colina donde hay dos palmeras rodeadas del más oscuro e infinito desierto. Un poco más allá las luces de la *rave* y el fuego guían a los feligreses. Un espectacular despliegue de estrellas se puede contemplar arriba, en la casa de los dioses, mientras abajo los mortales dan rienda suelta a su locura. Música surgida del corazón mecánico del siglo XXI azota las mentes entregadas al espasmo colectivo. Las manos vuelan, los pies golpean, las figuras se alargan fantasmagóricas estiradas por el fuego. Éxtasis entregado al momento, nadie escapa a la psicodelia que agranda visiones desenfocadas. La tribu late, el gurú reparte, el indio llama a su nagual, la noche la habitan ellos, esos en los que nos convertimos cuando el animal nos posee. No hay máscara, arrasa toda tibieza, suelto, libre, enfurecido. Bailar es lo que toca, sudar todos los formalismos, danzar antes de que la muerte nos alcance un día sentados frente a nuestra vida virtual, que ya está muerta en vida. Tomo y trago, fumo, bebo, también aspiro, toda la gasolina que haga falta para arder, para quemar los sueños que hoy no ocurrirán porque no se dormirá. Hoy toca vivir el contenido del sueño, ese que ahoga, y nada ni nadie me va a despertar. No hay un final, solo una precaución vital de recordar todo aquello de lo que huyes, una delgada línea roja que intuyes que no debes pasar porque mañana llegará, y con él, todo lo que crees ser. Pero hay un alivio, mañana llegará sí, pero me costará recordarlo todo al menos un par de días.

En las últimas semanas todo había dado un vuelco. El hotel estaba flaqueando por la insistencia de la familia en opinar sobre un negocio que yo había montado y por el que nunca habían mostrado interés hasta que comenzó a ser muy rentable llegando ya el segundo año. La hija de Antonio se había echado un novio en cuestión de días y una fuerza misteriosa inundó la escena con su aparición. Me sentía muy inútil viendo cómo el negocio que me había costado montar años se me escapaba entre las manos ante mi desidia. Mis elecciones me habían dejado sin opciones.

9

—Ha llegado el día —anunció Pieter por teléfono—. Está rompiendo Mejillones enorme. Yo voy a ir, ¿te vienes?

—Sí, pasa a buscarme —respondí aún entre sueños. Todavía estaba en la cama, era un poco pronto. Estirándome, gruñendo y tambaleándome llegué el baño donde me esperaba colgado encima del lavabo el implacable censor. Todas las cosas que había oído sobre la ola de Mejillones retumbaban en mi cabeza: «Es un gigante marino, una muralla que avanza, una bestia que se enrosca, una enorme boca.» Me impulsaba un sentimiento involuntario de rabia, no era yo. En el espejo contemplaba el agua chorrear por los pómulos y la barbilla de un ser oculto, atento, que no esquivaba, no había duda, sería un error, que me reconoció «yo voy a ir».

—¡Uh! ¡Gracias, tío! —grité abrazando a Redo. Estábamos en un bar lleno de gente con algunos amigos.

—Eres un máquina, tío, ¡lo has conseguido! —Volvió a abrazarme levantándome por los aires—. ¡Esta ronda la pago yo!

Sirvieron una ronda de chupitos y de cervezas. En eso, llegó Tania con una amiga.

—¡Álvaro! —Me abrazó plantándome un beso en la boca que sabía a triunfo.

—Mira, esta es mi amiga Margo —dijo presentándome a una preciosa rubia situada junto a ella.

Como estaba descontrolado la saludé dándole un beso también en la boca que ella recibió sonriendo tímidamente. Nos abrazamos todos dando saltos.

—Cuéntame, ¿cómo fue? —exclamó Tania, excitada.

En eso que llegó Redo repartiendo cervezas y chupitos que celebramos.

—¡Arriba, abajo, al centro y para dentro! —Bebimos todos emitiendo sonidos guturales...

—¡Eh! Lo voy a contar —anuncié abriendo los brazos pidiendo atención—. Me cambié en el coche, tomé la tabla y seguí a Pieter hasta el agua pensando que tenía que remar más de media hora mar adentro para llegar al lugar donde rompe la ola. Pensé que no iba a poder con mi cuerpo, pero el agua me despejó y la visión de mi objetivo allí, al fondo, me dio fuerzas para seguir.

—¡Querrás decir que estabas tan acojonado que no sabías ni qué hacías allí! —interrumpió Redo gritando burlón.

—Sí, eso también... El caso es que Pieter me dijo que en Mejillones no podíamos esperar en el pico como con las otras olas porque era demasiado peligroso. Teníamos que verlas llegar a lo lejos e interceptar su ruta trazando una diagonal hacia la zona de rompiente. La estrategia era elegir bien tu ola y luego remar como un loco para tomar velocidad. Pasó un rato y Pieter eligió la suya, remó con potencia y se marchó con ella. Ver aquella masa de agua avanzar persiguiendo a Pieter, que mide casi dos metros y era diminuto al lado de esa bestia, la verdad que me impresionó muchísimo, pero bueno, ya estaba allí y volver a remar de vuelta media hora hacia la costa no era una opción, así que elegí la del final de la serie por si acaso fallaba y lo di todo. Remé como un loco para coger velocidad mientras veía cómo se acercaba y crecía como un gigante. No puedo describir la sensación de potencia, velocidad y poder que sentí al bajar esa bestia. Era irreal. Todo pasó muy rápido, pero cuando encaré la pared de la ola y vi ese muro avanzando hacia mí... Era una imagen tan bestial que por un segundo el tiempo se paró como a cámara lenta... Me sacó de la nube el estruendo de la ola rompiendo tras de mí con un ruido sordo y brutal. No me atrevía a mirar hacia atrás, ni podía, estaba muy concentrado corriendo la pared para salir de allí... Ha sido alucinante. —Terminé en un silencio que se rompió por los gritos y nuevos saltos del grupo—. Esperad, esperad, ¡no sabéis lo mejor... Después de esa ola increíble me vine arriba y volví para intentar pillar otra. Repetí el proceso completo, estaba eufórico, esperé y elegí una ola del final de la serie... Pero fue un gran error. Todo iba bien, pero en la bajada llevaba demasiada velocidad, me descontrolé, no podía manejar la tabla que iba saltando en cada pequeño bache de la pendiente, me caí en el *bottom* rebotando en el agua como una piedra plana, boca arriba en el último rebote, justo a tiempo para contemplar aterrado cómo el enorme labio de la ola se precipitaba sin misericordia sobre mí. No lo he pasado peor en mi vida, menudo impacto, creía que me había roto por el medio, el revolcón... Bueno, pensaba que no me iba a soltar nunca jamás, no sé ni cómo salí...

—Joder, pero ¡tú estas loco! ¿Por qué volviste si ya lo habías conseguido? —soltó con asombro Tania.

—No lo sé, quería que no acabase nunca.

—*One life!* —brindó Redo.

Habíamos tomado unas copas, ya eran altas horas de la noche y solo quedábamos Redo, Tania, Margo y yo. No sabía por qué todo me resultaba tan agridulce aquella noche. Conseguir el reto de bajar la gran ola debería haberme saciado. El alcohol empezaba a tomar el control, e inevitablemente lo que llevaba por dentro se agolpaba abriéndose paso hacia el exterior.

—Libertad o amor, no se puede tener todo. —Arranqué la frase sin venir a cuento.

—Yo creo que sí se puede —respondió Tania.

—Es una ansiedad continua, delirios compartidos, libertad con posesión... Es como un ensayo de lo imposible, eso es el amor.

—Mejor hablar de las dos eses, colega, Surf y Sexo —intentó zanjar Redo buscando la aprobación del grupo.

—El sexo es una angustia que necesita ser liberada a base de empujones, una desesperación... Como el surf. Siempre quieres más y eso significa más riesgo, no tiene fin —insistí impulsado por una rabia inusual.

—Una desesperación bonita, entonces —puntualizó Tania.

—El qué, ¿el surf o el sexo?

—Ambos. —Como siempre la respuesta de Tania sonaba insinuante.

—¿Cuál es el final? Imagínate que tú y yo echamos un polvo esta noche, sería brutal, y mañana ¿cómo lo superamos? Y lo mismo pasa con el surf. Ahora ya he bajado Mejillones, ha sido lo mejor y lo peor que me ha pasado en mi vida, pero y ahora ¿qué?

—No hay una finalidad y tampoco hay que buscar el extremo siempre, hay baños tranquilos como hay polvos dulces...

De alguna manera percibí que aquello era un ofrecimiento encubierto. Desde el primer día había notado que ella quería algo más conmigo y yo hice lo que esas horas de la noche aconsejaban: dejarla con Redo, que se moría por ella, y disimuladamente irme con su desconocida amiga Margo. Daríamos rienda suelta a nuestra desesperación mutua sin tener que preguntarnos qué iba a pasar al día siguiente. Simplemente, volvería a su vida y yo seguiría buscando el camino a casa, el que me haga merecedor del esquivo premio, merecedor del mapa sin viento y sin susurros... Ella sabrá que estoy allí.

10

Continúo preso de esta playa, en esta cárcel de arena con vistas a un infinito terminal. La puesta de sol tiñe de rojo intenso el horizonte y el mar parece templarse bajo ese ardor fugaz. Color para un decorado de ensueño. Qué belleza. Ritmos de luz que acompañan una melancolía que avanza imparable. Concederme un momento para disfrutar sería mucho pedir para mi alma, que se debate entre continuas expectativas y preguntas. Un miedo ancestral se activa en el espíritu humano cuando la luz del sol se apaga. Una incertidumbre infantil se apodera de mi trémula desnudez. Es una tortura ese momento que sabes que a partir de ahora será todo negro. Y la noche llega, y con ella la oscuridad y el frío.

Agarro insistentemente mi entrepierna en un intento de protegerla de murciélagos y criaturas de la noche que mi mente se empeña en recrear. La desnudez acaba con todo espejismo de seguridad. Es progresiva y lenta, pero la oscuridad total es posible otra vez, aunque debería haber luna llena hoy, lo que significa marea viva, o lo que es lo mismo, que esta noche la pleamar traerá agua hasta donde estoy. Las estrellas son millones, luces lejanas que ahora mismo no son compañía, el frío se hace presente y con él la tiritona. Mierda, hace un frío y una humedad intensos, en esto no había pensado. Me tumbo boca arriba y me cubro con la red, los pequeños plásticos y arena para crear una capa protectora, pero pronto resulta evidente que es insuficiente. Mi capacidad de movimiento es muy limitada así que intento aislar la mente de los temblores que tiran de mi cuerpo haciendo que los dolores vuelvan una y otra vez. Tiritar significa movilizar las fracturas y los nervios, dolor como compañía.

Las horas pasan interminables pero cada vez más luminosas. Mi única distracción es mirar la luna aparecer y con ella un río de luz plateada se forma sobre el mar. En otra situación sería una velada perfecta cargada de romanticismo. Ahora me doy cuenta de que la belleza es un estado de ánimo, no tiene nada que ver con algo externo. Se me ocurre que solo los opuestos se dan sentido a sí mismos. Una noche romántica solo tiene sentido cuando uno abraza la deformidad del resto de las noches, aquellas en las que sueñas y no comprendes, cuando el inconsciente veladamente susurra pistas de quiénes somos en realidad. Una noche romántica quizás es aquella en la que aceptas que el resto de las noches no habrá velas y una preciosa luna llena. Esta noche sueño sin dormir y mi inconsciente toma las riendas, le da igual que yo esté aquí.

Mis únicos compañeros aquí son mis amuletos. Pacientes, cuelgan de mi cuello como testigos únicos de esta parodia vital. Implacables, muestran un código místico que ahora consigo descifrar claramente. Esos dos pequeños pies esculpidos en una pequeña roca volcánica atados a mi cuello son señales de mi destino, quizá guiando mis pasos hasta aquí, quizá guiando mis pasos al más allá, ya que esa podría ser la siguiente etapa de este viaje. La paciente y arrogante espiral blanca meciéndose al ritmo de una respiración reposada. Casi me molesta tanta simbología ahora mismo, pero son mis únicos compañeros. Navego a la deriva en este enorme barco de roca más allá de mi mundo conocido, hasta donde habitan los monstruos que ya no esperan mi llegada porque están todos aquí.

Dolor. Intento acomodarme con leves variaciones de posición, pero el dolor persiste. Me adormezco a instantes. Tiemblo y mis huesos rotos rasgan mi carne por dentro. Tirito de frío y dolor y no hay nada que lo mitigue. Desnudo. Algo extrañísimo ocurre en un momento de intensidad dolorosa, entre el sueño y la vigilia. Escucho mi propia voz que dice «Ayúdale, que le duele» y me agarro la mano herida obediente para colocarla y sacarla de una posición dolorosa. Oigo salir esas palabras de mi boca en un estado de somnolencia, un estado que quizás es mi vigilia también, quizá como toda mi vida pasada. Me doy cuenta de que estoy hablándome a mí mismo en tercera persona y en voz alta. Me doy cuenta de que es un mecanismo automático de la mente para aislarme del dolor, no he tenido nada que ver a nivel consciente, simplemente, ha pasado. Yo, Álvaro, observador, espíritu, conciencia o lo que sea, te digo a ti Álvaro que ocupas esa mente, que ayudes a tu cuerpo que lo está pasando mal. No lo pienso más, ha pasado así. Algo más normal y que viene pasando durante todo el día es hablarme en segunda persona para darme ánimos: «Vamos Álvaro, te queda un poco» , «vas a conseguirlo», «tranquilo, vamos a salir de aquí».

La marea alta llega en plena noche y las olas inundan mi cobijo calándome y obligándome a arrastrarme entre las rocas y permanecer allí tiritando desnudo, como un polluelo. No hay valor en esta hora, me siento indefenso como nunca. No duermo, pero tengo ensoñaciones que agitan mi subconsciente, llegan las pesadillas donde las gaviotas se comen mis ojos, los ojos de un muerto secándose al sol, pero puedo sentir sus picotazos y tirones desgajándome... Y tengo claro que así no va a ser, no secándome al sol...

Con los primeros rayos de sol los fantasmas se evaporan y cuando, horas más tarde, mi sombra acecha cercana, entiendo que todavía seguimos aquí los tres. Vuelve el calor y no abandono mi posición vigilando el acantilado. Un nuevo día, nuevas oportunidades. Necesito que algo pase. Pero nada sucede. El exceso de optimismo solo me genera ansiedad. Me doy cuenta de lo que me hunde es que nada pase. Me doy cuenta de que podría devorarme la desesperación y acabar haciendo alguna tontería. Pasan las horas y aceptar la realidad me ayuda a conservar las fuerzas y ser precavido. El dolor de la cadera está siempre presente para recordarme que estoy jodido e inmóvil. La mano ya no sangra, ahora es una gran raja llena de arena y de grumos negros. Las horas pasan, los pensamientos vienen y las emociones asociadas me arrastran, imposible que no me afecten, pero no cedo, las dejo estar, las vivo, las dejo ir. Doy sorbitos de agua. Me encantaría abandonarme a la pena de estar allí, sería más fácil, llorar, pero no me sale. Solo siento una tranquila ansiedad, es raro, desesperación y aplomo al mismo tiempo. Sé que si cedo caeré en una espiral que irá en aumento. Observo, evalúo mis posibilidades, ahorro fuerzas. Las horas pasan, el calor arrasa, el tiempo parado. Una ópera catastrófica para un emigrante de lo cotidiano como yo, siempre buscando rincones solitarios y auténticos, aquí tengo mi premio. Una tórrida estancia playera imposible de disfrutar. Vale, ¡basta ya! Se acabó la broma, ¡que alguien me saque de aquí! ¿Qué hago en esta playa, en esta isla, en este felpudo excéntrico rascando mis verdades a base de arañazos? No podía haber ido al psicólogo o al bar como todo el mundo, no.

En un momento concreto me duermo y, un rato después, abro los ojos para descubrir una sombra de una persona allá arriba en el acantilado, la silueta alargada de lo que puede ser un pescador allí en lo alto. Excitado, comienzo a gritar: «¡EH, AQUÍ!» Y muy a duras penas recorro todas las fases posibles en el camino para erguirme apoyado en la gran roca triangular que me sirve de respaldo. Consigo llegar a sujetarme apoyando la pierna derecha y con la espalda haciendo palanca contra la roca para ascender, lo cual es un adelanto, muevo los brazos como loco. «¡AQUÍ!», grito. No puedo usar la mano derecha para agarrar nada, pero apoyo el muñón con mucho dolor. Todo es difícil, pero estoy animado. Acierto a agarrar la madera de palé e intento usarla de muleta. Si consigo apoyar la pierna derecha y al mismo tiempo el brazo derecho en la muleta y lanzar la pierna izquierda hacia delante quizá pueda avanzar con movimientos alternos. El problema es que no puedo apoyar la mano derecha ya que la palma está abierta por el medio. Tengo que cerrar los nudillos para que sirvan de apoyo en el taco de madera y la presión es muy dolorosa. Consigo liberar la pierna izquierda, arrastrarla y avanzar unos centímetros. La operación es complicada pero me animo gritando una vez más: «¡AQUÍ!» Digo yo, que un tipo desnudo dando tumbos en esta cala llamará la atención lo suficiente para que el pescador se acerque un poco más. A medida que avanzo renqueante por el dolor y los gritos de auxilio, mantengo la vista fija en mi objetivo. De pronto, una duda asalta mi cabeza... Me lo estoy imaginando. Fuerzo la vista en la sombra allá arriba. Pasados unos segundos de incertidumbre, me doy cuenta de que es la sombra de una piedra alargada que se ha ido moviendo mientras yo estaba dormido y parece que ha crecido formando algo parecido a la sombra de una persona. Estoy delirando...

Me queda media botella de agua y ya he pensado en beber mi orina, pero la realidad es que sale muy poca cantidad, de color marrón oscuro y con un olor muy fuerte, no creo que sea inteligente beber orina con desechos del cuerpo. Otra idea ha surgido en mi mente para aprovechar fluidos, eyacular para aprovechar mi esperma, que dicen que es rico en proteínas. Las consideraciones sobre mi hombría en este momento no me importan mucho, solo sobrevivir, pero hay un problema mayor que llevo observando desde ayer y es que mi pene se está hinchando y poniéndose de color morado, también mis testículos crecen de una manera escandalosa y se vuelven morados también. El color no ayuda nada a mi tranquilidad. Pienso que es por todo el movimiento y los golpes de estos días, pero creo tener la intuición de que se trata de sangre acumulada dentro. En todo caso, no están en situación de forzar nada. No habrá semen como aperitivo. Mi pierna y cadera izquierdas han amanecido totalmente hinchadas, moradas y rígidas por el enorme hematoma. Mi mano ya no sangra, pero acumula una capa de arena y grumos dentro de la raja que se han convertido en una pasta negra bastante fea de mirar. El calor es insoportable otra vez, me oprime hasta la histeria. Cuando llega la marea llena, lo agradezco remojándome y limpiándome las heridas. Intento pasar las piedras que separan mi cala de la gran playa cuando la marea lo permite. Voy a la pata coja con la improvisada muleta de madera del palé. El dolor es grande y solo consigo avanzar unos pocos metros. Hay más botes y basura dispersa, así que la reviso poco a poco. Pero esta vez no hay suerte. Decido volver a mi puesto de observador apoyado en mi gran trono de piedra y el atardecer de nuevo llega, y la misma historia se repite. El día ha sido relativamente tranquilo, algo en mí se ha acostumbrado a esta situación, las emociones han sobrevolado mi cabeza, pero ninguna se ha adueñado de mí. Una calma tensa, una especie de fuerza vital que comprende, una concentración para visualizar mi futuro a salvo, en el hospital, con una bebida con hielos, con Ona sentada en el borde de mi cama. Espero una señal, sé que tiene que llegar una señal, algo tiene que pasar... Me queda una cuarta parte de la botella de agua.

11

Todo se desmoronaba a mi alrededor. La hija del capitalista encontró a un tipo repentinamente enamorado, que tardó una semana en instalarse en el complejo reclamando su bastón de mando. Con su llegada en el ambiente enrarecido fluía la desconfianza, como su espíritu negro y conspirador. No le culpo, encontró a una presa fácil. Después de la primera semana de instalarse, Antonio me pidió que le dejase llevar el restaurante, a lo que accedí. Intenté hablar con él para explicarle cómo lo hacíamos hasta ese momento, pero no mostró interés alguno. Compró un coche de alta gama que pagó ella. Se sentó a una mesa a leer prensa deportiva y mirar de reojo todo lo que pasaba por la recepción y el restaurante. En menos de dos semanas, Antonio vino con la noticia de que consideraba que había que cambiar a una de mis compañeras de recepción porque no hacía bien su trabajo. Precisamente Carolina, una de las que me habían ayudado a montar y a hacer funcionar el complejo. Me enfadé muchísimo, le dije que era un error. Hasta la llegada del novio, nunca se habían metido en mis decisiones, aunque tuviese que darles reportes de mis resultados. Sugirió darle la oportunidad a una de las camareras de piso para trabajar en la recepción que, con todos los respetos, no sabía tres o cuatro idiomas de los exigibles en el puesto y que sí sabía Carolina, pero eso sí, no le haría sombra al novio que no sabía nada del negocio. Yo protesté y sentí la mirada maliciosa detrás de la prensa deportiva.

Lo peor es que, al mismo tiempo, el capitalista había recibido una oferta para vender el complejo a un inversor de Tenerife. Me consultó y le aconsejé que no vendiese, todo funcionaba a la perfección y nos habíamos labrado una buena reputación entre los clientes y las agencias. Era un negocio muy rentable y todos estábamos ganando dinero. A pesar de los resultados, en mi interior sentía que había perdido la ilusión por un proyecto que ya caminaba solo. Cuando todo estaba por hacer era excitante imaginar una filosofía de trabajo horizontal, implicada y de mejora continua que finalmente habíamos conseguido generar. Era como un explorador en el nuevo mundo tomando decisiones de vida o muerte, asociándome con los nativos para construir una sociedad más justa para todos. La economía del bien común, un poblado autosuficiente. El sistema ya funcionaba solo y ahora todos querían opinar. Con la aparición del novio de colmillos afilados venido de los sumideros de la hostelería nocturna, el capitalista comenzó a ver la oportunidad de reconvertir la empresa en un negocio familiar mientras la hija aparecía de repente opinando caprichosamente después de más de dos años sin dar señales de vida efectiva en el negocio. En ese tiempo, yo me había embolsado unas cuantas decenas de miles de euros bien merecidos. Aun así, entendía la angustia del capitalista. La crisis y la devaluación inmobiliaria apretaban su cuello en forma de veinte millones de euros que tardaría años en pagar al banco y las promesas del de Tenerife le sonaban a liberación.

En menos de dos semanas se cerró la operación con el banco sospechosamente implicado con el nuevo inversor. Luego me enteré de que los bancos tienen comerciales ofreciendo estas grandes hipotecas a terceros con una reducción de la deuda, cosa que con el deudor inicial nunca van a hacer ya que eso generaría un precedente y no les interesa que se piense que tienen corazón. Este tipo de operaciones le había dado la oportunidad al comprador de estudiar con ventaja los movimientos y así atacar con determinación los puntos emocionalmente flojos de alguien tan estrangulado por una deuda impagable. Le ofreció un millón de euros para su bolsillo y hacerse cargo inmediato de la deuda. La operación se cerró en un tiempo récord en medio de una nube de abogados. Un apretado espacio de tiempo que no dejó espacio para plantear una alternativa y durante el cual puso de manifiesto la incompetencia de todos. Nadie hizo un par de simples comprobaciones: averiguar quién era ese tipo y con qué avalaba esa compra. Tiempo después, el pasado del siniestro personaje salió a la luz, pero ya era demasiado tarde. Sus avales ya estaban empantanados en juicios previos y su pasado resultó ser más turbio que el de cualquier expolítico.

Apenas dos semanas más tarde se puso al frente el nuevo propietario, que llegó como un vendaval dando órdenes antes siquiera de haberse zanjado totalmente la operación. En cuanto entré en contacto energético con él, me di cuenta inmediatamente de que el tipo no era trigo limpio y de que sus promesas eran cantos de sirena. Era un tipo de los que intimidan a primera vista, ciento treinta kilos, con una papada que se agitaba al ladrar, puro siempre humeante y la mala costumbre de arrollar a todo el mundo con su ímpetu desmedido. Su nombre era Gustaf Betencour, apellido común en las islas por el corsario francés Bethencourt, que se convirtió en virrey de Lanzarote y Fuerteventura jurando lealtad a los Reyes Católicos tras haber sometido cruelmente las islas. Don Gustaf, como se hacía llamar ridícula e insistentemente, entraba en cólera cuando no se referían a él de ese modo. Estaba obsesionado con el respeto y la palabra dada. Agitaba tanto estos atributos de nobleza que fue fácil adivinar que carecía totalmente de ellos. Cuando finalmente desembarcó con los papeles en la mano, se hizo evidente que estábamos en manos de un saqueador moderno, un pirata que rinde tributo a sus antepasados, un ladrón de guante blanco de los que campan a sus anchas por toda la geografía nacional.

Esa terrible mañana comenzó un interrogatorio, preguntando a todo el mundo quién era, cuál era su posición en la empresa, etcétera. Bramaba continuamente: «¡Ahora soy el presidente de la compañía, el dueño, diríjanse a mí como don Gustaf!» La cara de los empleados era un poema y no lo fue menos la del novio de Corazón Negro, que ya daba por hecho ser el rey del lugar. Poco tiempo le duró al caballero negro su feudo. El imperio del mal tenía un nuevo emperador de ciento treinta kilos de puro veneno. Esa misma mañana, según llegó en su flamante coche nuevo, el novio se encontró con la desagradable sorpresa de encontrar al gordo sentado en su trono en el restaurante. Imponía tanto el nuevo dictador, que el novio, acomplejado, se acercó tímidamente a la cafetería donde todos, confusos, tomábamos café y me preguntó:

—Álvaro, ¿quién es este tipo?

—Pues parece que el nuevo dueño...

Reconozco que la respuesta me regocijó como una pequeña venganza. Su cara se contrajo y se desdibujó como una abstracción picassiana. Era evidente que no sabía nada. En ese momento mi bolsillo vibró y respondí al móvil.

—¿Sí? Ah, hola, Antonio. Ya, ya lo sé, lo tenemos aquí..., Qué remedio sí, sí, está aquí a mi lado... ¿En serio?... Sí claro, me encantará decírselo... Vale, adiós.

Al colgar, todas las leyes del karma volvieron a tener sentido y con una amplia sonrisa le dije al del corazón negro:

—Dice Antonio que te prepares que a las tres te pasan a buscar por la puerta de atrás del hotel. —Mi sarcasmo era evidente.

—Pero ¿para qué?, ¿adónde vamos? —respondió sumido en la confusión.

—Te casas a las cuatro en el Ayuntamiento de La Oliva.

Su cara expresaba un asombro tan colosal que solo le faltaba preguntarme con quién iba a casarse. Fue entonces cuando se acercó Alex, uno de los chavales de mantenimiento, un portugués de los difíciles de entender porque hablaba entre dientes un «portuñol» imposible. Le dije para completar el encargo:

—Alex, dice Antonio que si quieres cobrar tu última nómina tienes que ir al Ayuntamiento de La Oliva a las cuatro.

El portugués, que no comprendía nada, me preguntó lo lógico:

—Pero ¿para qué?

—No tengo ni idea, tú procura estar allí —sentencié dándome la vuelta para marcharme reservándome la certeza de que en la boda necesitarían un testigo.

En pocos días, don Gustaf había colocado puertas automáticas en las entradas del complejo, cámaras de seguridad y dos gorilas en la entrada. A estos sí que les pagaba y bien. Pasada una semana de mantenerme lo más alejado posible de él y centrarme exclusivamente en mi trabajo, me pidió que me acercase a su oficina, que ahora era la cafetería del hotel donde básicamente había ocupado una mesa llena de papeles y donde había dejado dos teléfonos que no paraban de sonar.

—Buenos días, Álvaro, siéntese. Ha sido una semana de locos, menos mal que tengo la meditación para mantenerme sereno. Se habrá dado cuenta de que soy budista, el nombre de mi empresa es Sidharta.

—Pues no lo había relacionado, la verdad —respondí, convencido de lo fácil que resulta decir gilipolleces... budista, ¡no te jode!

—Todo lo que hago es fruto de una inspiración, me fío de mi instinto y actúo. Eso me pasó al comprar este hotel. Bueno, eso, y que las opiniones de los clientes en TripAdvisor son magníficas. Sé que esta es su obra, pero debe entender que ahora hay un nuevo maestro que se encarga de la guía de este lugar, lo comprende, ¿verdad?

—Sí, claro, usted ha comprado esto.

—Bien, pues quiero que de inmediato me entregue todos los contactos de trabajo que tenga en su posesión, los contratos con las agencias, los accesos a los paneles de operaciones, etcétera.

—Según su propio encargo de la semana anterior, yo he seguido gestionando todo y las agencias han sido informadas del cambio de propiedad del hotel y están invitadas a venir a conocerle en persona. Le he puesto en copia de todas mis comunicaciones. La ocupación y reservas están garantizadas. —No se lo tomó muy bien y me los exigió de nuevo elevando el tono de voz intentando intimidarme.

—He dicho que me los entregue de inmediato, ahora soy el presidente de esta compañía, el propietario, el nuevo líder.

A lo que yo le respondí:

—Lo he entendido. Si lo que quiere es sustituirme, no hay ningún problema, pero le recuerdo que tiene una deuda conmigo por valor de sesenta mil euros que Antonio me ha dicho que usted va a asumir tal y como lo han firmado por contrato y por promesa explícita.

Entonces sonó su teléfono y, al ver quién llamaba, la cara reflejó una expresión bobalicona.

—¿Sí, cariño? ¡No me digas! Vaya, mira que soy tontorrón, pero cuchi-cuchi, perdóname. Hoy haremos algo especial por nuestro aniversario. Sí, bomboncito, te haré cuchi-cuchi...

Mi cara de asco iba en aumento por el esperpento de imaginar a aquel gordo asqueroso haciendo «cuchi-cuchi» con la colombiana con la que se había casado hacía poco. Una rubia hiperoperada con pinta de arpía que había conocido en una página de contactos y que tenía ya cuatro hijos creciditos y que, clarísimamente, le sacaba cinco o seis aniversarios por año. ¿Cómo iba a hacer cuchi-cuchi si no se veía la picha desde los trece años? La idea era vomitiva. Pero cuando colgó el teléfono su cara de cabrón apareció de nuevo y me exigió vernos al día siguiente con todo lo que me había pedido. Yo no discutí y me marché pensando que me había torturado psicológicamente obligándome a escuchar aquella conversación.

A la mañana siguiente salí del complejo para tomar un café y pedir consejo a Chicho, un amigo y director de otro hotel que siempre estaba enterado de todo. Al sentarnos me dijo lo siguiente:

—Chacho, Álvaro, estás metido en un buen lío con ese tipo. Mira, yo he llamado a Tenerife y a Las Palmas y ya me han dicho quién es en realidad. El tipo ha estado en la cárcel, es un especulador y estafador profesional. En sus comienzos hizo dinero comprando viviendas abandonadas y echando a patadas a los okupas. Más tarde perfeccionó la técnica de ladrón de guante blanco, eso sí, es de buena familia, como dicen por aquí.

—¡Joder, menuda suerte tengo!

—Y que lo digas, ese tipo es peor que un cáncer.

—Pero ¿cómo no se han dado cuenta los del banco y los abogados de Antonio?

—Mira, Álvaro, ni la edad ni la experiencia son síntomas ni de sabiduría ni de integridad.

Me había quedado claro que el negocio consistía en avalar con propiedades que ya están empantanadas en juicios larguísimos y que usaba para hacer varias operaciones y nuevas compras. Exprimía el negocio hotelero el tiempo que se podía y la batalla en los tribunales para alargar las cosas lo máximo posible, lo que en este país suelen ser muchos años. Por el camino solo dejaba cadáveres. El primero, el del capitalista, que no recibió ni un euro; al banco no le pagó ni una mensualidad de la hipoteca, solo la de diciembre para que no corriera el año natural y que el resto de incautos que estaban a su alrededor como acreedores, proveedores, colaboradores, empleados, etcétera, corrieran la misma suerte. Pero todo eso ocurrió después, de momento el tipo me había pedido que siguiese llevando el complejo y yo había aceptado para ganar tiempo y averiguar cómo recuperar todo el dinero que me debía el capitalista y, por consiguiente, el nuevo propietario al asumir las obligaciones del anterior. No iba a ser fácil...

Tras el café nos despedimos y subí de muy mala gana a mi reunión con el neobandolero del siglo XXI. En la puerta me pararon los de seguridad y me dijeron que no podía entrar con el coche y que me iban a acompañar por orden de don Gustaf. Sorprendido y enfadado, aparqué el coche en la entrada y fui caminando escoltado por los gorilas, que estaba claro que querían intimidarme. Una vergüenza terrible se apoderó de mí al ver a los propios clientes del hotel pasando el control de seguridad de cuatro vigilantes. Hasta ese momento teníamos las puertas abiertas y nunca había pasado nada. Cuando llegamos estaba sentado a su rocambolesco trono en forma de mesa de cafetería, sentado detrás de su monstruosa barriga ladrando por teléfono a algún incauto. Me senté a esperar que terminase su conversación, en la que detectaba mentiras muy evidentes que le iba soltando a su interlocutor. La verdad es que el tipo era elocuente, con su experiencia podría llegar a presidente del Gobierno en este país con facilidad. Los gorilas se situaron a mi espalda. Colgó el teléfono.

—¿Cuándo me va a entregar la documentación que le he pedido? ¿Sabe que es un delito robar documentos de mi propiedad? ¡Le puedo denunciar ahora mismo!

—Pero ¿de qué está hablando? Yo no he robado nada. Llevo este hotel desde su inicio y para su información yo tengo un contrato de gestión externa, o sea, que no soy empleado de nadie sino un profesional autónomo externo contratado por un servicio. Mis contactos de trabajo son míos. Si me paga lo que me debe por contrato y como ha firmado reconociendo mi deuda al adquirir esta propiedad, yo colaboraré con usted de buena gana.

El tipo levantó la voz como si quisiese derrumbar las paredes y comenzó a gritar:

—¡Usted a mí no me dice lo que tengo que hacer! ¡Me está extorsionando!

—Perdone, pero yo solo le pido que cumpla lo que ha firmado y yo, encantado, le entregaré todo mi material. Aunque no tendría por qué hacerlo y lo sabe bien, cualquier juez lo verá así.

El tipo ya estaba colérico y volcando todo su peso sobre la mesa para ponerse lo más encima de mí posible, me señalaba amenazante con el dedo:

—¡Me va a entregar todos sus contactos porque de igual manera yo los voy a conseguir por las buenas o por otras vías!

—¿Me está amenazando?

—Aquí tengo testigos de que es usted el que me está coaccionando ¡maldito bastardo!

—Oiga, ¡a mí no me insulte! En estas semanas he seguido

haciendo mi labor. Le he enviado un email, con copia a usted, a todos los comerciales de las agencias y ya me están llamando quejándose de que usted les retiene los pagos y no admite créditos ya firmados con proveedores de confianza. ¡Me está dejando mal delante de todo el mundo y encima me insulta!

—Esta es mi propiedad y usted es un intruso y un maleante, tengo el derecho de defenderme. —La cosa se puso tan agresiva que el tipo se puso de pie agarrándome del brazo mientras escupía salivajos en mi cara con gritos furibundos. Cada vez me sentía más amenazado y reaccioné de la peor manera posible: poniéndome de pie y retirando su brazo con violencia mientras cargaba mi peso hacia delante para agarrarle de la camisa y separarlo de mí.

—¡A mí no me toque! —grité enfurecido mirándole a los ojos.

En ese momento sentí cómo unos brazos me agarraban por detrás y me sacaban de mi sitio con violencia. Los gorilas me tenían apresado y el gordo seguía gritándome furioso. Yo ya no oía, ni veía nada entre la rabia y el forcejeo que libraba para soltarme mientras me arrastraban por la terraza de la cafetería hacia la recepción. Mis esfuerzos fueron en vano y, de un empujón, terminé dentro de una habitación cuya puerta se cerró tras de mí. Lo tenían todo preparado. Yo no paraba de dar patadas a la puerta y gritar como un loco. Lo milagroso fue que la puerta se abrió unos minutos más tarde. Pensé que se habrían arrepentido, y cuando me disponía a salir me encontré con una desagradable sorpresa. El maldito gordo de mierda lo tenía todo preparado y había llamado a la policía antes de que comenzase la reunión sabiendo muy bien lo que iba a pasar. Asombrado ante el peor de los escenarios, mi querido amigo César, el matón con placa, y su compañero me esperaban al otro lado. En aquel momento mi cara debía de ser como la del cartero cuando sale de un portal a por la moto y se la han robado. No tuve tiempo ni de comenzar a hablar. Me agarraron de malas maneras, me dieron la vuelta y me empujaron contra la pared.

—Abre las piernas y pon las manos contra la pared —gritó

César, enfurecido. Al obedecer de mala gana él respondió dándome sendas patadas en las piernas para que las abriese.

—Mira, no sé lo que te han contado, pero estos tipos...
—No tuve tiempo de acabar la frase cuando recibí un empujón y un grito.

—¡Cállate la puta boca y pon las manos a la espalda!

Acto seguido me esposaron y me sacaron a empujones del lugar mientras pasaban delante de mis compañeros y algunos clientes que estaban en la cafetería. Las caras de ambos eran como un poema dadaísta. A empujones me metieron en el coche y, una vez dentro, mirando a César a los ojos por el espejo del retrovisor, le dije:

—Te estás equivocando de enemigo.

12

¿Dónde estás, hijo de puta? ¡Voy a matarte! Las noches traían más enemigos que el día. Se me hacía muy difícil odiar la insatisfacción vital de mis adversarios, más bien me ayudaba a comprender su mezquindad, pero me era difícil canalizar mi rabia. Los abrazos de mis amigos clamaban la victoria de mi historia, el mar mecía paciente mi confusión y el desierto testificaba mi presencia junto a mi sombra. Pero no sentía pisar la tierra, ni habitar mi mente. Inmóvil en la playa de El Cotillo, contemplando las rocas, con el viento en el rostro, con las familias a mi alrededor, pasaban las horas.

No me vistas hoy por favor, que soy de roca dura, las algas me guardan, el océano me cobija. Déjame así broncearme, deja que pase mi locura, hoy no voy a moverme para despistarla, siempre me alcanza, mejor no moverme. ¿Qué hace que las cosas duren, que se mantengan en el recuerdo para rescatar el futuro? Esos momentos donde postrados tus deseos jugando sobre la arena como niños, felices, revolcándose sin pasado, vuelta sobre vuelta, siempre es de día, hay luz, incluso la sombra nos divertía. Cálmate mi niño, mamá está tranquila, por fin descansa. Del paraíso nos forzaste abandonar en pos de una madurez torcida. De crecer todo se empaña, de saber y de torpeza. Sé que me acechas, como el viento sin obstáculos, ahora te oigo, amiga.

13

Encadenado a este eterno presente lleno de inestables proyecciones. Aquí, en mi playa privada, disfrutando de unas merecidas vacaciones en el infierno. Me da por pensar en una cita de Carl Jung que tiene tatuado Redo en su espalda: «Ningún árbol puede crecer al cielo sin que sus raíces lleguen al infierno.» Cansado de una vida llena de palabras vine a esta isla para tener más vida que palabras. Vivimos intoxicados de palabras a las que otorgamos admiración por un minuto y luego seguimos viviendo como si nunca las hubiésemos entendido realmente. Yo cambiaría ahora mismo por volver a esa plácida fugacidad de palabras sin vida.

He tenido una vida genial, aunque no haya sabido sacarle todo el partido que se merecía. Quizá no me merecía yo esa vida, creo que no lo voy a averiguar. Voy a echar de menos a mis amigos, creo que en el fondo piensan que soy demasiado independiente y seguro de mí mismo. La realidad es todo lo contrario, me aterroriza mostrar mis debilidades y reírme de ellas, por eso parezco distante cuando en realidad me ahogo en gritos sofocados reclamando cercanía. Voy a echar de menos ver a Ona mientras se pinta las uñas con una concentración y paciencia meditativa. Voy a echar de menos su simple compañía. Ahora me siento estúpido por no haberme abandonado en esas cálidas y apacibles aguas cotidianas que ella me ofrecía. No me explico por qué lo cotidiano tiene ese poder demoledor de echarme a patadas. No recuerdo hacer nada especialmente bien, quiero decir, ser el mejor; sí recuerdo jugar, pero no las palmadas en la espalda. He ganado bastante dinero en este tiempo y, cuando me muera, no lo voy a poder aprovechar. Mi madre lo va a pasar muy mal, espero que mi padre y ella puedan hacerse compañía mutua a pesar de la enfermedad de él. Han sido un gran ejemplo para mí, ahora lo veo. Lo han hecho bien, lo mejor que han sabido. Espero que mi hermana encuentre su desarrollo y plenitud, parece que somos dos clones desdichados poniéndonos barreras imaginarias o quizá reviviendo la propia carga que soportaron nuestros progenitores y ancestros, o quizás es que inconscientemente sabemos que hemos nacido en una sociedad enferma y estar demasiado bien adaptados a ella no es realmente sano, o quizá, lo único que nos pasa, es que tuvimos una infancia tan maravillosa que crecer nos está costando más de lo normal.

14

Recibí la noticia por casualidad y me decidí a acudir al triste encuentro. No me había enterado del proceso, pero por lo menos podría llegar al final. Cuando llegué, por fin descubrí quién era ese enemigo misterioso que acechaba a Wolfgang.

—Hola —me dijo una chica en el funeral simbólico junto a la montaña de Tindaya que habían organizado sus amigos—. Sostén la urna con sus cenizas un rato y luego se la pasas al siguiente cuando quieras.

Tomé la vasija entre mis manos y solo se me ocurrió darle las gracias por los mundos que me había mostrado. Mirando a la montaña sagrada supuse que iban a esparcir sus cenizas por allí, sin duda es lo que él habría querido. Pasé la vasija con cuidado a otra persona y simplemente me quedé allí quieto.

—Cáncer de hígado —comentó un tipo de gafas de alambre redondas y larga barba canosa—. Conflicto de territorio, miedo ancestral a morir de hambre.

Yo le miré inquisitivamente y él continuó:

—La peste moderna, el cáncer, una represión al canalizar la energía.

Allí todos tenían aspecto de haber salido de un cuento animado o de un circo ambulante, gente interesante, más hippies que el viento, como dirían por aquí. El tipo continuó:

—Lo más importante de las personas es lo que callan, son las palabras no dichas las que nos arrastran a la tumba.

—Pero Wolfgang vivía su pasión —protesté, convencido.

—¿Sabías que la semana pasada llamamos a la antropóloga de Lanzarote para que viniese a revisar los cientos de piedras y restos arqueológicos que Wolfgang tenía en casa?

—¡Ah, sí! Las piedras pequeñas con forma de caras, ¿y qué ha dicho?

—Pues que según su criterio no estaban labradas por el hombre. Tampoco encontró ninguna relación creíble entre sus teorías de las grandes figuras de la montaña y los jeroglíficos...

—Joder, qué palo... Menos mal que no estaba vivo para escuchar eso.

—Ya se lo habían dicho en varias ocasiones... Como te decía antes, no es lo que mostramos sino lo que vivimos intensamente en soledad lo que determina la elección de nuestra enfermedad... Verdad o muerte.

—Eso ya lo he oído antes...

—Te recomiendo que leas las teorías del doctor Hamer, la *Nueva Medicina Germánica*, es una brillante conjunción entre la ciencia moderna y las tradiciones orientales. Bueno, el tipo es médico y alemán, no se le puede acusar de no ser concienzudo *a priori*. Él mismo enfermó de cáncer también y se salvó sin quimio, se concentró en superar la muerte de su hijo. Wolfgang también se negó a la quimio.

—Yo pienso vivir a tope hasta que el cáncer o la artrosis me arruinen.

—Bueno, es más complejo que eso, me temo. A veces, creemos que vivimos la vida que queremos, pero lo que hacemos es huir de lo que sentimos.

—Joder, de algo hay que morir, digo yo... Y vivir como los demás quieren que vivas es morir en vida para mí.

—En eso estoy de acuerdo, pero yo hablo de canalizar la energía propia. Es como los experimentos del agua de Masaru Emoto, ¿sabes quién es? —Yo negué con la cabeza. Como siempre, había un viento racheado e intenso que otorga a las conversaciones una irrealidad incómoda—. Pues se trata de un investigador japonés que somete a frascos de agua a una intensidad psicológica negativa, le insulta, le grita.

—¿Al agua? —le interrumpí yo.

—Sí, al agua, en probetas en un laboratorio. Y luego, en otra sala, hace lo contrario. Le canta, le reza, le habla de amor.

—¿Al agua? —Volví a interrumpirle yo.

—Sí, sí, al agua cristalizada, o sea, congelada. Y luego les hacen fotos a las moléculas con el microscopio y resulta que las que han sido sometidas a presión psicológica negativa se descomponen en cristales imperfectos, marrones, como agua turbia. Sin embargo, en la otra, que ha sido sometida a presión psicológica positiva, ocurre lo contrario: se crean cristales brillantes, ¿entiendes?

Yo, que todavía no había bebido nada, pensé mosqueado que se había estado rulando un porro gigante en plan pipa de la paz para despedir con humo al gran brujo. Como me quedé en silencio, el tipo sentenció medio molesto:

—Estamos hechos de agua, amigo, la energía modifica el agua y por lo tanto nuestro organismo, búscalo en internet.

—Perdona, sí, lo haré, me interesa el tema. Agua somos y al agua pertenecemos...

15

Ahora, desde la distancia de esta playa en la que espero que algo suceda, veo las olas, las ondas como frecuencias ondulantes que invaden el cerebro de poesía, de esa que nos hace pensar, sentir, irradiar, sufrir; como el océano en movimiento, el cerebro y el agua, como las ondas, eléctrico, magnético, como los sueños, como la vida, una sintonía, frecuencias de ser, un mar agitado, un mar interior.

Solo quiero volver para llevar una vida tranquila, lo prometo. Si vuelvo lo voy a hacer, volveré con Ona y trabajaré para vivir en paz...

«Dios, si me ayudas a salir de esta...»

Parece que yo mismo he parado el tiempo en un instante crucial que se mantiene suspendido observándome ante esta frase que acabo de pronunciar.

16

Recuerdo la noche que pasé a darle una sorpresa a Ona. Llamé al timbre de su casa, serían las nueve y estaba oscuro. Ella abrió sorprendida al verme.

—¿Qué haces aquí?

—Ven, quiero enseñarte algo, hay luna llena y solo se puede ver bien desde las dunas, vamos, ¡ven!

Ona, confundida, cogió las llaves y, tal y como estaba, salió de casa. Condujimos por las dunas hasta un punto en medio de la nada en el que le expliqué que veríamos las mejores vistas y disfrutaríamos de la mejor experiencia. Bajamos del coche. Con luna llena el resplandor de la luz rebota en la arena iluminando todo de forma refulgente, incluso ves tu sombra en la arena. Ella me seguía a regañadientes trepando por cada montículo de arena, clavando los pies hasta media pierna para escalar con dificultad. Al llegar a la cima de la última duna después de un rato de llevarla en silencio para aumentar su incertidumbre, señalé con el dedo la luna, que se vislumbraba entre las nubes que avanzaban impulsadas por la brisa nocturna sobre nuestras cabezas.

—¿Ves qué espectáculo?

Ella asentía con la cabeza poco convencida pero sonriente. Entonces, llamé su atención sobre otra cosa.

—Ostras, mira lo que han dejado ahí abajo —dije señalando una luz que parpadeaba en la base de la gran duna sobre la que estábamos.

Cuando nos acercamos bajando unos pasos, se distinguía claramente que había colocada sobre la arena una pequeña mesa con un mantel, velas dentro de un recipiente de vidrio, una botella de vino, dos copas y unos platos con lo que parecía comida. Sus ojos se abrieron radiantes por la sorpresa.

—¡Serás tonto! —me dijo dándome una palmada en el brazo, como si me regañara, mientras una amplia sonrisa iluminaba su cara.

—¿Me acompaña, señorita? —Y agarrándola de la mano la obligué a correr duna abajo tan deprisa que perdimos el equilibrio rodando como croquetas, riendo y llenándonos la boca de arena. Sin parar de reír nos sentamos a la mesa y descorché el vino.

—Pero ¿cómo lo has preparado? —me dijo ella encantada.

—Yo no he sido, será la intuición que me ha guiado hasta aquí. Prueba a ver qué tal está la comida que nos han dejado los espíritus de los guanches.

Ella probó el manjar y con una mueca ambigua respondió:

—Está buena la arena tres delicias.

Y reímos, nos miramos y disfrutamos del arroz del chino frío.

Esa noche no hicimos el amor bajo las estrellas, no sé por qué o quizá sí... Mirar a los ojos en un momento así de íntimo es definitivo.

Amanecimos juntos en su cama. Ella, con su coqueto camisón rosa de seda parecía una ensoñación, demasiado bonita para ser real. Era hermosa, realmente hermosa. Su habitación era acogedora, llena de detalles personales. Cuando bajamos a desayunar al piso de abajo una cálida luz entraba por los ventanales que daban al jardín. Ahí fuera, los cactus parecían figuras humanas congeladas con los brazos en alto. El viento mecía las cortinas blancas. Olía a café y a humedad atlántica. Corrí los ventanales y me senté fuera sobre el borde del alféizar del porche. Después de un rato, ella apareció con dos cafés y me tendió uno.

—Siempre pareces ausente, como abstraído en algo que te

lleva a otro lugar. —Reparé en su presencia al escuchar su voz, y tomé el café de su mano.

—Gracias. No sé, no pienso en nada...

—¿Ves?, ha pasado un momento y ya estás ausente otra vez.

—Perdona, estaba pensando si estoy siendo auténtico con mi vida, ya sabes, si realmente estoy haciendo lo que quiero hacer.

—Supongo que depende del tiempo que emplees en encontrar la respuesta.

—¿Tú te preguntas eso? ¿Cómo crees que podría saberlo?

—Yo le preguntaría a mi corazón.

—¿Y cómo haces eso?

—Es como escuchar una vocecilla que te susurra por dentro, pero que solo aparece cuando dejas tu mente en blanco.

—Ya veo, pues a mí me tiene loco siempre.

—Podrías aprovechar todos esos ratos de ausencia para dejar de pensar y comenzar a sentir.

—¿Es que son incompatibles?

—Je, la vocecilla no siempre te va a guiar hacia lo más conveniente, si lo piensas bien... Verás, la primera vez que te vi me pareciste como un niño desprotegido y me enamoré de ti al instante...

Ahora era ella la que parecía ausente. Un tiempo íntimo entre los dos se abría, un reloj paralizado incómodamente con una manecilla señalando mi turno. Entendía la profundidad de las emociones de ese ser detenido de pie junto a mí, el valor de presenciar algo íntimo y sincero, silencioso, femenino. Su flequillo rubio corría un velo entre su mirada y la mía, pero su intención acechaba allí detrás, manifestada allí en medio, entre los dos. Como la expresión dulce se puede teñir de matices amargos, es una fuente que emana de la misma agua, para el que ya no tiene sed pero se deshidrata. Al mismo tiempo, un aplomo expectante, el aplomo del que se sabe en sintonía con su ser, el aplomo del que habla dispuesto a perder, pero no a renunciar. Todo eso y mucho más percibí claramente y entendí en el mensaje.

Es hermosísima esta mujer, es realmente maravilloso este ser. Nunca hemos hablado realmente, nunca la he oído quejarse, nunca hemos debatido, nunca ha sido tan clara, ahora entiendo que quizás es cuestión de los lenguajes no aprendidos. Nadar en crema pastelera suave y el otro esperar que sea chocolate amargo. Me resistía a creer que no pidiese nada, que no intrigase a su favor, que siempre sonriese. Ella es la representación de la diosa, perceptiva, emocional, intuitiva, suave, dulce. Una reina que ya ha llegado, que se asienta aparentemente tranquila en su trono, y yo, el caminante, siempre en movimiento, sin intención real por alcanzar un destino, pero desesperado por volver a casa.

Mi respuesta se hacía necesaria dentro de ese trance soñoliento. Todavía no había probado el café, quizá no estaba del todo despierto.

—Yo medito en el desierto, reconozco mi cuerpo, mi respiración que me conecta con el exterior, mis raíces hundiéndose en la tierra que me acoge, el viento que me eleva ingrávido, mi sombra que testimonia mi presencia y me siento uno y nada a la vez, grande y pequeño, gozoso e incómodo otra vez. Oigo esa vocecilla que me dices, los susurros, pero la olvido durante la noche y el nuevo día trae nuevas preguntas. La noche posee una vida propia que tergiversa todo o quizá lo aclara, quizá porque no entiendo lo que dicen los sueños, quizá porque les doy demasiada importancia sin saber que se la doy.

«Dios, si me ayudas a salir de esta...»

¡No! Eso no pienso hacerlo. Sé que resulta muy tentador, pero no lo voy a hacer... no creo en un dios externo a mí. Si existe algo, yo formo parte de ello, así que no voy a desviar mi atención hacia una figura todo poderosa que me salve, ni siquiera en este momento puedo renunciar a esta creencia. Si hay algo más, creería en un dios de unidad, no en un dios que decide, ayuda o juzga; en un dios que sea energía integradora, fuente de todo, lo constructivo y destructivo, porque una cosa no existe sin la otra. Negar una parte es dar vida a la ilusión del yo separado del todo. Yo soy dueño de mi destino, voy a salir de aquí creando mi propio destino o voy a morir por consecuencia de mis decisiones. Me doy cuenta de que estoy viviendo el momento de mayor sinceridad de mi vida. Estoy aterrado en esta playa y al mismo tiempo extrañamente liberado. Soy consciente de que refugiarme en el amor de una mujer perfecta no es la solución, ayuda a tener un objetivo para salir de aquí, pero eso no va a pasar hasta que yo me perdone y me quiera lo suficiente como para poder compartir ese amor. Enamorarse de la perfección es una huida, es no aceptarse a uno mismo, es juzgarse. Si no me puedo manifestar ese reconocimiento propio, mi visión de los demás va a estar siempre condicionada por la necesidad de afecto y reconocimiento externo o por la necesidad de mostrar autosuficiencia, luego, nadie va a ser suficiente porque yo nunca voy a ser perfecto... No sé por qué he tenido que llegar hasta aquí para darme cuenta de esto, pero así ha sido, esta es mi forma de aprender y no reniego de ella, es difícil de asumir, pero no pienso juzgarme ahora, justo ahora no.

La certeza de mi soledad, incómoda e implacable de por vida, siempre ha sabido cómo encontrarme. Me he escondido detrás de mil botellas, de mil pensamientos descarriados, teorías, acciones, ninguna ha sido tan convincente como su presencia inquisidora, de día y en sueños. Hoy soy todo suyo, desnudo y rendido. Nunca me he sentido merecedor de la perfección que representa una mujer y tampoco de la perfecta imagen de mí mismo, el que debería ser, ese que siempre se aleja en cuanto me presiente. Ellas perfectas, yo escurridizo. Por no merecer, nunca alcanzar. Y qué jodidamente bonito es el mar, y las mujeres, ambos parecen haber sido diseñados con patrones incomprensibles para una mente analítica, creo que solo se pueden apreciar con pasión al cambio... Y qué estrafalario es vivir sin pasión... Y aquí estoy, desinflado de verdades.

18

Corralejo es pequeño, es fácil coincidir con la gente. Iba caminando por la calle y vi pasar el coche de Mateo. Me volví para saludarle. Había quedado con Nelo y otros amigos en la playa para ver el atardecer y tomar unas cervezas, y también iba a venir él. Pero vi algo que me dejó helado. Sentado a su lado iba César, el policía, no entendí nada, sumido en la confusión continué caminando hacia mi coche. Conduje hasta la casa de Nelo y le conté lo que acababa de pasar. Él me contestó que ya sabía lo que seguramente me diría Mateo si le pedía explicaciones: que hay que tener amigos hasta en el infierno.

Cuando llegamos a la playa estaba llena de gente, familias, niños, perros y tablas sobre la arena. Charlaba con Luca y su pequeño, Simone, que tomó su minitabla de espuma decidido a ir al agua. Los niños crecen rubios y sanos en este paraíso entre la arena y el mar. Si los miras correr, te das cuenta de que así es como somos para siempre, un deseo eterno. Eso es Fuerteventura, mantener la ilusión de que nada cambia. Me pasé la tarde jugando con los niños, entre las olas orilleras dándonos revolcones. Miraba a esos niños para darme cuenta de que estaba ante la verdad, la del comienzo. Pero esa sensación cambió cuando vi llegar a Mateo. En ese mismo momento un niño se cayó en una ola golpeándose la cara con el fondo. Estuvo llorando un buen rato debido a los arañazos. Su padre, al acercarse, le sedujo con palabras para que se repusiese del dolor, después de los cariños le instó a que se comportase «como un hombre». El niño luchaba por no sentir dolor y ese rechazo a su llanto lo congestionaba y prolongaba aún más su agonía. Su inocencia le impedía rechazar la verdad de su dolor mientras se debatía en dilemas contradictorios a su realidad, creo que eso es lo que llaman «madurar».

Al regresar a sentarme con el grupo, Mateo, Nelo y otros estaban hablando de algo que parecía muy serio. Enrollado en la toalla mirando el atardecer de medio lado, me crispaba su conversación, sobre todo las palabras de Mateo, que se me clavaban como cuchillos en los tímpanos.

—Pero ya sabes que esto es un pueblo, aquí hasta el aire cuenta historias —dijo Nelo dirigiéndose a él.

—No, macho, esto es una roca, ¿y sabés lo que hay dentro de una roca? Pues nada, oscuridad —contestó Mateo.

Yo, que ya había entendido de qué hablaban, abruptamente respondí:

—Ten por seguro que ellos lo sabían, compraban todo a un precio ridículo sabiendo que los lugareños más mayores no tenían registradas sus propiedades. No hay nada peor que dejar a la gente sin hogar, a tus vecinos... Bueno, eso y un policía corrupto. —Escupí mi respuesta.

Mateo se sintió aludido y respondió con la misma violencia:

—Si aquí, en el último rincón del océano, pasa eso, imagínate lo que ocurre en el resto del mundo. Todos somos reyes en nuestro trono, el váter. Es lo más democrático que hay porque de cagar mierda maloliente no nos salva ni Dios. Seguro que nos hizo así para que no se nos subiese demasiado a la cabeza lo de ser sus hijos. —Sentí que también él se estaba dirigiendo a mí indirectamente y no pude más que asentir mentalmente pensando en las contradicciones en las que yo había incurrido.

Nelo, que percibía el aire enrarecido de la conversación, hizo un comentario de lo más extraño:

—¿Os habéis dado cuenta de que no hay hormigas? Es raro, ¿no?, pues eso, que aquí hay que llegar por mar y el que no sepa nadar no va a llegar... Toma mi mano, hormiguita, salgamos al mar.

Como la frase era tan ridícula todos se echaron a reír y alguien le dijo:

—¡Qué profundo, Nelo!

Y todos volvieron a reírse menos Mateo y yo. Nelo contestó levantándose de un salto con las llaves de su casa en la mano y con un tono entre amenazante y burlón contestó:

—¡No me acuses de profundo que te abro y miro por dentro!

Aquello desató la risa generalizada del grupo, hasta que Mateo, mirándome a los ojos, con voz insegura dentro de una melancolía invisible murmuró:

—Confórmate con tu roquita, hormiguita... —Las caras de los demás se llenaron de asombro mientras él hacía ademán de levantarse con una actitud de lo más extraña en alguien habitualmente enérgico como él—. Me voy a dormir. Estoy cansado, últimamente no duermo... ¿Te he contado ese sueño que tengo desde hace poco? Una rueda que avanza sobre un mostrador y cuando llega al borde y está a punto de caer se detiene y gira hasta el otro extremo para repetir el proceso; es desesperante...

Y tras pronunciar esas palabras misteriosas, con la mirada perdida, se levantó y se marchó. Nunca más lo volví a ver.

19

Una certeza toma forma en mi cabeza: mañana tengo que irme de esta playa como sea y tiene que ser por mar, no hay otra manera.

Somos solo el mar y yo. Un mar exterior que abordar, un mar interior que navegar. Somos solo yo y mi soledad. La acabo de conocer. Antes la esquivaba como a una novia pesada. Ahora bailamos juntos, ella marca un ritmo frenéticamente estático. Antiguamente, muchos marineros se negaban a aprender a nadar ya que, al caer por la borda, aquello solo alargaba su agonía. Este es un lugar definido por fuerzas salvajes y yo sé nadar, ahora lo sé. Se apagaron los susurros. Le he robado la cartera a Dios. Es hora de purificar mi inmaculado y pétreo personaje. Mañana me uniré al mar en busca de un escamoso y escurridizo destino.

Me achicharro bajo agobiantes rayos de sol que parecen empeñados en atravesarme. La carne alrededor de la profunda herida de mi mano ha tomado un color amarillo preocupante y comienza a oler mal. Con una sonrisa amarga imagino al amigo Leonard Cohen allí de pie, en medio de la playa, con su sombrero negro guiñándome un ojo y cantando: «*There's a crack in everythin, that's how the light gets in.*»

Si salgo de aquí, no quiero que me tengan que amputar la mano podrida por la gangrena. Mis testículos morados han duplicado su tamaño, no me tranquiliza nada mirarlos, y sin esa parte sí que me niego a vivir. Mañana todavía tendré algo de energía para nadar, todavía no estoy rendido, la tensión me mantiene alerta y siento que puedo hacer un último esfuerzo, de hecho, sé que voy a darlo todo y voy a llegar mucho más lejos de lo que me imagino... o no, pero algo tengo que hacer. Rebuscando entre la arena encontré un cordel y tirando de él apareció un trozo de corcho blanco, plano, de unos cuarenta centímetros que debió de ser un *body board* de niño, de esos que venden en las tiendas de chinos. Estoy decidido a echarme al agua mañana, pase lo que pase.

Todavía queda un rato para el anochecer y sigo esperando mi señal. Es curioso, pero no tengo ganas de llorar, ni de compadecerme de mí mismo, estoy débil pero no agotado. Soy consciente de que son las emociones las que matan. Si abro la puerta y dejo que se instalen se harán dueñas de todo, pero tampoco puedo luchar para que no aparezcan, eso me consumiría más y las amplificaría. Una especie de calma tensa me mantiene confiado dentro de la desesperación. Una fuerza íntima y poderosa ha tomado el control de la situación. A veces me habla y me reconforta. Es mi yo vigilante. Un torrente inútil de tristeza lucha por salir pataleando, pero el jefe está aquí y no lo va a permitir. Llega para animarme en tercera persona, es mi yo más sereno. No puedo decir que esa parte la controle, aparece cuando le viene en gana. Es como un invitado cordial, comprensivo y profundo, que en realidad no necesita invitación porque parece más dueño de la situación que yo. Prefiero considerarle mi mejor amigo.

He visto una botella de vidrio semienterrada que debería tener tapón, si no, no podría haber venido flotando hasta aquí. Me da por pensar en enviar un mensaje en una botella, aunque no lo voy a hacer, porque sería inútil para mi supervivencia y sobre todo porque no tengo ni lápiz ni papel, aunque sería testimonial hacerlo, por si acaso. Aun así, mi mente se maneja en bucles de pensamientos repetitivos. Cuando no está ocupada haciendo cálculos y posibilidades o se sumerge en la angustia, se dedica a reclamar sus recuerdos. Es curioso que sobre todo estoy enfocado en los reproches que me hago sobre mi pasado, lo que he dejado de hacer y de lo que no estoy satisfecho con mi actuación. No haber aprovechado más mi tiempo sin tantos dilemas y complicaciones. No haber dicho a mis padres que los quiero una y mil veces, que han hecho todo lo mejor que han sabido, que ha sido mucho y muy valiente. Me gustaría que mi hermana pudiese verse por mis ojos por una vez, para que admirase el torrente de vitalidad que regala por donde pasa. Al resto de hermanos terrícolas que buscamos nuestro camino cada día les pediría, como última voluntad, más calma, que de aquí no nos podemos escapar y podemos pasarlo bien todos juntos. Respeto y devoción por nuestra madre naturaleza y agradecimiento por cada ser vivo que arrancamos para nuestro sustento. No somos dueños de nada, ahora lo veo... Así voy gastando aquí mis pensamientos.

El segundo atardecer es igual de impresionante que el de ayer. Hoy no hay lugar para la melancolía. Solo la determinación, solo elementos a gestionar, un desafío y una respuesta clara: voy a hacerlo o moriré en el intento, nada me va a frenar, ni el dolor, ni la incertidumbre, ni la pena, ni siquiera yo mismo me voy a interponer. Hoy no hay recuerdos, no hay medias verdades, nadie va a venir, nadie me va a salvar, soy dueño de mi destino por completo.

Esta noche va a ser mejor, he conseguido el corcho y una bolsa de plástico para taparme la barriga, la zona importante, por ahí se escapa la vitalidad. Duermo como una momia, ni me canteo, entro en un sueño lúcido que mantengo casi hasta el amanecer. Cierta culpabilidad me asalta cuando bebo el último trago de agua en mitad de la noche, pero no puedo aguantar más la sed. De todas formas, mañana me iré, ya no la necesito más. Allá adonde voy hay agua de vida o muerte de agua.

Amanece lentamente. Estoy despierto hace tiempo. He conseguido dormir un rato. Espero unas horas hasta que el sol caliente mi cuerpo para que la natación sea más llevadera. Soy consciente de que mi gran riesgo es la hipotermia. Mi plan es nadar mar adentro para tener perspectiva de la costa y observar si alguna corriente me arrastra en dirección norte o sur. El agua está en calma hoy, es un regalo. Las olas son pequeñas, nada de viento, las condiciones inmejorables. Si nado hacia el norte me esperan unos diez kilómetros de acantilados hasta la playa de La Pared. Si nado hacia el sur me esperan otros diez kilómetros de playa salvaje hasta el pueblito de Cofete. La lógica me empuja a pensar que hacia el sur tendré más posibilidades de encontrar corrientes, salir a la playa en caso de necesidad e incluso de encontrar a algún turista caminando por la playa, aunque esto último no creo que pase antes de cuatro o cinco kilómetros, una vez superada la gran roca que divide la playa. Ahora que tengo el corcho para que mis piernas floten hago la estimación de nadar con suerte dos kilómetros por hora, aunque, si soy realista, no creo que pasen más de dos horas antes de que el frío del agua comience a causar severos estragos en mi resistencia y quizá llegue la hipotermia. Hace mucho calor otra vez y el agua es cálida en esta época del año, estará a unos veinte grados. En condiciones normales, después de dos horas moviéndote en el agua puedes sentir ya bastante frío. Lo sé por el surf, la cosa va a estar complicada. En todo caso, prefiero estar en el agua y ser comida de peces antes que de gaviotas. Llaman a esta la costa «la de los tiburones», lo que no es muy alentador, pero lo cierto es que esa es la menor de mis preocupaciones. A pesar de tener heridas abiertas, me preocupan más las corrientes, aunque, a la vez, me podrían ser de gran ayuda. Pero lo importante es que el mar está en calma y es un regalo impensable para esta costa que siempre se agita intensamente. Esta playa tiene muy mala fama. Aquí se ha ahogado mucha gente, el mar es tan bravo, el lugar tan recóndito y es tan difícil llegar que se ha mantenido al margen de los intereses inmobiliarios.

Deben de ser entre las nueve y las diez de la mañana, ya llevo horas haciendo planes mentalmente y recopilando el valor necesario para la travesía. El sol calienta cada vez más, pasar otro día expuesto y sin agua no es una opción. Me estoy creando una mano-remo con la tabla del palé y con una cuerda de la red de pescar. Me entablillo el brazo derecho para poder nadar. También tengo el corcho con su cuerda para arrastrarlo hasta que pasen las olas y pueda utilizarlo para flotar. Mirando el horizonte concentrado, sigo haciendo tiempo, la esperanza siempre se mantiene en la expectativa de que algo va a pasar, algo me va a sacar de mi ensimismamiento. Ya he pasado la barrera de las cuarenta y ocho horas aquí y estoy decidido a no pasar otro día más, de hecho, sin agua, sin comida y con mi cuerpo en este estado no aguantaría. Mañana no creo que tuviera tanta determinación como hoy. Es ahora o nunca. Miro fijamente al horizonte por última vez y, de repente, como si de un espejismo se tratara, me parece ver un pequeño punto negro. Entusiasmado, fuerzo la mirada para enfocarlo y allí está de nuevo. Preso de la excitación, me muevo recopilando rápido mi material, pero cuando vuelvo a mirar, ha desaparecido, ¡mierda! Sería una ilusión óptica, ya no puedo jurar nada. Quizá fuera una proyección de mi mente, que flaquea... Pero no, allí aparece de nuevo, ¡tiene que ser un barco! Está muy lejos, demasiado, aunque quizá se trate de un barco pequeño y no esté tan lejos. Desaparece a ratos porque se mueve o porque solo lo veo cuando está escorado y ofrece más superficie. En todo caso, esté lo lejos que esté, esa es la señal que esperaba. Muerdo la cuerda del corcho para poder arrastrarlo mientras culebreo por la arena hacia el agua como un insecto acarreando un trozo de hoja hacia la orilla. Abandonar la seguridad de la playa es la primera barrera psicológica a vencer. Entro en contacto con el agua. Acostumbrarme al medio no me cuesta tanto, soy más ligero aquí. Las olas son el único problema, ya que con su empuje me descoyuntan las piernas hacia los lados sin control, como un palo seco arrastrado por la corriente. Pasado el descontrol inicial, me doy cuenta de que hay profundidad suficiente como para pasar las olas por debajo agarrándome con la mano izquierda a la arena del fondo mientras el corcho flota encima de mí sujeto por el cordel entre mis dientes. Cuando puedo recuperar la superficie de forma estable, coloco el corcho en mi barriga proporcionándome cierta estabilidad en la línea de flotación para arrastrar las piernas, que, de todas formas, no me van a ser de ayuda. Comienza el movimiento definitivo, remo con movimientos torpes al principio hasta que voy consiguiendo cierta estabilidad en el ritmo y en la flotación. La cadencia comienza a ser buena, un momento de ilusión ilumina mi estado de ánimo, avanzo bastante bien y el agua está calmada, no hay corriente ni apenas viento que la mueva. Lo único malo es que ahora estoy al mismo nivel del agua y mi objetivo ha desaparecido por completo de mi campo de visión. Lo único que puedo hacer es mentalizarme y remar. Voy a tardar mucho en llegar y necesito concentrarme en el ahora. Las brazadas son eternas, el agua clara debajo deja ver manchas informes en el fondo. Miro hacia atrás y veo la costa bastante lejos, ya no voy a volver atrás. Si por lo que sea el barco se mueve, no voy a dejar de remar hacia el norte, hacia La Pared que es más o menos el rumbo que llevo ahora, aunque básicamente me interno en alta mar dirección noroeste. Pienso que si el barco pone en marcha el motor, no habrá nada que hacer para que me oigan o me vean, a no ser que vengan en mi dirección, lo cual es improbable. Me doy cuenta de que esos pensamientos no me ayudan en nada, solo me restan energía, así que los dejo pasar. Soy muy consciente de que es casi imposible que consiga remar diez kilómetros y de que la hipotermia por el cansancio y las horas en el agua está casi garantizada. Entrar en hipotermia en el estado en el que estoy significa un final agónico y realmente feo, mezcla de frío, tiritonas, cansancio y desesperación. Desde ayer tengo muy claro que prefiero morir en el mar, que me ahogaré y pasaré a formar parte del inmenso océano, como los miles de criaturas que probablemente devorarán mi cuerpo. Somos agua y en agua me disolveré. Prefiero pasar a formar parte del increíble azul que me ha cautivado desde el corazón hasta la raíz de mi ser.

Con esta certeza avanzaba, es bueno quemar las naves como hizo Hernán Cortés al llegar a México, así solo se puede seguir hacia delante, victoria o muerte. Cuando no dejas ni un resquicio de esperanza para otras opciones, tu determinación es inquebrantable. Utilizo toda la energía disponible para conseguir mi objetivo. Me doy cuenta de todo esto mientras avanzo. No voy a parar, llevo un ritmo constante, pero sin forzar la marcha para no tener que detenerme a descansar. Me concentro en dirigir mi atención y energía a mis brazos y mis hombros. Cada brazada es seguida por mi mente, cada resquicio de energía que queda en mi cuerpo lo canalizo hacia mis brazos. «Para esto me entreno —pienso mientras vuelvo a dar otra remada—. Sigue, Álvaro», y me olvido de mí mismo para convertirme en mis brazos. El resto del tiempo intento disolver mi yo para que toda la energía se transforme en un movimiento continuo. Solo permito que mi yo vuelva para generar refuerzos: «Sigue, Álvaro, lo vas a conseguir.» Y sigo remando. Otra cuestión por la que no puedo dejar que mi mente entre es porque, inevitablemente, da paso a emociones: la desesperación de no ver el barco y el cansancio cuando llevo más de media hora en el agua. No lucho si la emoción llega, solo la observo y la dejo ir con rapidez para concentrarme en lo que hago. Finalmente, me incorporo y me parece ver un puntito que debe de ser el barco. Está ahí, no se ha movido, pero me queda mucho recorrido, creo que será un kilómetro más. Y continúo con mi maratón para sobrevivir...

Debo de llevar una hora en el agua y ya puedo ver con claridad el barco, no es una alucinación, sigue en la misma posición, y que me queda otra media hora hasta alcanzarlo. Estoy agotado, pero no voy a parar. Se entremezclan una sensación de euforia por tener un objetivo al alcance y de desesperación, porque ahora que estoy cerca, podría perderlo todo, y esa circunstancia juega en mi contra. Una cosa es lo inalcanzable que veía como una remota posibilidad y otra cosa es lo cercano, lo que tengo ya tan a mano que la idea de que todo se deshaga me hunde como un lastre. Me enfrento a la cruda realidad presente, no soy tan valiente ahora que siento próxima mi muerte. Si el barco enciende el motor me hundiría por la tristeza y la desesperación. No contaba con eso. No podría gestionar esa pérdida aquí, en medio del mar. Llegados a este punto calculando mis energías y mi localización —estoy a unos dos kilómetros mar a dentro—, es ahora o nunca... Pero parece que la mente funciona por ciclos y, en este momento, siento mi cuerpo hundirse cada vez más en el agua, que ya no es amiga sino un peligro que me acecha. La posibilidad de perderlo todo, milagrosamente me hace resurgir de mi caída y otra vez la desesperación da paso a la confianza como en un ciclo alterno en el que vivo desde hace dos días y unas horas.

«Álvaro, si arrancan el motor, que se vayan a la mierda, no necesitamos a nadie para salir de aquí. Vamos, rema. ¡¡VAMOS!!» Y milagrosamente un rato más tarde estoy situado a menos de quinientos metros y comienzo a gritar..., pero no es tan fácil, he canalizado toda mi energía en los brazos y apenas me sale un murmullo, ¡joder!, con esto no contaba. Me paro y me concentro en mi pecho para gritar:

— ¡EH!, ¡AYUDA! —Y sigo remando para volver a detenerme unos metros más adelante y silbar. Pero no puedo silbar. Tengo que reposar durante un minuto para sacar un silbido fuerte. Me doy cuenta de mi debilidad interna cuando sacar el aire con fuerza se convierte en una tarea heroica. Y vuelvo a nadar y vuelvo a gritar. Lo imposible ocurre, y entonces veo el barco que se pone en marcha y avanza lateralmente hacia el norte...

«¡Mierda! No me ha visto. Se está alejando...»

La impresión de ver el barco moverse me deja petrificado. Gritar ahora es inútil. Han puesto el motor en marcha, así que me repongo y comienzo a mover los brazos lo más alto que puedo, que no es mucho. Abandono la seguridad del corcho para sacar los dos brazos e impulsarme hacia arriba como puedo. Flotar comienza a ser difícil y me veo debajo del agua. Me impulso nuevamente y saco los brazos, la lancha sigue su marcha y vuelvo debajo del agua. La situación es desesperada y ya apenas puedo sacar la cabeza del agua. Decido buscar el corcho para poder respirar. Entonces, la lancha se detiene, es una zódiac, ahora lo veo con claridad. Parece que está sacando a un buceador del agua. La espera es eterna y, por fin, lo que tanto esperaba ocurre. Ponen proa hacia mi localización.

¡Me han visto!

La emoción me embriaga, miro al fondo marino y sonriendo pienso. «Otra vez será.» La barca se acerca deprisa y, cuando por fin llega cerca de mí, veo tres cabezas asomándose por la borda con los ojos fuera de las órbitas por la impresión. Se colocan a mi lado y, antes de que puedan decir nada y temiendo quedarme sin fuerzas, les suelto toda la información de golpe.

—Me llamo Álvaro Vizcaíno, llevo dos días herido en una playa, me he roto la cadera y la mano, podéis preguntar por mí en Corralejo, en el Hotel Villas Paradiso.

Y ellos, más alucinados aún, responden «Ok», y uno salta al agua con el traje de buceo todavía puesto. Se sitúa a mi lado y me sujeta por el brazo.

—¿Puedes mover las piernas? —me pregunta mirándome a los ojos. Su mirada me reconforta al instante.

—Las siento, pero no las puedo utilizar.

Uno de los de arriba opina que deberían intentar subirme con cuidado y el otro dice que no, que va a ser muy doloroso. Sigo flotando en el agua y me preguntan cómo he llegado hasta ahí y les cuento toda la historia resumida. Empiezo a tener frío y a temblar.

—Chicos, necesito subir, estoy helado, me podéis arrastrar desde los hombros y dejarme tumbado a bordo.

Hacen los preparativos para subirme sin sufrir. En mi interior pienso que están ellos más preocupados de hacerme daño que yo, que solo quiero subir y sentirme a salvo. Me agarran por las axilas y me levantan como un peso muerto dejándome tumbado boca arriba en el asiento trasero del barco. Me preguntan si estoy bien y contesto que mejor que nunca. Se presentan:

—Yo soy Juan —dice el que se ha tirado al agua— y este es Aron, que tiene una cámara de vídeo Go-pro y está filmando todo lo que pasa.

—Yo soy Alfonso —oigo decir al tercero.

Mientras me ponen cómodo, Alfonso llama por teléfono a emergencias para explicarles la situación. Me cuentan que son policías de permiso y que han aprovechado el mar en calma para salir a pescar. Explican con atención nuestra posición para que envíen el helicóptero de salvamento. Cuando todo está listo, Alfonso me pregunta que por qué estoy desnudo y le explico que me rompí el bañador en la caída. Entonces, todos observan incómodos mis partes hinchadas y amoratadas y les digo:

—Creo que del golpe se me han hinchado las pelotas y me parece que el color morado debe de ser la sangre acumulada.

—Ellos asienten compungidos, se crea una empatía implícita entre los hombres ante tal escena.

Entonces, Aron sale por la tangente:

—¿Tú te sabes ese chiste de dos que van por la India de excursión y les sale una cobra enorme en el camino y ataca a uno mordiéndole en las pelotas? Al que le ha mordido le dice al compañero aterrado: «¡Deprisa, llama a emergencias y pregúntales qué hacemos!» El otro llama nervioso a emergencias y el doctor le dice por teléfono: «Tiene que succionar el veneno de la parte donde le ha mordido», y cuando cuelga, el otro, preocupado, le pregunta qué le ha dicho el médico. A lo que responde: «Que te vas a morir colega...» —Todos nos reímos.

—Menos coñas, cabrones, que bastante preocupado estoy con el color de mis pelotas.

A los diez minutos de estar a bordo, no puedo parar de temblar. Me cubren con una sudadera y ponen una sombrilla para protegerme del intenso sol. Es un día muy caluroso, como los anteriores, pero yo no puedo dejar de temblar y los temblores avivan el dolor de la cadera. Lo discutimos y, tras observar el color pálido de mi cara y mis labios, queda claro que el cuerpo, al sentirse liberado de la tensión, ha entrado en caída libre y que la hipotermia se está apoderando de mí. Es curioso cómo, a los pocos minutos de saberme a salvo, todos los mecanismos que permanecían activos para sobrevivir se relajan y la mente se abandona por fin al descanso arrastrando al cuerpo a su realidad. Estoy tan contento y me siento tan agradecido que les digo que voy a poner de nombre a mis hijos Alfonso, Aron y Juan. Juan es surfista y entiende bastante bien mi situación. Parece el

más empático. Me agarra la mano y me da de comer un pláta-
no poco a poco. Alfonso parece un tipo muy enérgico y decidido. Me recuerda la suerte que he tenido de encontrar estos
días de mar en calma. Aron es el más tranquilo de los tres, parece un tipo apacible y simpático.

No paro de temblar. Tras unos veinte minutos el helicóptero por fin aparece en el cielo y hace una primera pasada de reconocimiento. Es un aparato negro y rojo, «el mismo que vi el
primer día», pienso con ironía, «resulta que era el helicóptero
de rescate». Cuando se aproxima, hace un ruido ensordecedor
y un viento huracanado se apodera de la superficie del mar per-
turbando la calma. La conversación ya es imposible. El helicóptero se mece a unos cincuenta metros de distancia y a cierta altura. Tiran un cabo y desciende al agua un buceador que se
acerca a la embarcación nadando. Una vez que se agarra al costado de nuestra embarcación, Alfonso se reclina por la borda y
se comunica con él por gestos y a gritos le indica que tengo rota
la cadera. El buceador hace gestos de que tienen que tirar la camilla para poder izarme. Sin quitarme los ojos de encima, yo
correspondo a su mirada indicándole con gestos impacientes
que no, que yo voy con él ahora, que no quiero esperar ni un
minuto más. Algo debe ver el buceador en mi mirada que ac-
cede y me indica que me tire al agua. La idea de volver al agua
es terrible por el frío y los temblores que me sacuden, pero tengo que pasar por ello. Me ayudan a sentarme en el borde hin-
chable de la zódiac quedando frente a la cubierta y dando la espalda al mar. Dedico una última mirada a mis salvadores, junto
las manos a modo de plegaria dándoles las gracias y, por último, levanto el dedo gordo para señalar que ok, que estoy listo.
Ellos corresponden despidiéndose y me dejo caer de espaldas.

Entro en lo que me parece ahora un agua helada y como puedo me acerco al buceador, que me coloca un arnés por debajo
de las axilas. Con gestos, me señala su chaleco, que debo agarrar
con fuerza y hace una señal al helicóptero. Nos izan del agua y,
sin esperar a subirnos del todo, el helicóptero comienza a avanzar dirección norte sobrevolando el océano a toda velocidad.

Me siento un pescadito desnudo allí colgado. Mientas asciendo, veo a mis rescatadores allá abajo en la barca y un mar gigante a su alrededor. Poco a poco ascendemos hasta que nos situamos a la altura de la puerta abierta donde otro tipo nos ayuda a entrar en la cabina. Una vez allí me depositan en el suelo sin mucha ceremonia y me cubren con una manta térmica. Me siento de maravilla sobrevolando la tierra firme de la isla camino del hospital de Puerto del Rosario, mi salvación definitiva. Solo una cosa perturba mi salvamento y es que cada vez estoy más débil y dolorido, los temblores hacen que el dolor de la cadera sea insoportable. Siento como una mueca de dolor se dibuja en mi cara desencajada. El trayecto es corto. Cuando el aparato se posa, me reciben con una camilla blanda, que agradezco enormemente. Me despido de los de salvamento marítimo, aunque me cuesta, noto que mi energía se apaga hasta el límite.

20

De camino a la entrada de urgencias mis fuerzas disminu-yen. Acierto a ver periodistas haciendo fotos. El personal del hospital me interroga mientras me revisan el cuerpo. Les digo que me muero de frío y me ponen dos mantas encima. Me lle-van a la sala de operaciones en una camilla de metal. Está fría y el dolor que me produce temblar es intenso. El doctor me dice que primero hay que hacer unas placas y que luego decidirán qué hacer. Me pasan a rayos de urgencia para tomar imágenes de la cadera y de la mano. Cuando volvemos al quirófano me explican que tienen que limpiar la mano bien y que me la van a coser. Mientras estoy en la camilla, una cara conocida aparece ante mí. Es la hermana mayor de Ona, que trabaja en el hospi-tal y se ha enterado de la noticia. Me agarra la mano.

—¿Qué tal estás, Álvaro?

—Bien..., vivo. —Me cuesta mucho trabajo hablar, oigo mi voz como un susurro—. Por favor, dile a Ona que quiero hablar con ella... Pensar en ella me ha ayudado... Dile que... —No tengo más fuerzas para hablar. Ella me calma y me dice que me relaje. El doctor me está haciendo un daño espantoso al limpiarme la herida y mis gemidos ahogan mi voz. Ella permanece a mi lado con mi mano entre las suyas, «tranquilo». Finalmente, me co-sen la mano y tras un buen rato de penurias, que se extiende in-soportablemente, me suben a la habitación. Estoy muy débil, pero me tomo un momento para contemplar la habitación, que ya se me aparecía en mis sueños de salvación. Estoy a salvo. Una enfermera aparece.

—¿Quieres beber algo?

—Sí, por favor, un Aquarius con hielo. —Eso era lo único que faltaba, y me duermo profundamente.

Después de unas horas me despierto y veo caras conocidas. Vero está a mi lado y, desde ese momento, me mantengo despierto. Mucha gente sigue entrando, conocidos, periodistas, enfermeras y curiosos.

Todos hacen lo mismo, entran con cara de congoja por verme en la cama vendado y lleno de heridas, pero se sorprenden cuando los recibo con una amplia sonrisa. Yo les contesto a todos que estoy mejor y más feliz que nunca en mi vida cuando preguntan qué tal me encuentro.

Estoy en mi paraíso particular. Esta cama de hospital significaba el futuro cuando me visualizaba a salvo. Una intensidad existencial y filosófica se apodera de mis conversaciones, de mis actos, de mi voluntad. Durante la tarde se concentran varios amigos en mi habitación. Hablamos de la experiencia, se la voy contando uno a uno o en grupos y todos alucinan. Los periodistas entrevistaban a la gente que salía de la habitación. El día termina y por fin me quedo solo. Extrañamente he aguantado toda la tarde atento y vital y ahora, que debería estar muerto del agotamiento, solo siento el dolor de mis lesiones mezclado con una sensación de alegría triunfal. No paso una buena noche, necesito que me administren calmantes varias veces. Me pregunto cómo aguanté esos días sin morfina. Relajarnos nos hace blandos.

A la mañana siguiente vienen a visitarme Alfonso, Aron y Juan, mis rescatadores. Me encanta verlos de nuevo, tengo claro que no estaría aquí sin su aparición. Ellos hablaron con la prensa y me han traído un periódico con la noticia. Alfonso dice que ha vuelto al lugar del accidente y me ha traído mi coche. No tengo palabras para agradecérselo.

El día transcurre como el anterior. En un momento de revuelo, con unas seis personas en la habitación, alguien llama a la puerta y Ana, que está más cerca de ella, abre sin que los demás nos demos cuenta. Al cerrar nos manda callar a todos.

—¡Eh, eh, chicos, callad! Vais a flipar con lo que me acaba de contar un señor que se ha asomado. Me ha preguntado que si esta era la habitación del náufrago y le he respondido que sí. Luego, tímidamente, me ha confesado que él estuvo pescando dos días antes de tu accidente por esa zona, que la conoce bien porque es de la isla y que, como casi nunca se puede ir porque hay mar muy fuerte y está prohibido pescar con arpón, no quería dar demasiados detalles, pero el caso es que mientras pescaba llevaba agua para beber en una cesta flotante donde mete el pescado y dice que recuerda que llevaba dos botellas. Tras una de las inmersiones, al volver a la superficie y asomarse a la cesta, una ola debió de haberse llevado una de las botellas de agua... ¿Sabéis lo que significa eso no? Pues que la botella que encontraste y por la cual estás vivo hoy aquí ¡era la suya!

—¡¡Guau!!

Todos chillan de emoción extasiados y yo me limito a sonreír maravillado por el curso de los acontecimientos.

—Tienes una suerte, Alvarito... —Se despide Ana con un beso y una sonrisa cómplice. La agarro por el brazo y mirándola a los ojos le pregunto:

—Ana, ¿crees que vendrá?

—Se lo diré...

Pasa la tarde y la gente, la historia la cuento yo o se forman corrillos para contarla, hasta las enfermeras vienen con las novedades.

—¿Qué les parece el suertudo este, que le envía Dios una botellita con un mensajero? —dice al grupo una de las enfermeras al entrar en la habitación.

Nelo, que justo entra por la puerta detrás de ella muy a lo madrileño, le dice:

—¡No meta a Dios en esto, señora!

—Pues ya me dirás tú si eso no es un milagro. —Y muy digna se marcha con su certeza.

—*Brother*, pero ¿qué fuiste a buscar allí? —exclama Nelo abrazándome como un oso.

—La locura... O la cordura... No lo tengo claro todavía.

—Ya me lo imagino. Las situaciones extremas son así de paradójicas.

—¿Sabes?, cuando estaba en al agua luchando por salir, hundiéndome de dolor y tristeza, me rendí... Cometí una especie de suicidio. Quería que todo pasase, prefería estar muerto a seguir sufriendo de ese modo.

—Es comprensible.

—Quería morir en paz y sabía que ese último pensamiento sería el que perduraría, así que di las gracias por mi vida, me salió así... Y, entonces, una sensación de vacío total se apoderó de todo.

—Tío, lo hemos oído muchas veces, ya sabes cómo se ahoga la gente, la desesperación consume sus fuerzas y se ahogan.

—Lo sé, pero, aun así, algo en mí ansiaba la muerte y la veía como una liberación. Está claro que ese momento fue espantoso, pero ya siempre me quedará la duda de si quería liberarme del resto de mi...

—Bueno, eso es algo que tendrás que preguntar a tu corazón, hermano. De todas formas, ese momento estaba condicionado por el sufrimiento. No creo que puedas hacer un balance real. Además, si eso fuera así, ¿por qué luchaste tanto para salvar la vida el resto del tiempo?

—Morir no es tan fácil.

—Vivir tampoco.

—En todo caso, si no hubiese aceptado mi situación estaría ahogado seguro. No sé por qué, pero estoy seguro. Y eso me tiene confundido. Parece que al aceptar tu situación, cualquiera que sea, tu mente se libera renovando la energía del cuerpo, como si hiciera un reseteo. Cuando pasó el momento de vacío y recuperé la consciencia, un chorro de adrenalina animó mi cuerpo y liberó mis músculos ateridos un momento antes y, más aún, las contracciones y espasmos de dolor cesaron dándome una nueva oportunidad de seguir.

—Guau, ¡qué fuerte, macho!

—Es una puta paradoja, porque luego tuve que luchar mucho para salvarme. Pero, de alguna manera, aceptar lo que me estaba pasando me ayudaba a aferrarme a la realidad del momento. Nada de fantasías, estás jodido y es lo que hay, ¿qué vas a hacer al respecto, entrar en pánico o relajarte y ver tus posibilidades? Algo así...

—Casi como dar las gracias por vivir lo que sea que estés viviendo, ¿no?

—Quizás el potencial se desplegó por el acto sincero y decidido de elegir una sola opción. Creo que ahí es donde te das cuenta de que tienes diez veces más fuerza de la que crees.

—Creo que la clave es que aceptaste sin juicios lo que estaba pasando y por eso tuviste el aplomo de tomar esas decisiones...

—Bueno, no sé si tuve tanto aplomo o no se me ocurrió otra cosa.

—Lo mismo da...

—Me sentía solo, desesperado, triste, pero no me quedaba inmerso en esas emociones ni las rechazaba, pero tampoco las mantenía porque me hundían. Así mi juicio sobre la situación era más claro, y las decisiones, más conscientes. Me daba la oportunidad de sentir con toda la intensidad y después observaba mi realidad que era la que era, no había mentiras, ni futuro, ni quejas, eso me mantenía atento... Aunque, para serte sincero, no sé si yo hacía todo eso o fue el instinto de supervivencia el que tomó el control y ya está.

—Pero ¿deseabas salvarte?, ¿te visualizabas a salvo?

—Sí, claro que proyectaba mi futuro para que sucediese. Me visualizaba aquí, con un Aquarius con hielo y con Ona sentada en el borde de la cama, eso era estar a salvo. Pero no me hacía castillos en el aire para evadirme de la realidad.

—Te quiero, *brother*, tenías que salir de esta y volver con este mensaje. —Y dándome un abrazo se cerró otro día muy intenso.

21

A la mañana siguiente, mi hermana Irene y mis padres llegaron a la isla para estar conmigo. Mi madre entró llorando en la habitación, pero al verme tan sonriente se le pasó rápido. Después de las lágrimas y los abrazos, les conté la historia por enésima vez y, como a todos, se les quedó cara de pensativos.

—¿Sabes, mamá, esa historia que me contaste de cuando me dio mi primer ataque de asma de pequeño, en la guardería? Ahora me doy cuenta de que inconscientemente un asmático se prepara de por vida para controlar su cuerpo y sus emociones. El descontrol significa acabar enganchado al inhalador para que entre oxígeno. Es curioso, pero el surf implica revolcarte sin control bajo el agua y aguantar, confrontar el ansia de salir de allí. Relajarse es vivir, abandonar el control, cuando la ola te libere es tu momento de salir, no antes, porque es una fuerza superior. Mamá, creo que he estado toda la vida preparándome a mi manera para este momento.

—Pero, hijo, ¡hay muchas maneras de aprender! —protestó mi madre en un último afán de protección.

—Lo sé, pero puedo pasarme la vida negando mi propia manera de aprender, comparándome con los demás y sería una pérdida de tiempo porque somos únicos en todos los sentidos. Nuestras emociones son únicas, como nuestras decisiones, nuestra vida, y si las comparamos, nos juzgamos, y eso es negarse la posibilidad de vivir con identidad propia.

—¿Me estás diciendo que eso pasó porque tenía que pasar?

—No, te digo que pasó porque era probable que de alguna manera eligiera que pasara.

—Pero ¿cómo vas a elegir una cosa así, hijo?

—Quizá para enfrentar algo.

—Me asustas, no quiero oírlo...

—O puede ser que solo haya sido un resbalón y ya está, solo un accidente —intervino mi hermana.

—Desde luego, pero una vez que ha pasado algo, tengo la opción de darle un significado, el porqué puede ser irrelevante.

—Ya, pero puede ser simple azar y hacer conjeturas solo te confunde más.

—No digo que no, pero ¿sabes de qué me he dado cuenta en esa playa? De que lo único que me pertenecía de verdad, lo único, eran mis decisiones. Creo que eso es lo único que tenemos.

En ese momento, mi padre abrió la boca para hacer la pregunta adecuada.

—¿Qué has aprendido, Álvaro?

—No sé si he aprendido algo o si elegí aceptar lo que estaba pasando... Creo que solo abrí la mano y solté la cadena.

—¿A qué te refieres?

—Creo que para vivir hay que tener un motivo, un algo y un alguien. Y allí postrado me encontré a la persona que más me importa, a la que más debo, a la que había maltratado con mi impaciencia, así que elegí darme a mí mismo una nueva oportunidad. Las decisiones son lo único que tenemos. Ahora creo que es importante saber por qué y por quién haces las cosas.

Esta frase, para mí, podría resumir mi experiencia vital. Darme cuenta de que la verdadera libertad te abraza al final del combate, solo cuando te das cuenta de que estabas luchando contigo mismo. Parece aliviar el peso del propio dilema humano. Estas escenas no ocurren en realidad en el teatro, la universidad o la biblioteca. El lugar donde se reconocen y representan los verdaderos dilemas humanos es en la cama de un hospital, el único lugar condicionado por la realidad próxima de la muerte, que suele traer un mensaje de vida.

Levito en una calma intensa llena de posibilidades que toman forma en mi cabeza. Descanso en una tensión vital que lucha por grabar a fuego mensajes para la eternidad. Mi situación me parece tan irreal y, al mismo tiempo, la siento más real que nunca, clarividente, ausente de condicionantes. La gente que me visita parece llevarse un chorro de vida a casa. Parecen aplicarse mi experiencia en su realidad cotidiana, lo observo y me reconforta. Parece que otorgamos más crédito a la vida que nos muestran en el cine que a la nuestra propia, como si en el cine muriesen de verdad, pero nosotros no y por eso vivimos adormecidos. Qué buena ración de realidad otorga la cercanía de la muerte. Nos empuja fuera de la burbuja segura en la que vivimos, esa misma que nos arrebata el propósito vital. Bendito el que meta la cabeza en el agujero de su tumba y se descubra allí mirándose a los ojos. Bendito el que vea a Dios en esa mirada, esa que te trae de vuelta al hogar, ese imperfecto cúmulo de cuadros que hemos ido colgando en las paredes de nuestra niñez y repartiendo en las galerías de nuestro futuro. Somos Dios, tenemos el pincel sagrado en nuestras manos.

Entonces se abre la puerta y entra Margo con su pequeña cara eslava expectante, atemorizada ante la visión que esperaba encontrar tras la puerta, hasta que le sonrío y me devuelve una amplia sonrisa mientras me abraza con suavidad.

—¿Qué tal estás, loco? —Su mirada desprende algo de culpabilidad.

—¿Qué te pasa? —le susurro a la oreja.

—Nada, que si no hubieses venido a verme no te habría pasado todo esto...

—Pero, mujer, no tienes nada de que culpabilizarte, yo he tomado mis decisiones y estas han traído sus consecuencias.

—Aquella tarde te escribí un mensaje y como no me contestabas comencé a inquietarme. Estuve toda la noche dando vueltas. A la una de la madrugada sola caminando por la playa mirando la luna llena, presentía que había pasado algo, no sé cómo pero así fue...

—Ya me ha dicho Vero que la llamaste y que ella fue a la policía cuando le dijiste que tú también habías ido.

—Sí, no veas qué papelón allí, con los policías, contándoles que el chico que había pasado la noche conmigo no contestaba a mi mensaje. Y cuando me preguntaron cuánto tiempo hacía que te conocía, les dije que nos habíamos visto un par de veces pero que teníamos amigos comunes... En fin, solo les faltaba reírse, pero me dijeron que a un adulto no se le busca antes de llevar cuarenta y ocho horas desaparecido.

—Ya me imagino, o sea, que si me hubiesen comenzado a buscar no habría sido antes del tercer día. Creo que hice bien tratando de salvarme por mi cuenta porque si hubiesen tardado un día más en organizarse y buscarme, ya estaría seco.

—Y la cadera, ¿te van a operar?

—Ha dicho el médico que tengo una triple fractura de pelvis con poco desplazamiento de los huesos, que no van a operar porque hay tantas inserciones de músculos y nervios en esa zona que romperían más de lo que arreglarían ellos si se ponen a cortar. Tengo que estar en reposo absoluto y esperar que se suelden los huesos, así que tengo para una temporada de cama.

Después de un rato se despide con la promesa de volver otro día y en cuanto Margo abre la puerta para salir se cruzan miradas con otra persona que entra en ese momento, Ona. «Son parecidísimas físicamente», pienso por un instante mientras se me encoge el alma. Porque uno puede sentir cuando el alma se encoge, seguro que todo el mundo lo ha experimentado. Cuando entra con su sonrisa agridulce, los que quedan en la habitación se despiden haciéndose cargo de la situación. Me da un beso y se sienta en la cama, a mi lado, y con una solemnidad poco acostumbrada en ella me pregunta mirándome fijamente:

—Me han dicho que tenías algo que decirme...

Miles de emociones se agolpan en el espejo de mi mirada, mil explicaciones y conclusiones luchando por tomar el control... Lo asombroso es que, pese a todo, una fuerza verdadera se impone y me quedo mirándola sin decir palabra.

Se hace un momento eterno. Ella comprende...

El surf es como la vida,
vivimos en la superficie disfrutando y luchando
con las olas que nos arrastran,
mientras paciente en el fondo nos espera
la quietud del océano de nuestra alma.

Epílogo

Pues como ya sabes el tipo al final sobrevive, pero le ha costado un par de sustos. Cualquier día te enseño las cicatrices que te quedan por hacer el «Superlópez». Lo interesante de este proceso para mí ha sido contar la historia sin adornos, sin intentar caer bien o mal, sin intentar enseñar nada, solo mostrar las vivencias e inquietudes de Álvaro. He entendido a través del accidente que a veces hay que preguntarse qué sustenta los cimientos de una vida y las respuestas fueron otras dos preguntas: ¿cuál es tu miedo? y ¿por qué y por quién vives?

Parece que lo importante de la vida es la felicidad, pero si fuese así, todo lo que no sea estar experimentando esa emoción no sería vida. En mi opinión, la vida es todo y abrazar la duda también es vivir. Aceptación radical de uno mismo y su proceso. Creo que preguntándose cosas como: ¿qué pasaría si ya no estoy aquí?, ¿qué me queda por hacer antes de desaparecer?, ¿temo estar solo, o sea, estar conmigo?, ¿a quién he dejado de lado? Esas respuestas que otorga la cercanía de la muerte son las verdaderas guías de una vida. Al menos, me parecen lo más sincero que yo he encontrado. No creo que haya que llegar a ningún extremo para hacerse las preguntas y buscar con intensidad la respuesta, pero sí que creo que nos va la vida en ello...

No quiere decir que ahora sea una persona muy diferente, soy igual de listo o de tonto, de alegre o de taciturno, de inseguro o de confiado que antes, o todo lo contrario. Lo único que ha cambiado es la certeza de no hacer cosas que realmente no quiero hacer. No quiere decir que sepa a lo que me quiero dedicar —de hecho, no tengo ni idea—, que sepa quién soy, pero sí la certeza de que he encontrado al mejor aliado que podría desear. Lo encontré en aquella cala, me hablaba, me animaba y me daba consejos. Salimos los dos juntos de allí, y ahora sé que nunca más nos vamos a separar. Mirad a vuestra izquierda, miraos dentro, tocaos, hablaos, sois vuestro mejor compañero.

Por aquí seguimos, entre la tierra y el mar, cualquier día que paséis por la isla nos vemos y vamos al agua juntos. ¡Buenas olas!

Agradecimientos

Gracias, amigo, por estar leyendo esto, gracias. Si mis papás hubiesen sido tan conservadores y entrometidos como los de su alrededor, este libro no existiría. Gracias por dejarme ser. Ine, tú eres el espejo de mi alma y de mi corazón.

Ha habido algunas personas que con sus consejos, opiniones y ayuda han hecho posible que este libro saliera adelante: Carmen Romero, Covadonga D'lom y José López Jara.

Gracias, personajes reales, por haber inspirado esta historia. Nelo, qué buena sintonía tenemos. Fede, cuántos descubrimientos contigo. Hans, buen viento dondequiera que estés. Matías, eres un grande. Tania, *rock it baby*! Wolfgang, descansa en el misterio. Pieter, una vela y un rumbo. Gordo cabrón, eres un puto agujero como «el negro». Renzo, ¡mi hermano, eres un *crack*! Marga, eres un amor. Prima, líos con cariño y locura. Ona, tan bonita como «la Mar».

Gracias de todo corazón a mis rescatadores en la vida real: Alberto, Arán y Jorge.

Queridos amigos, todos me conocéis y yo a vosotros. Siempre me decís que soy un alma libre e independiente, pues yo os digo que os quiero y os necesito para asentar los pilares de mi vida. Gracias por el amor y los consejos; a mi familia, Curi, Alberto, Patrick, Dani, Ana, Jorge, Jaime, Salva, Laurita, Bea, Maria, Francisco, Alejandro, Irene, Jordi, Claudia, Mireia, los Beckam, Johannes, Rosma, Miguel; los de Villa, Isma, Rubén; los del sur, Carlos, Irene, Curro, Puy, Verónica; los loqueros de Barna, Alvar, Celia, Maria Sanz, Sarai, Fernando, Simón, Alvarito... ¡y tantos más!

megustaleer

Descubre tu próxima lectura

Apúntate y recibirás recomendaciones de lecturas personalizadas.

www.megustaleer.club

megustaleerES

@megustaleer

@megustaleer